Veronika Weiß

Schneeflockenfunkeln

Über die Autorin

Veronika Weiß, geboren 2000 in der Nähe von München, hat die Liebe zum Schreiben schon früh für sich entdeckt. Bereits in der Grundschule schrieb sie ihre ersten Geschichten und hat seitdem nicht mehr damit aufgehört. Wenn sie nicht gerade an ihren Buchprojekten arbeitet, liebt sie es zu verreisen oder lässt sich von Musik und der Natur inspirieren.

Veronika Weiß

Schneeflockenfunkeln

Lübbe

Vollständige Taschenbuchausgabe
der bei Bastei Lübbe erschienenen E-Book-Ausgabe

Bei Fragen zur Produktsicherheit wenden Sie sich bitte an:
produktsicherheit@bastei-luebbe.de

Umschlaggestaltung: Christin Wilhelm, grafic4u.de
Umschlagmotiv: ©Shutterstock: Danussa | Sabelskaya | Olga_C | IVONINA | Woskresenskiy | tomertu
Satz: 3w+p GmbH, Rimpar
Gesetzt aus der Adobe Minion Pro
Druck und Verarbeitung: GGP Media GmbH, Pößneck

Printed in Germany
ISBN 978-3-404-19496-4

5 4 3 2 1

Sie finden uns im Internet unter luebbe.de
Bitte beachten Sie auch: lesejury.de

Playlist

Christmas Tree Farm – Taylor Swift
Driving Home for Christmas – Chris Rea
'tis the damn season – Taylor Swift
ivy – Taylor Swift
Last Christmas – Wham!
All I Want for Christmas Is You – Mariah Carey
Love Story (Taylor's Version) – Taylor Swift
Picture To Burn – Taylor Swift
A Place in this World – Taylor Swift
Merry Christmas Everyone – Shakin' Stevens
I'll Be Your Santa Tonight – Keith Urban
Night Changes – One Direction
cardigan – Taylor Swift
Enchanted (Taylor's Version) – Taylor Swift
Wonderful Dream – Melanie Thornton
Lover – Taylor Swift
Underneath the Tree – Kelly Clarkson
Christmas In The Country – Thomas Rhett
invisible string – Taylor Swift

Kapitel 1

»Du hast *was* gemacht?« Die schrille Stimme meiner Mutter drang durchs Handy an mein Ohr.

»Ich habe meinen Job gekündigt«, wiederholte ich.

»Das ist nicht dein Ernst.«

»Doch.«

»Lynn!« Mom stieß einen frustrierten Laut aus.

»Du weißt doch, was in der Arbeit alles vorgefallen ist.« Ich rieb mir über die Wange und bemühte mich, all die aufsteigenden Erinnerungen zu verdrängen. Es hatte viel zu lange gedauert, bis ich mich dazu durchgerungen hatte zu kündigen. Ich hätte das schon viel früher machen sollen. Bei dem Gedanken an *ihn* verkrampfte sich augenblicklich mein Magen.

»Ja, aber warum musste das denn jetzt so kurz vor Weihnachten sein? Damit verdirbst du uns das ganze Fest.«

Ich sah förmlich vor mir, wie Mom die Fingerspitzen gegen ihre Schläfen legte und dramatisch seufzte.

»Wieso denn verderben? Ihr habt Weihnachten doch noch nie gern gefeiert.« Ich betrachtete die weichen Sonnenstrahlen, die durch die Fensterscheibe in mein Schlafzimmer fielen. Wenn man sich das so anschaute, erahnte man nicht, wie kalt die Dezemberluft draußen wirklich war.

»Und wo willst du jetzt arbeiten?«

Ich schwieg einen Moment, während ich meine folgenden Worte sorgfältig wählte. Wenn Mom erfuhr, was ich geplant hatte, ging sie sicher noch mehr an die Decke.

»Ich möchte die kommenden Wochen bei Tante Rebecca in Starwood verbringen.« Ich biss mir auf die Lippe.

Am anderen Ende der Leitung war es still.

Einige Sekunden vergingen.

»Starwood.« Mom zog das Wort in die Länge, als schmeckte es nach zähem Kaugummi.

Es war kein Geheimnis, dass Moms Schwester und ich uns näherstanden als meine Mutter und ich. Während sie auf meine Leistung und meinen Arbeitswillen Wert legte, hatte Rebecca schon immer meine Persönlichkeit gesehen – und das, was ich wirklich wollte. Auch wenn ich sie nicht so oft traf, da meine Heimat Seattle doch ein gutes Stück von Starwood in Colorado entfernt lag.

»Was willst du denn in diesem Kaff?« Mom klang so abfällig, dass ich unwillkürlich die Zähne zusammenbiss.

»Ich möchte mir dort eine Auszeit nehmen und Rebecca in ihrem Geschäft helfen.«

»Für wie lange denn?«

»Wahrscheinlich bis Silvester.«

»Und Rebecca ist damit einverstanden, dass du dich einfach so bei ihr einlädst?«

Moms missbilligender Ton fuhr mir kalt in die Glieder.

»Rebecca weiß, was ich in der Firma alles erlebt habe, und nimmt mich gern auf. Du kennst mich doch, Mom. Ich bin niemand, der sich anderen aufdrängt.«

»Hm.« Mom gab ein undefinierbares Brummen von sich.

»Ich brauche einfach eine kleine Auszeit«, sagte ich.

»Aber wozu hast du denn dann dein anspruchsvolles Studium und die vielen Praktika gemacht, wenn du jeden Job so leichtfertig hinwirfst?«

»*Leichtfertig? Jeden?* Ich hab dir doch erzählt, wie schlimm die Arbeit dort für mich war! Mein Wohlergehen ist mir wichtiger als irgendwelche finanziellen Vorteile. Ich werde schon wieder eine Arbeit finden, mach dir keine Sorgen. Außerdem bin ich erst Anfang zwanzig, da darf man sich neu orientieren.« Es kostete mich alle Mühe, ruhig zu bleiben. Mom schaffte es immer wieder, mit ihren Worten ganz bestimmte Knöpfe in mir zu drücken, die mich beinahe explodieren ließen.

Sie seufzte leise. »Ich muss wohl mehr darauf vertrauen, dass du dein Leben im Griff hast und weißt, was du tust.«

»Das habe ich. Ich halte dich auf dem Laufenden, okay?«

»Alles klar.« Ich hörte, wie Moms Stimme etwas weicher wurde. »Wann fliegst du denn?«

»Morgen.«

»Ruf mich an, wenn du angekommen bist.«

»Mach ich.«

Nachdem wir uns verabschiedet hatten, drückte ich das Handy gegen meine Brust. Unter der Hand spürte ich das Vibrieren meines Herzschlags. Mir war klar gewesen, dass Mom meine Kündigung nicht gut aufnehmen würde. Und trotzdem hatte ich insgeheim gehofft, dass sie Verständnis dafür aufbringen könnte. Rebecca und sie waren grundverschieden, und ich hatte den Eindruck, als befürchtete Mom, dass ich so werden würde wie ihre Schwester.

Rebecca, die ihr Studium abgebrochen hatte, um mit einem Typen zurück in ihre Heimat Starwood zu ziehen.

Rebecca, die kurze Zeit später von genau diesem Mann verlassen worden war, weil er mit einer anderen Frau nach Kanada zog.

Meine Tante besaß einen süßen kleinen Laden in Starwood, der laut Mom nur »Ramschartikel« verkaufte. Es war ein Ort, den Mom in ihren teuren Markenklamotten niemals freiwillig betreten hätte.

Seufzend strich ich über meine Bettdecke und stand auf. Trotz all der Umstände, die meine Laune in letzter Zeit ziemlich gedämpft hatten, freute ich mich auf morgen. Es war schon viel zu lange her, seit ich Rebecca das letzte Mal in Starwood besucht hatte. Die Weihnachtszeit mitten in den Bergen würde sicher magisch werden.

Kapitel 2

»Lynn!«

Das breite Lächeln meiner Tante strahlte mir entgegen, als ich quer durch die Ankunftshalle auf sie zulief. Es war ein Wunder, dass es in Starwood überhaupt einen Flughafen gab, und er war natürlich genauso klein, wie man ihn sich in einem Städtchen mitten in Colorado vorstellte. Es gab lediglich eine einzige Landebahn, und meistens kamen hier nur Billigflieger zu den unmöglichsten Uhrzeiten an. Ich hatte den besten Flug erwischt, der zwar spätabends, aber wenigstens nicht mitten in der Nacht eingetroffen war.

»Rebecca, ich freue mich so.«

Ich ließ meinen Koffer los und streckte die Arme aus.

Rebeccas rotbraune Haare saßen in einem unordentlichen Dutt auf ihrem Kopf, und ein paar Strähnen umspielten ihr Gesicht, was Mom sicher mit einem kritischen Blick beäugt hätte. Ich jedoch liebte diesen natürlichen, charmanten Look.

Meine Tante zog mich in eine warme Umarmung. Sofort stieg mir ihr vertrauter Duft in die Nase. Kein teures Parfüm. Sie duftete einfach unverfälscht nach sich selbst und ihrem Apfelshampoo.

»Ich hab dich so sehr vermisst, meine Kleine.«

Rebecca wiegte mich in ihren Armen hin und her. Ich schloss die Augen und presste mein Gesicht in ihre Halskuhle.

»Und ich dich erst«, murmelte ich, während mich ihre vertraute Wärme umfing. Es war, als würde ein Stück Ballast abfallen, den ich aus Seattle mitgebracht hatte. Rebecca hatte schon immer diese besondere Wirkung auf mich gehabt. In ihrer Gegenwart ging es mir sofort besser.

»War der Flug sehr turbulent?« Rebecca schob mich ein Stück von sich und betrachtete mich liebevoll.

Um ihre braunen Augen entdeckte ich ein paar Fältchen mehr als bei meinem letzten Besuch. Sie hatte dieses Jahr ihren vierzigsten Geburtstag gefeiert.

»Sei froh, dass du nicht dabei warst.« Ich zog eine Grimasse. »Wir hatten einige Turbulenzen, das wäre für deine Flugangst nichts gewesen.«

»O Gott, das klingt übel.« Rebecca lachte. »Gut, dass du jetzt wieder festen Boden unter den Füßen hast.« Sie rieb über meinen Oberarm und griff nach meinem Koffer. »Hast du genug warme Sachen eingepackt? Der Dezember zeigt sich von seiner frostigen Seite.«

»Ich hoffe es.«

Gemeinsam traten wir aus der Flughafenhalle nach draußen an die frische Luft. Dunkelheit und Kälte schlugen mir entgegen. Sofort begann ich, unter meiner Winterjacke zu frösteln.

»Seit gestern Abend ist hier bei uns alles weiß.« Rebecca rollte meinen Koffer geräuschvoll hinter sich her. Ich schlang meine Arme um mich und lief über den finsteren Parkplatz zu ihrem Auto. Ich spürte mit jedem Schritt, wie meine Stiefel in dem weichen Schnee einsanken. Ich konnte es kaum erwarten, morgen die glitzernde Landschaft bei Tageslicht zu sehen.

»Ein paar Laternen hätten sie mittlerweile echt mal aufstellen können«, sagte ich und bemühte mich, die Umrisse der Gebäude um mich herum zu erkennen.

Rebecca schnaubte belustigt. »Larry kümmert sich derzeit nur um sein Dackelmuseum.«

Schmunzelnd blieb ich neben ihrem Auto stehen. »Dackelmuseum? Ich frage mich manchmal echt, was im Kopf eures Bürgermeisters vor sich geht.«

»Das fragt sich ganz Starwood, glaub mir.« Rebecca öffnete

den Kofferraum, und gemeinsam hievten wir mein Gepäck hinein.

Als wir wenig später im warmen Auto saßen und die Heizung voll aufdrehten, ließ das Zittern meines Körpers nach. Ich schnallte mich an und wandte mich an meine Tante.

»Danke, Rebecca.« Ich sah, wie ihr Gesicht bei meinen Worten im gelblichen Licht des Autos weich wurde.

»Das ist doch klar.« Sie griff über die Mittelkonsole hinweg nach meiner Hand und drückte sie kurz. »Ich muss zugeben, dass ich auch nicht ganz uneigennützig zugestimmt habe, als du gefragt hast, ob du kommen kannst.«

Sie startete den Motor und fuhr los, während langsam das Innenlicht des Autos erlosch. Das Radio sprang an, und ein Weihnachtssong dudelte leise aus den Boxen.

»Ja?« Ich lächelte leicht.

»Erstens«, sie hob einen Zeigefinger, bevor sie den Wagen aus dem Parkplatz auf die Straße lenkte, »lebe ich, wie du weißt, allein und freue mich sehr über Gesellschaft. Zweitens bist du meine absolute Lieblingsnichte. Und drittens brauche ich jetzt zur Vorweihnachtszeit dringend jemanden, der in meinem Laden aushilft.«

»Aha, deshalb warst du so überglücklich am Telefon. Ich komme dir also gerade recht, was?« Grinsend stieß ich gegen ihren Oberschenkel.

»Klar, was denkst du denn? Du bist eine billige Hilfskraft für mich. Was auch sonst?«

Ein entgegenkommendes Auto warf seine Scheinwerfer für einen kurzen Moment auf Rebeccas Gesicht, und ich entdeckte ihr Augenzwinkern.

»Nein, jetzt mal im Ernst. Ich bin wirklich froh, dass du da bist. So sehr die Leute hier für mich auch wie eine Familie sind, so sehr erschlägt mich manchmal die Stille in meinem Haus. Und du weißt, dass meine Türen jederzeit für dich offen stehen. Vor allem, wenn du eine Auszeit brauchst, so wie jetzt.«

Ein Kloß wuchs in meinem Hals heran. Ich heftete meinen Blick auf die dunkle, verschneite Straße vor uns. »Das weiß ich sehr zu schätzen, Rebecca.« Meine Stimme klang belegt.

Ich spürte ihren liebevollen Blick auf mir und fragte mich mal wieder, weshalb Mom nicht genauso reagieren konnte wie ihre Schwester. Rebecca hatte mir schon immer vermittelt, dass ich genau so richtig war, wie ich war. Sie teilte meine Sorgen, fühlte mit mir und gab mir zu verstehen, dass es in Ordnung war, auf sein Bauchgefühl zu hören. Mom dagegen hatte immer von mir verlangt, dass ich unnachgiebig war und meine Intuition ignorierte. Wenn meine Mutter mir nicht ständig eingeredet hätte, wie wertvoll mein Job bei Tremblay & Friends doch sei, hätte ich sicher schon viel früher gekündigt. Die Arbeit dort und insbesondere *er* waren …

Ich schaffte es nicht mal, den Gedanken zu Ende zu bringen, weil mich sofort ein beklemmendes Gefühl ergriff. Nein, das musste aufhören. Ich war jetzt in Starwood. Weit weg von meiner Heimat und von dem Ballast, den ich nicht in die idyllische Kleinstadt zerren wollte. Besagter Mann hatte in den nächsten Wochen nichts mehr in meinem Kopf zu suchen.

Rebecca schien zu spüren, dass sich mein ganzer Körper versteift hatte, denn sie drehte die Lautstärke des Radios ein wenig lauter. »Schau mal, ein Song von Taylor Swift. Wenn das mal kein Zeichen ist, dass es eine gute Idee von dir war, nach Starwood zu kommen.« Sie zwinkerte mir zu.

Als die vertraute Stimme meiner Lieblingssängerin aus den Boxen drang, begann sich die Beklemmung in meiner Brust langsam zu lösen. *Christmas Tree Farm* gehörte zu meinen allerliebsten Weihnachtssongs.

»Da hast du recht.« Ich atmete tief durch und schloss für einen Moment die Augen. »Taylor ist meine emotionale Stütze.«

Ich spürte, wie Rebecca kurz ihre Hand auf meinen Arm legte. »Es wird alles gut werden, Liebes. Der Zauber von Starwood hat noch alle Probleme beseitigt.«

Hoffentlich würde sie damit recht behalten.

Kapitel 3

Schläfrig öffnete ich am nächsten Morgen die Augen. Mein Handydisplay zeigte neun Uhr vormittags an. In Seattle war es erst acht. Ich gähnte und streckte mich. Nachdem Rebecca mich gestern zu sich nach Hause gebracht hatte, waren wir nach einem kurzen Getränk direkt ins Bett gefallen. Ich hatte mir noch nicht einmal die Mühe gemacht, meinen Koffer auszuräumen.

Ein sanftes Klopfen erklang an der Tür. Kurz darauf wurde sie einen Spaltbreit geöffnet.

»Hey.« Rebecca streckte ihren Kopf herein. »Bist du schon wach? Ich habe Waffeln gemacht.«

Bei dem Wort *Waffeln* schoss ich beinahe senkrecht aus dem Bett hoch. »Oh, mein Gott«, nuschelte ich und schlug die Bettdecke beiseite. »Allein von deinen Worten beginne ich zu sabbern.«

Rebecca lachte. »Komm runter, wenn du so weit bist. Es steht schon alles bereit.« Sie zwinkerte mir zu und schloss die Tür hinter sich.

Rebeccas Mandelwaffeln waren die allerbesten der Welt, und ich hatte seit meiner Kindheit jedes Mal bei einem Besuch gehofft, dass sie welche backen würde.

Ich gähnte noch einmal ausgiebig, bevor ich aus dem Bett schlüpfte und meinen kuscheligen Hoodie, eine Jogginghose und dicke Socken mit Rentiernasen-Motiv anzog. Mein Plan sah vor, in den nächsten Wochen nur noch in diesen überdimensional großen, gemütlichen Sweatpants zu leben. Meine blonden Haare schlang ich zu einem unordentlichen Dutt.

Rebeccas Haus strahlte eine Gemütlichkeit aus, die ich

schon immer geliebt hatte. Die Holzmöbel verliehen den Räumen eine angenehme Wärme, und der dunkle Dielenboden unter meinen Füßen knarzte bei jedem Schritt. Sie hatte ihr Haus schlicht, aber sehr liebevoll eingerichtet und dekoriert. Man fühlte sich direkt wohl.

Als ich ins Wohnzimmer trat, knisterte bereits das Feuer im Kamin. Ein wohliges Gefühl stieg in mir auf. Lächelnd trat ich an den Esstisch heran, wo mir augenblicklich der Duft von Waffeln und zimtigem Tee in die Nase stieg.

»Du bist die Beste.« Ich seufzte vor Wonne und rutschte auf einen der Holzstühle.

»Ich weiß.« Schmunzelnd goss sie mir eine dampfende Tasse Bratapfeltee ein. »Hast du gut geschlafen?«

»Hervorragend. Dein Gästebett ist so groß, dass ich mich dreimal darin umdrehen könnte. Da falle ich garantiert nicht raus.«

»Passiert dir das immer noch?« Sie ließ sich mir gegenüber nieder und griff nach der Schale mit fluffig geschlagener Sahne.

»Manchmal. Wenn ich unruhige Träume habe, wälze ich mich immer viel zu sehr herum. Aber hier bei dir habe ich geschlafen wie ein Baby.« Das erste Mal seit Langem war ich nicht mitten in der Nacht aufgeschreckt. Bilder von der Arbeit hatten mich in den letzten Wochen oft genug heimgesucht. Es war eine Wohltat, dass ich diese Nacht davon verschont geblieben war.

Rebecca lächelte mich an und reichte mir die Schüssel mit der Sahne. Ich häufte mir eine großzügige Portion auf meine warme Waffel.

Als ich mir den ersten Bissen in den Mund schob und der weiche Teig auf meiner Zunge zerging, stieß ich ein wohliges Stöhnen aus. »So, so gut«, nuschelte ich.

Rebecca sah mir amüsiert dabei zu, wie ich die ganze Portion verschlang.

Satt, zufrieden und mit einem angenehmen Nachgeschmack im Mund lehnte ich mich zurück. »Kann ich dir heute schon im Laden helfen?«

Sie schüttelte den Kopf. »Das ist lieb, aber komm ruhig erst mal an. In ein paar Tagen könnte ich dich gut gebrauchen, aber ich will dich nicht direkt am ersten Tag überfallen. Gönn dir Ruhe und schau dich in Starwood um.«

»Das wäre aber überhaupt kein Problem. Ablenkung ist nicht das Schlechteste.« *Sein* Gesicht ploppte vor meinem inneren Auge auf. Sofort schüttelte ich den Kopf und zwang alle Gedanken an die Firma in die hinterste Ecke meines Kopfes.

Rebeccas mitfühlender Blick begegnete mir. Auch ohne große Worte wusste sie, was in mir vorging, und spürte, dass ich nicht darüber sprechen wollte.

»Weißt du, was du für mich tun könntest?«, fragte sie nach einer Weile.

Fragend sah ich sie an.

»Du könntest einen Weihnachtsbaum fürs Wohnzimmer aussuchen. Ich bin noch nicht dazu gekommen, einen zu holen.«

Ich riss die Augen auf und drehte meinen Kopf. »Stimmt! Dort neben dem Kamin steht normalerweise jedes Jahr ab Thanksgiving dein Weihnachtsbaum.«

Meine Tante nickte. »Dieses Jahr war ich lange nicht in der richtigen Stimmung, und dann habe ich es zeitlich nicht geschafft. Wenn du Lust hast, könntest du in den nächsten Tagen bei den Montgomerys auf der Farm nach einem Baum schauen. Er muss nicht der schönste oder größte sein, aber das weißt du ja.« Weiche Fältchen drückten sich um ihre Augen, als sie lächelte.

Das Bild eines kleinen, krummen Tannenbaums stieg vor meinem inneren Auge auf. Jedes Jahr hatte Rebecca ein Exemplar mit irgendeinem äußerlichen Merkmal herangeschleppt.

»Du hast ein Herz für besondere Bäume, nicht wahr?«

Rebecca nickte. »Auch die unperfekten brauchen Liebe.«

»Da sprichst du ein wahres Wort.« Ich rückte das Besteck auf meinem Teller zurecht und setzte mich aufrecht hin. »Ich glaube, da mache ich mich heute gleich auf den Weg. Ich verspreche dir, dass ich einen wundervollen Baum finden werde.«

Sie strahlte mich über den Tisch hinweg an. »Daran habe ich keinen Zweifel.«

Dick eingepackt in Winterjacke, Schal und Mütze machte ich mich wenig später mit Rebecca auf den Weg in ihren Laden. Er befand sich sehr zentral in Starwood und war eins der beliebtesten Geschäfte der Stadt. Besonders jetzt in der Adventszeit boomte er, und die Leute kauften Weihnachtsschmuck und Dekoartikel wie warme Semmeln.

Die Klingel ertönte, als Rebecca die Tür aufsperrte und öffnete. Warme Luft, die nach Vanille-Duftkerzen roch, empfing uns. Mit einem Lächeln ließ ich meinen Blick über die vollbepackten Regale schweifen. Bunte Kugeln glitzerten zwischen Holzfiguren und Rentierhausschuhen hervor. Rebecca hatte wirklich alles, was das Weihnachtsherz begehrte. Kerzen, Lichterketten, Tannenzweige, Weihnachtsbaumschmuck, Kuschelsocken, Zubehör für Krippen, Geschenkpapier und so viel mehr. Ich bewunderte Rebecca aus tiefstem Herzen dafür, dass sie es gewagt hatte, sich mit diesem Laden in einer kleinen Stadt wie Starwood selbstständig zu machen. Dass die Leute das Geschäft damals sofort so gut angenommen hatten, freute mich sehr.

»Wenn ich einen Baum gefunden habe, bringe ich ihn gleich zu dir nach Hause. Passt das?«

Rebecca nickte und wickelte den dicken Schal von ihrem Hals. »Viel Glück bei der Suche.« Sie drückte liebevoll meinen Arm, streckte mir einen Hausschlüssel entgegen, dann schälte sie sich aus ihrem Mantel und verschwand hinten im Büro.

Ich sog ein letztes Mal die vertraute Luft in ihrem Laden ein, dann trat ich wieder nach draußen in die Kälte. Es herrschte vorweihnachtlicher Trubel, und zahlreiche Menschen wuselten über den großen Stadtplatz vor mir, in dessen Mitte ein Brunnen stand. Ein Schneeräumdienst hatte die Wege bereits freigeschaufelt, lediglich am Straßenrand türmten sich die Schneemassen. Im Hintergrund ragten die Rocky Mountains in den eisblauen Himmel. Ich liebte es, dass Starwood mitten in den Bergen lag. Besonders im Winter war der Anblick ein absoluter Traum.

Ich genoss das Stimmengewirr und die geschäftigen Schritte um mich herum, während ich gemächlich über den Platz schlenderte und in die Schaufenster spähte. Dieser Kleinstadtcharme war wirklich etwas Besonderes. Eigentlich war ich Großstädterin durch und durch und wollte die bequemen Verkehrsanbindungen, die langen Öffnungszeiten der Geschäfte und die Möglichkeit, an jeder Ecke einen Kaffee zu bekommen, nicht missen. Dennoch hatten Kleinstädte wie Starwood etwas an sich, das mich faszinierte. In mir regte sich ein Gefühl, das ich lange Zeit nicht mehr gespürt hatte. Ich presste eine Hand gegen meine Brust. Es war ein sehnsüchtiges, beinahe nostalgisches Gefühl. Ich war in meiner Kindheit und meiner Jugend gern in Starwood zu Besuch gewesen. Auch wenn Mom und Rebecca kein enges Verhältnis zueinander hatten, war meine Mutter doch jedes Jahr wegen ihrer Eltern nach Starwood gekommen. Als diese verstorben waren, hatten unsere Reisen hierher deutlich abgenommen, und ich war als Teenager nur noch allein nach Colorado geflogen.

Während ich meinen Blick über die süßen Häuser mit ihren verschneiten Dächern streifen ließ, fragte ich mich, wie Mom jemals von hier hatte wegziehen können. Seattle war nicht nur ihre Wahlheimat geworden, weil sie dort studiert und meinen Dad kennengelernt hatte. Rebecca hatte oft erzählt, dass Mom schon als Jugendliche gesagt hatte, dass sie aus der Kleinstadt wegwollte. Während Rebecca das entschleunigte Leben dort geliebt hatte, war es für Mom erdrückend und einengend gewesen.

Wie mein Leben wohl bis jetzt verlaufen wäre, wenn meine Eltern mich in Starwood und nicht in Seattle großgezogen hätten? Ich atmete tief durch. Weiße Atemwölkchen bildeten sich. Die Antwort auf diese Frage würde ich wohl nie erfahren.

Mein Blick fiel auf Pete's Wafflehouse. Auch dieser Laden weckte Erinnerungen in mir. Pete war ein wahnsinnig netter Mann, auch wenn er nur halb so gute Waffeln machte wie meine Tante. Mit ihm hatte ich immer nette Gespräche geführt. Kurz entschlossen trat ich ein und nahm mir einen Coffee to go mit, bevor ich mich auf den Weg zur Farm machte.

Ein Meer aus verschneiten Bäumen trat in mein Sichtfeld, als ich am Ortsrand von Starwood ankam. Hier verkauften die Montgomerys schon seit Generationen Weihnachtsbäume. Ich war mir sicher, dass es niemanden in Starwood gab, der woanders seinen Baum holte. Außer vielleicht Larry, der Bürgermeister. Er war der Meinung, dass man Tannenbäume nicht töten sollte, nur um sie für ein paar Wochen zu sich ins Haus zu stellen, bevor man sie vertrocknet wegwarf. Damit hatte er ja recht. Trotzdem liebte ich diese Weihnachtstradition.

Ich schob eine Hand in die Tasche meiner Winterjacke, umfasste mit der anderen meinen warmen Kaffeebecher und schlenderte zwischen den Tannenbäumen hindurch. Gleich die ersten, die ich entdeckte, sahen wunderschön aus. Perfekt nach oben gewachsen, groß und kräftig und mit dichten Nadeln. Aber genau das wollten wir ja nicht.

Ich drehte mich um die eigene Achse. Ein Schmunzeln legte sich auf meine Lippen. Lustig war es ja schon. Andere suchten ewig nach einem perfekten Baum, und ich hatte bereits wunderbare Exemplare entdeckt, fahndete aber nach einem unperfekten.

Ich legte den Kopf in den Nacken und betrachtete einen Tannenbaum, der mindestens zwei Meter in die Höhe ragte. Seine perfekt geformte Spitze reckte sich gen Himmel, der heute strahlend blau war. Ich blinzelte und wollte mich gerade umdrehen, als ich gegen einen harten Körper stieß.

»Oh, Entschuldigung.« Erschrocken wandte ich mich um.

Vor mir stand ein Weihnachtself.

Kapitel 4

Ich starrte den Typen vor mir an, dessen breite Schultern in einem Kostüm steckten.

»Hi.« Er tippte sich gegen seine Mütze, unter der schwarze Locken hervorquollen. Seine Lippen waren zu einem verschmitzten Lächeln verzogen.

»Ähm, sorry«, sagte ich hastig und räusperte mich. »Ich hab dich gar nicht gesehen. Hast du dir wehgetan?«

Er schüttelte den Kopf, sodass der Zipfel seiner Elfenmütze hin und her schwang. »Nichts passiert. Bei dir auch alles gut?«

Ich nickte.

Trotz seines Kostüms konnte ich nicht umhin zu bemerken, wie gut dieser Typ aussah. Er war deutlich größer als ich, sodass ich meinen Kopf in den Nacken legen musste, um ihn anzusehen. Dunkle Bartstoppeln zierten sein Gesicht, die braunen Augen musterten mich aufmerksam.

»Du kommst mir gar nicht bekannt vor«, sagte er. »Bist du zu Besuch?«

Überrascht sah ich ihn an. Kannte hier in Starwood wirklich jeder jeden?

»Ja, tatsächlich.«

Plötzlich erhellte Erkenntnis das Gesicht des Weihnachtselfen. »Ach, sag bloß, du bist das neue Kindermädchen der Smiths! Ich hab gehört, dass es diese Woche ankommen sollte.«

Ich schüttelte den Kopf. »Nein, ich bin Lynn, die Nichte von Rebecca Winters.«

»Ah, Rebecca.« Erfreut hob er seine dunklen Augenbrauen.

»Kennst du sie?«

»Klar, ich habe dieses Jahr schon mehrmals in ihrem Laden eingekauft.«

»Und du bist …?«

»Miles Montgomery.« Freundlich streckte er seine Hand aus.

Montgomery.

Geistesgegenwärtig ergriff ich seine Hand, während es in meinem Kopf ratterte. Seine Finger, die erstaunlich warm waren, wenn man die kalten Außentemperaturen bedachte, umschlossen meine und drückten sanft zu.

»Bist du der Sohn der Montgomerys?«, fragte ich dämlicherweise. Innerlich schlug ich mir gegen die Stirn. Wie viele Montgomerys gab es wohl in Starwood?

»Der bin ich.« Miles lächelte. Um seine Augenwinkel gruben sich dabei sanfte Fältchen ein.

Rebecca hatte gar nicht erwähnt, dass die Familie Montgomery einen erwachsenen Sohn in meinem Alter hatte.

»Arbeitest du schon immer auf der Farm?«, fragte ich.

»Früher habe ich nur ab und zu ausgeholfen, aber seit diesem Jahr arbeite ich fest hier und nehme meinen Eltern viel Arbeit ab.«

»Ist dieses Kostüm der Dresscode bei euch?« Ich nickte in Richtung seiner Weihnachtselfen-Klamotten.

Miles lachte. »Nein, eigentlich laufe ich bei der Arbeit nicht so herum.«

Ich grinste. »Schade. Das hat was.«

»Findest du?« Miles drehte sich um die eigene Achse.

Mein Blick fiel dabei prompt auf seine muskulösen Beine, die durch die grüne Stoffhose betont wurden.

Ich zwang mich dazu, mir meine Gedanken nicht anmerken zu lassen, und sah wieder nach oben in sein Gesicht. Ein Schmunzeln lag auf Miles' Lippen, als hätte er bemerkt, wo mein Blick gerade hingewandert war. Seine braunen Augen begegneten meinen. Sein Lächeln vertiefte sich, und es bildeten sich sanfte Grübchen in seinem Kinn.

Schnell räusperte ich mich. »Hast du eine Wette verloren oder warum trägst du das?«

»Ach, ich habe mich heute so danach gefühlt, mich zu verkleiden. Also dachte ich, warum nicht?« Er grinste verschmitzt.

Ich lachte.

»Nein, Spaß beiseite, ich habe einem kleinen Kunden versprochen, dass ich mich so anziehe.« Auf einen Schlag verschwand aller Schalk aus seinen Augen, und er wurde ernst. »Ich besuche den Jungen nachher im Krankenhaus. Er wollte eigentlich mit seinen Eltern einen Weihnachtsbaum bei uns kaufen, aber dann ist eine schwere Lungenentzündung dazwischengekommen. Er ist supertraurig, dass er die Vorweihnachtszeit nicht zu Hause verbringen kann.«

Mein Herz sank, als ich Miles' Worten lauschte. »Und du munterst ihn heute also auf?«

»Ich hoffe es.« Seine Stimme hatte einen weichen Klang angenommen, und ich spürte, wie sehr ihm das Kind am Herzen lag.

Für ein paar Sekunden herrschte Schweigen zwischen uns.

Dann verschränkte Miles die Arme vor seiner breiten Brust und sah mich aufmerksam an. »Also, bist du hier, um einen Baum für Rebecca auszusuchen?«

Ich nickte. »Sie hat mich gebeten, den Kauf dieses Jahr zu übernehmen.«

»Wie lange bleibst du denn zu Besuch?«

»Wahrscheinlich bis Silvester.«

»Dann kommst du also noch lange in den Genuss des Baumes, den du heute auswählst.« Er zwinkerte mir zu. »Hast du schon einen im Blick?«

Ich kräuselte die Nase. »Die hier sind mir alle ein bisschen zu perfekt.«

Er stieß ein tiefes Lachen aus. »Das hört man selten.«

Ich zuckte grinsend mit den Schultern. »Rebecca hat ein Herz für alles Unperfekte.«

»Na, dann lass uns einen perfekt unperfekten Baum für deine Tante finden.« Er setzte sich in Bewegung.

Ich biss mir auf die Lippe und lief hinter ihm her, während mich ein paar Äste an den Armen streiften. Der feuchte Boden zog bei jedem meiner Schritte an meinen Stiefeln.

»Eher klein oder eher groß?« Miles sah über die Schulter zu mir.

»Ganz egal. Habt ihr vielleicht einen Baum übrig, den ihr gar nicht verkaufen könnt, weil er nicht den Standards entspricht?«

Seine Stirn furchte sich. »Ach stimmt, gute Idee. Warte hier einen Moment, ich schaue mal kurz nach.« Damit verschwand er zwischen zwei Bäumen.

Ich blieb stehen und nahm einen letzten Schluck aus meinem Kaffeebecher. Während ich wartete, lauschte ich dem entfernten Geräusch der Kettensägen, mit denen wahrscheinlich gerade neue Bäume gefällt wurden. Ich schloss für einen Moment die Augen und sog die frische Luft um mich herum tief in mich ein. Sie roch nach Tannennadeln und Baumharz.

»Lynn?«

Ich zuckte zusammen, als Miles' Stimme ertönte. Mein Name aus seinem Mund klang … irgendwie schön.

»Miles?«, rief ich zurück und öffnete die Augen.

Schritte knirschten, und kurz darauf stand er wieder vor mir. Ein Funkeln lag in seinen Augen. »Ich glaube, ich habe genau den richtigen Baum für dich gefunden.« Er berührte mich sanft am Arm und nickte mit dem Kopf in eine Richtung.

»Jetzt bin ich aber gespannt.« Neugierig stapfte ich hinter ihm her.

Wir bogen um ein paar Ecken, dann lichteten sich die Tannen und wir kamen am Rand des Feldes an.

Hinter einem Tisch mit einer Kasse stand Mrs. Montgomery. Jetzt, wo ich in ihr freundliches Gesicht blickte, schlug ich mir innerlich gegen die Stirn. Die Ähnlichkeit zwischen ihr und Miles war so groß, dass mir gleich hätte auffallen müssen, dass er ihr Sohn war.

»Hallo, Lynn, wie schön, dich zu sehen.« Mrs. Montgomery winkte zu mir herüber. Unter ihrer weinroten Wollmütze lockten sich dunkle Haare bis auf ihre Schultern.

»Hallo!« Ich winkte lächelnd zurück.

»Ihr kennt euch?«, fragte Miles.

»Kennen ist übertrieben. Wir sind uns schon mal bei einem meiner Besuche begegnet. Es wundert mich umso mehr, dass ich *dich* hier noch nie gesehen habe.«

»Ich war die letzten Jahre nicht so oft hier.« Er räusperte sich.

Irgendetwas an seiner Körperhaltung sagte mir, dass ich lieber nicht weiter nachhaken sollte. Er blickte in die Ferne, während seine Mundwinkel langsam nach unten sanken. Ein paar Sekunden herrschte Stille. Dann schien er sich wieder gefangen zu haben und blickte mir entgegen.

»Also … bist du bereit für den Baum?« Das Funkeln in seinen braunen Augen kehrte zurück. »Die Tanne, die ich dir gleich zeige, haben wir gefällt, aber mein Dad hat sich dann doch dazu entschieden, sie nicht zum Verkauf anzubieten. Ich habe gleich gesagt, dass wir sie dazustellen sollten, aber er meinte, dass niemand so einen Baum haben wollen würde.« Miles lief ein paar Schritte, bis er bei einem Zaun ankam.

»Da kennt er Rebecca aber schlecht. Sie sucht sich doch jedes Jahr einen unperfekten Baum aus.«

Miles zuckte mit den Schultern. »Dann macht sie das wohl immer so subtil, dass Dad es noch nicht gecheckt hat.« Grinsend blieb er stehen und breitete die Arme aus. »Tadaa, da ist das Prachtstück.« Er trat einen Schritt zur Seite und gab damit den Blick auf einen kleinen Baum frei, dessen kahle Seite direkt auf mich zeigte.

Ich hob die Augenbrauen. Auf den ersten Blick wirkte diese Tanne kraftlos und karg. Ich konnte verstehen, weshalb die Montgomerys sie nicht verkaufen wollten. Der Baum reichte mir gerade bis zum Bauch und eine offene Stelle ohne Zweige klaffte mir entgegen. Nur der krumme Baumstamm stach mir ins Auge.

Ich bemühte mich, Rebeccas Sichtweise einzunehmen, und ging einmal um die Tanne herum. Auf der anderen Seite wuchsen die Zweige dichter. Hier bogen sie sich allerdings seltsam nach oben, sodass ich im ersten Moment nicht sagen konnte, wie man am besten Weihnachtsschmuck daran befestigen sollte. Vorsichtig streckte ich eine Hand aus und fuhr über die rauen Tannennadeln. Sie piksten leicht in meine Fingerkuppen. Der Baum gab den typischen Geruch nach Baumharz und Wald ab, den ich tief einsog. Er roch herrlich. Nach Weihnachten.

Als ich wieder einen Schritt zurücktrat, fielen mir zwei Erhebungen am Baumstamm auf. Ich legte den Kopf schief, während mir ein Gedanke kam.

Miles musterte die Tanne ebenfalls. »Die Erhebungen da sehen aus wie zwei Augen, oder?«

Verblüfft blickte ich zu ihm. Genau das hatte ich mir auch gerade gedacht. Erkannte er auch Gesichter in den willkürlichsten Gegenständen? Ich sah immer irgendwo Augen, Nase und Mund – sei es im Essen, bei einem Auto oder eben bei Pflanzen. Miles schien es wohl genauso zu gehen.

Ich lächelte. »Den Baum nehme ich.«

»Ja?«

Ich nickte. »Er ist perfekt unperfekt. Und er hat eine Seele, das spüre ich.«

Zufrieden griff Miles nach der Tanne und trug sie ein paar

Schritte weiter zu einem Metallzylinder. Fasziniert sah ich dabei zu, wie er die Tanne mit dem Stamm voran durch das offene Ende des Zylinders führte und am anderen Ende wieder herausholte. Ein Netz spannte sich nun über den Baum. Miles schnitt das obere Ende des Netzes ab und verknotete es. Alle Handgriffe sahen so leicht und routiniert aus, als würde er das schon sein ganzes Leben lang machen. Wahrscheinlich war das auch der Fall.

»Die Tanne ist nicht sonderlich schwer.« Feierlich überreichte er sie mir. »Warte, ist dein Kaffee schon leer? Ich kann den Becher entsorgen, dann hast du die Hände frei.«

»Oh, das wäre lieb. Danke.« Ich überreichte Miles den Becher und nahm im Gegenzug den Baum an. »Wie viel bekommt ihr dafür?« Ich lugte an der netzumspannten Tanne vorbei.

Miles winkte ab. »Gar nichts. Wir sind froh, dass du ihm ein Zuhause schenkst.«

»Aber …«, setzte ich an.

»Nichts aber. Meine Eltern sehen das sicher genauso.« Gemeinsam liefen wir über das Feld zu seiner Mutter, die gerade einen anderen Kunden abkassierte. Miles warf meinen Kaffeebecher in den Abfalleimer und kam dann zu mir zurück.

»Viel Spaß mit Ihrer Tanne«, sagte Mrs. Montgomery in diesem Moment und winkte dem Kunden zu, der mit seinem Baum verschwand.

Miles schmunzelte und beugte sich langsam zu mir herunter.

»Das war Mr. Bishop«, raunte er. Sein warmer Atem streifte dabei meine Ohrmuschel. »Er versucht immer, mit Mom zu flirten, obwohl er genau weiß, dass sie seit fast dreißig Jahren glücklich verheiratet ist.«

Gänsehaut zog sich über meinen Nacken. »Der Arme. Denkt er wirklich, er hätte eine Chance gegen deinen Dad?«

»Ich hoffe nicht, dass er so verquer tickt.« Miles grinste

und zog sich zurück. »Mom, sieh mal, Lynn hat sich unseres Sorgenkindes erbarmt.« Er deutete auf den Baum in meinen Armen.

Ein Strahlen legte sich auf Mrs. Montgomerys Gesicht. Ebenso wie bei ihrem Sohn bildete sich dabei ein Grübchen in ihrem Kinn. »Das freut mich aber, Lynn. Ihr werdet sicher Spaß mit ihm haben.«

»Das glaube ich auch. Und ihr seid sicher, dass ihr nichts dafür wollt?« Zaghaft sah ich zwischen den beiden hin und her und stellte den Baum neben mir auf dem Boden ab.

Mrs. Montgomery schüttelte vehement den Kopf. »Nichts da, der geht aufs Haus.«

»Das ist sehr lieb, vielen Dank.«

»Wir haben zu danken. So bekommt er ein liebevolles Zuhause.« Miles' Mom rieb sich die Hände. »Hast du Lust auf eine heiße Schokolade, bevor du gehst?«

Mein Blick fiel auf Miles.

»Mom macht den besten Kakao«, sagte er und sah mich abwartend an.

Seine braunen Augen brachten mich für einen Moment aus dem Konzept. Hastig räusperte ich mich. »Da sage ich nicht Nein.«

Mrs. Montgomery warf ihrem Sohn einen liebevollen Blick zu. »Vorhin hat mich eine Kundin gefragt, wo du dein Kostüm gekauft hast. Ihr Neffe war so begeistert davon, dass sie überlegt hat, sich auch so eins zuzulegen.«

»Wirklich?« Miles lächelte und griff nach zwei Tassen mit aufgedruckten Weihnachtsbäumen. »Dann mache ich heute wohl nicht nur Kingsley eine Freude.«

»Wann besuchst du ihn denn?«, fragte seine Mutter.

Er schob den Ärmel seines grünen Mantels nach oben und warf einen Blick auf die Uhr. »In etwa einer Stunde.«

»Alles klar. Bis dahin müsste der größte Ansturm für heute vorüber sein. Richte ihm liebe Grüße von mir aus und gute Besserung.«

»Mach ich.« Er drückte auf den Knopf der Pumpkanne, die am Rand des Kassiertisches stand, und ließ heißen Kakao in die zwei Tassen laufen. Dann gab er noch ein paar Marshmallows in das Heißgetränk und überreichte mir eine Tasse, die sofort meine kalten Hände wärmte.

»Danke schön!« Ich blies auf die dampfende Flüssigkeit und sog den süßen, schokoladigen Duft in mich auf.

Plötzlich nahm ich sanfte Musik wahr, die aus der Ferne zu uns schallte.

»Dein Dad hat endlich die Musikbox repariert«, sagte Mrs. Montgomery zu Miles. An mich gewandt fügte sie hinzu: »Unsere Kundschaft liebt es, wenn wir Weihnachtslieder abspielen. Leider waren unsere Boxen in den letzten Tagen kaputt.«

Ich nickte verständnisvoll und nahm einen Schluck Kakao. Ein sentimentales Gefühl ergriff mich, als ich *Driving Home for Christmas* hörte, das in einer angenehmen Lautstärke die Luft erfüllte.

Langsam ließ ich meinen Blick über die Bäume schweifen. »Ich muss gestehen, dass ich bisher noch nicht wirklich in Weihnachtsstimmung war«, sagte ich und sah zurück zu Miles und seiner Mom. »Aber hier auf eurer Farm … diese Atmosphäre, die Weihnachtssongs … Das trägt sehr dazu bei, dass sich das weihnachtliche Gefühl in mir doch langsam einstellt.«

Mrs. Montgomery sah mich liebevoll an. »Das freut uns sehr.«

Einen Moment wie diesen hatte ich lange nicht mehr gehabt. An der frischen Luft zu stehen mit angenehmen Düften in der Nase, umgeben von kribbelnder Weihnachtsstimmung und netten Menschen, die mich freundlich behandelten und nicht mit unangenehmen Fragen löcherten … Vielleicht schaffte ich es nach dem ganzen Trubel in Seattle nun doch, in Weihnachtslaune zu kommen. Mein Aufenthalt hier bei Rebecca in Starwood begann noch viel schöner, als ich es mir erträumt hatte.

Kapitel 5

»Und, hast du einen Baum gefunden?« Rebecca hielt einen riesigen Karton mit silbernen Weihnachtsbaumkugeln im Arm, als ich den Laden betrat. Einige vorwitzige Haarsträhnen hatten sich aus ihrem Pferdeschwanz gelöst, und man sah, dass sie schon seit einiger Zeit auf den Beinen war. Doch das Lächeln in ihrem Gesicht zeigte, wie gern sie ihre Arbeit tat.

Ich reckte bestätigend einen Daumen in die Luft. »Ich bin so gespannt, was du sagst.«

Nach meiner heißen Schokolade und ein bisschen Small Talk mit Mrs. Montgomery hatte ich mich von ihr und Miles verabschiedet und war mit einem warmen Gefühl im Bauch nach Hause gelaufen.

»Hast du ein Foto gemacht?« Rebecca griff nach einer Kugel und legte sie in ein leeres Regalfach.

»Du musst dich gedulden, bis du ihn in echt siehst«, sagte ich geheimnisvoll.

»Ach, du wieder. Du weißt, dass Geduld nicht meine Stärke ist. Meinst du, es ist schlimm, wenn ich den Laden jetzt schon schließe?« Sie grinste mich an und befüllte das restliche Regalbrett.

»Ich glaube, deine Kundschaft hätte etwas dagegen. Genau wie dein Kontostand.«

»Du hast recht …« Sie seufzte, zwinkerte mir aber im nächsten Moment zu. »Hast du Miles getroffen?«

»Miles? Ja, habe ich. Warum?«

»Ach, nur so.« Rebecca rückte die Kugeln zurecht und faltete dann den leeren Karton zusammen.

Argwöhnisch betrachtete ich sie. Sie fragte nie etwas *einfach nur so.* »Wusstest du, dass er heute dort arbeitet?«

Sie nickte und ging zwischen den dicht befüllten Regalen nach hinten zur Kasse.

»Wieso habe ich ihn in den letzten Jahren nie in Starwood gesehen? In diesem Ort trifft man doch jeden irgendwo und irgendwann.« Ich folgte ihr an die Kasse. Im Hintergrund ertönte die Klingel, als jemand den Laden betrat.

»Er hat die letzten Jahre nicht hier gewohnt«, sagte Rebecca und stopfte den Karton unter die Theke. Als sie wieder auftauchte, bemerkte ich das betont unschuldige Funkeln in ihren Augen. »Und, wie fandest du ihn so? Ganz nett, oder?«

»Ja, er war sehr nett.«

»Und nett anzusehen ist er auch, nicht wahr?«

»Rebecca!«

Unschuldig sah sie mich an. »Ich meine ja nur.«

»Ich bin nicht nach Starwood gekommen, um einen Mann kennenzulernen. In meinem Leben herrscht schon genug Chaos. Außerdem, wer sagt denn, dass Miles nicht schon vergeben ist?«

Rebecca legte ihre Hände flach auf den Tresen. »Also erstens: Ich weiß aus sicherer Quelle, dass Miles Single ist. Und zweitens: Männer bedeuten nicht immer nur Stress.«

»Ja, aber die erste Datingphase bedeutet Stress pur. Die Nervosität, die Unsicherheit, ob er mich wirklich mag oder nicht. Wie oft schreibt man sich? Wann weiß man, dass er ebenso etwas Festes will? Oder spielt er nur irgendwelche Spielchen? Diese Phase, bevor man sich richtig kennt. Stress, auf den ich aktuell gern verzichte.«

Meine Tante strich sich eine Strähne hinters Ohr. »Wenn es der Richtige ist, dann klären sich die Fragen schnell von allein, und dann spürst du diese Nervosität auch nicht.«

»Und das weißt du, weil …?« Ich sah sie schmunzelnd an. »Weil du schon so lange in einer Beziehung bist?«

Sie streckte ihren Arm über den Tresen und boxte mich gegen die Schulter. »Ich hatte noch nie Glück mit den Männern, das heißt aber nicht, dass es für mich nicht irgendwann auch den Richtigen geben könnte.«

»Wieso gibst du als Single dann so tolle Beziehungstipps?« Mit einem frechen Grinsen sah ich sie an.

»Trainer spielen eben nicht selbst.« Sie zuckte mit den Schultern, als wäre damit alles geklärt.

Ich lachte.

»Verzeihung, Mrs. Winters?« Eine brüchige Stimme erklang hinter meinem Rücken.

Ich drehte mich um und entdeckte eine alte Frau. Sie ging leicht gebeugt und trug einen zerschlissenen Mantel.

»Suchen Sie etwas Bestimmtes?« Rebecca trat um den Tresen herum und lächelte ihre Kundin freundlich an.

»Haben Sie so etwas …?« Die alte Dame überlegte und formte mit den Händen einen Gegenstand. »Eine Dose, die Musik abspielt?«, beendete sie ihre Frage.

»Ja, da habe ich einige. Kommen Sie gern mal mit.« Rebecca führte sie an die rechte Wandseite, an der einige Spieluhren aneinandergereiht waren. »Suchen Sie eine mit Weihnachtsmusik?«

Die Dame nickte. Ich bemerkte, wie ihre Hand leicht zitterte, als sie nach einer Dose griff, die Rebecca ihr reichte. Die ersten Töne von *Silent Night* dudelten aus der Box, als die Frau sie öffnete.

»Wie viel kostete die?« Fragend sah sie zu meiner Tante auf.

»Sechs Dollar.«

Die Frau zuckte zusammen und ließ die Dose beinahe wie eine heiße Kartoffel fallen. Schnell reichte sie Rebecca die Spieluhr zurück und murmelte ein paar Worte vor sich hin, während sie sich abwendete und zur Tür tippelte.

»Ich könnte vier Dollar für Sie machen …«, rief Rebecca der Dame hinterher.

Doch die hörte sie gar nicht mehr und trat auf die Straße hinaus. Die Glocke klingelte, dann fiel die Tür mit einem leisen Klicken ins Schloss.

Mit hängenden Schultern sah Rebecca der Kundin nach. »So was tut mir immer im Herzen weh, wenn jemand etwas kaufen möchte, aber offensichtlich nicht genug Geld dafür hat.« Seufzend drehte sie sich um und lief zu mir an die Theke. Eine Falte zeigte sich auf ihrer Stirn. »Dabei ist mein Laden nicht wirklich überteuert, oder?« Zweifelnd sah sie mich an.

Eine Welle der Zuneigung überrollte mich. Rebecca hatte ein viel zu großes Herz und suchte die Schuld schnell mal bei sich. Das kannte ich nur allzu gut von mir selbst.

»Deine Preise sind gut so, wie sie sind.« Ich strich ihr sanft über den Arm.

»Am liebsten würde ich ihr hinterherlaufen und ihr die Spieluhr schenken. Aber ich kann nicht ständig alles aus der eigenen Kasse bezahlen, ich lebe ja selbst schon bescheiden.«

»Ich weiß.« Mitfühlend legte ich beide Arme um sie. »Mach dir keinen Kopf, okay?«

Rebecca erwiderte meine Umarmung.

Ich hörte ihr leises Seufzen an meinem Ohr und rieb ihr über die Schultern. »Jetzt bringen wir den Arbeitstag noch gut zu Ende, und dann zeige ich dir den Tannenbaum, den ich für uns ausgesucht habe.«

Kapitel 6

Rebecca war begeistert, als sie den Baum sah.

»Der ist absolut wunderbar«, jauchzte sie und gab ihm direkt einen Namen. »Er sieht aus wie ein Winnie, findest du nicht?«

Keine Ahnung, wie sie ausgerechnet auf Winnie kam, aber so sollte es sein. Winnie, der Weihnachtsbaum. Klein, kahl und schief, aber voller Liebe.

***

Die nächsten drei Tage vergingen wie im Flug, und Weihnachten rückte immer näher. Ich genoss die heimelige Atmosphäre in Starwood und bereute meine Entscheidung nach wie vor keine Sekunde. Von meinen Eltern hatte ich bisher nicht viel gehört. Ich hatte Mom geschrieben, dass ich angekommen war und es Rebecca und mir gut ging. Ansonsten blieb unser Chatverlauf leer. Mal sehen, wann sie meine Kündigung überwunden hatte. Mit einer Nachricht von Dad rechnete ich erst gar nicht. Keine Ahnung, ob er überhaupt wusste, dass ich gerade in Starwood war. Dass er sich mehr für seine Arbeit als für mich interessierte, war ja nichts Neues.

Am Mittwoch machte ich mich auf den Weg in die Stadt, um mich nach einem Weihnachtsgeschenk für Rebecca umzusehen. Ich hatte noch keine Idee und erhoffte mir ein bisschen Inspiration in den Geschäften.

Lichterketten hingen in den verschneiten Bäumen und tauchten den Stadtplatz in eine weihnachtliche Atmosphäre. Ich schlenderte auf dem Gehweg entlang und spähte in einige

Schaufenster. Aus Klamotten machte Rebecca sich nicht viel. Also fiel ein modisches Geschenk schon mal weg. In den letzten Jahren hatte sie Tee, Bücher oder DVDs bekommen. Irgendwie wollte ich ihr dieses Jahr nicht wieder dasselbe schenken.

Ich rieb mir nachdenklich übers Kinn.

Es sollte etwas Besonderes sein. Vor allem, da ich mich für die Liebe bedanken wollte, die sie mir entgegenbrachte – eigentlich, seit ich denken konnte. Ihr Verständnis war Gold wert, und auch wenn ich mich jeden Tag mehrfach bei ihr bedankte, hatte ich doch das Gefühl, dass es nicht reichte.

Ich blieb vor einem Laden stehen, in dessen Schaufenster herrlich bunte Plätzchen angeboten wurden. Saftige Tortenstücke standen mit süßen weihnachtlichen Verzierungen daneben. Ein Lächeln hob meine Mundwinkel. Das schrie schon eher nach Rebecca. Alles, was Zucker enthielt, war für sie wie geschaffen.

»Ach, da sieh einer an. Lynn Steward!«

Eine tiefe Bassstimme ertönte plötzlich vom Eingang des Ladens, und ein rundlicher Mann trat heraus.

»Larry, schön dich zu sehen.« Freundlich begrüßte ich den Bürgermeister.

Wie immer trug er eine beige Strickjacke, die sich deutlich über seinen Bauch wölbte. Mit dem grauen Bart und seinem Klamottenstil erinnerte er mich manchmal an Taylor Doose aus der Serie *Gilmore Girls*.

»Diese Muffins hier hat der Himmel geschickt.« Er presste eine Hand gegen das Schaufenster.

»Die mit dem weißen Häubchen?«

»Genau die.« Feierlich blickte Larry von den Muffins zu mir. »So lecker. Und vegan. Ganz so, wie es mir gefällt.«

Mein Blick fiel zurück auf den Namen des Geschäfts. Tatsächlich stand dort *vegan cakes & other candy*. Man konnte wie in einem Café gemütlich an Tischen sitzen oder die Süßigkeiten lediglich kaufen. In letzter Zeit hatte ich meine Ernährung immer mehr umgestellt und versuchte heute, so oft es ging, vegan zu essen. Wie cool, dass es in so einer kleinen Stadt wie Starwood ein eigenes veganes Café gab! Es musste erst vor Kurzem eröffnet haben, da ich es von meinen letzten Besuchen her gar nicht kannte.

Ich wandte mich an Larry. »Was macht das Dackelmuseum?« Einen amüsierten Unterton konnte ich mir nicht verkneifen.

»Ach, Lynn, wenn du wüsstest.« Der Bürgermeister seufzte wieder. »Gar nichts geht voran. Ich habe zwar einen Ort gefunden, an dem es eröffnet werden soll, aber es fehlt einfach an Geld.«

Ich sah durch seinen Bart, wie die Mundwinkel herabhingen. Aus ernsten Augen musterte er mich. »Du würdest das Museum besuchen, nicht wahr? Aber sicher würdest du das. Du bist mit Rebecca verwandt, der liebsten Seele in ganz Starwood. Ach, wie schön es wäre, euch als meine ersten Gäste willkommen zu heißen.« Er rieb sich mit beiden Handflächen über das Gesicht. »Aber das wird noch dauern, befürchte ich.«

Mitgefühl durchströmte mich. Egal, wie ungewöhnlich ich die Idee eines Dackelmuseums fand, so spürte ich doch, wie sehr Larry an diesem Traum hing. Für ihn bedeutete es die Welt, und es tat mir weh zu sehen, dass er seinen Traum bisher nicht hatte erfüllen können. Sofort bereute ich meinen amüsierten Tonfall von vorhin.

»Irgendwann wird es klappen, da bin ich mir sicher.« Etwas unbeholfen klopfte ich ihm auf die Schulter.

»Danke, Lynn. Ich weiß deine moralische Unterstützung zu schätzen.«

»Was wird klappen?«

Eine tiefe Stimme erklang neben mir.

Erschrocken sah ich auf und begegnete Miles' braunen Augen.

»Hey!« Ich konnte nicht verhindern, dass mein Herz einen Satz machte. »Heute mal ganz ohne Kostüm. Ist ja total ungewohnt.«

»Ja, so sehe ich normalerweise aus.« Miles breitete die Arme aus und grinste. Er trug eine schwarze Winterjacke und eine ausgewaschene hellblaue Jeans. Ohne die Zipfelmütze fielen seine Haare heute in voller Pracht. Leicht zerwühlt standen sie ihm vom Kopf ab, und ein paar Locken hingen in die Stirn.

»Wir haben gerade über mein Dackelmuseum gesprochen«, sagte Larry. »Du wirst doch hinkommen, nicht wahr, Miles?«

»Aber klar doch.« Miles schob die Hände lässig in seine Hosentaschen. »Wann ist es denn so weit?«

»Wenn ich dir das sagen könnte …« Der Bürgermeister hob resigniert die Schultern. »Du wirst neben Lynn und Rebecca der Erste sein, dem ich es erzähle, wenn es öffnet.«

»Ich freue mich darauf.« Miles klang vollkommen aufrichtig und freundlich.

Ich betrachtete ihn von der Seite. Seine Mundwinkel hoben sich leicht, als er den Bürgermeister aufmunternd anlächelte. Seine Wangen waren heute glatt rasiert. Unter seinem rechten Auge bemerkte ich ein kleines Muttermal, das mir neulich auf der Farm noch nicht aufgefallen war.

Als würde Miles meinen Blick spüren, drehte er seinen Kopf zu mir, und unsere Augen trafen sich. Er erwiderte meinen Blick so intensiv, dass mir unwillkürlich warm wurde und ich am liebsten aus meiner Winterjacke geschlüpft wäre.

»Ich muss dann auch mal wieder … War schön, euch getroffen zu haben.«

Larry riss mich aus meiner Starre. Ich blinzelte und löste meinen Blick von Miles.

»Bis bald!« Ich winkte Larry zu, der sich mit einem Kopfnicken verabschiedete und den Stadtplatz hinunterschlenderte. Dann wandte ich mich an Miles. »Musst du heute gar nicht arbeiten?«

»Doch, aber ich mache gerade eine kleine Pause. Heute kommen noch mal besonders viele Menschen. Immerhin ist in siebzehn Tagen schon Heiligabend. Und du weißt ja, dass die meisten ihren Baum gern frühzeitig aufstellen.«

»Du zählst auch die Tage?«

»Na klar, ich fange schon im September damit an.«

»Willkommen im Club der Weihnachtsfreaks.« Ich hielt ihm meine Faust hin. Er stieß mit seiner dagegen.

»Schade, dass die Adventskalender immer erst ab dem ersten Dezember starten. Wir bräuchten einen mit fünfundachtzig Türchen.« Grinsend schob er seine Hände zurück in die Hosentaschen.

»Das ist eine echte Marktlücke.« Ich wedelte mit dem Zeigefinger. »Ich glaube, du hast gerade eine neue Geschäftsidee entwickelt.«

»Ob das jemand kaufen würde?«

»Bestimmt. Aber für die ganzen Grinchs da draußen wäre es der Horror.« Ich lachte.

Miles stieg in mein Lachen ein, und ich genoss den tiefen, warmen Klang.

»Was für einen Adventskalender hast du dieses Jahr?«, fragte er.

Zerknirscht sah ich ihn an. »Gar keinen.«

»Was?« Er riss die Augen auf.

»Dieses Jahr habe ich mir irgendwie keinen gekauft, weil ich nicht so in Weihnachtsstimmung war, und von meinen Eltern bekomme ich schon lange keinen mehr. Ich bin ›zu alt‹ dafür.« Ich malte Anführungszeichen in die Luft.

Miles stieß ein Schnauben aus. »Für Adventskalender ist man niemals zu alt.«

»Sehe ich auch so. Welchen Kalender hast du?«

»Meine Eltern haben mir einen von *Reese's* geschenkt.«

Jetzt war ich es, die die Augen aufriss. »Den hatte ich letztes Jahr, der ist so lecker!«

Miles schmunzelte. »Kommst du denn langsam in Weihnachtsstimmung? Als du bei uns auf der Farm warst, meintest du ebenfalls, dass du die vorweihnachtliche Freude noch gar nicht so recht spürst.«

Ich drehte meine Hand hin und her. »Es wird besser, aber so wie früher fühle ich mich noch nicht. Was wirklich traurig ist, weil Weihnachten eigentlich mein liebstes Fest im Jahr ist. Durch den ganzen Trubel bei der Arbeit wollte sich das Gefühl irgendwie nicht einstellen.«

»Wo arbeitest du denn?«

Shit.

Erst jetzt wurde mir bewusst, welches Fass ich unbeabsichtigt aufgemacht hatte. Eigentlich hatte ich hier in Starwood einen großen Bogen um das Thema Job machen wollen. Ich hatte nicht vorgehabt, mit jemandem darüber zu sprechen. Allein daran zu denken schnürte mir die Kehle zu.

Ich schluckte. »Nach der Highschool habe ich Wirtschaft studiert und danach direkt in einer Firma zu arbeiten begonnen. Diesen Monat habe ich … gekündigt.«

»Oh.« Miles sah mich betroffen an. »War es doch nicht das Richtige?«

Mein Blick ging zu Boden. Ein beklemmendes Gefühl regte sich in meinem Bauch. Ich hasste es, dass ich mich jedes Mal so fühlte, wenn ich an meine Arbeit dachte oder darüber sprach. Ich hasste es, dass ein ganz bestimmter Mensch daran schuld war. Und ich hasste mich selbst dafür, dass ich die Warnzeichen nicht schon früher erkannt und die Reißleine gezogen hatte.

»Das Studium mochte ich richtig gern. Auf Drängen meiner Eltern hin habe ich viele Praktika nebenbei gemacht, die mir wirklich geholfen haben. Nach vier Jahren hatte ich dann meinen Abschluss und habe direkt einen Platz in einer der begehrtesten Firmen Seattles ergattert. Ich war anfangs total glücklich und habe mich darauf gefreut, endlich richtig arbeiten und Geld verdienen zu können.« Unruhig fuhr ich mit meiner Fußspitze auf dem Gehweg herum. »Aber dann habe ich schnell gemerkt, dass das Arbeitsklima dort doch nicht so harmonisch und angenehm ist, wie bei meinem Bewerbungsgespräch gedacht.«

»Oh, das ist mies.«

Bei Miles' Worten hob ich den Kopf. Zwischen seinen Brauen stand eine steile Falte.

»Ist irgendetwas Bestimmtes vorgefallen?«, fragte er vorsichtig.

Sein Gesicht flackerte vor meinem inneren Auge auf. Sofort drehte sich mein Magen um, und ich spürte dieselbe Beklemmung und Angst, die mich damals befallen hatte. Ich presste eine Hand gegen meinen Bauch und bemühte mich darum, ruhig zu atmen.

»Wäre es okay, wenn wir über etwas anderes reden?«, presste ich hervor. Schwindel ergriff mich. Ich hatte gedacht, dass ich mittlerweile lockerer darüber würde sprechen können, aber anscheinend war das doch nicht der Fall.

»Klar, natürlich! Sorry, ich wollte dich nicht drängen.«

Ich schüttelte den Kopf. »Alles gut.« Ich schloss für einen Moment die Augen und bemühte mich, das Gefühl, das mir die Brust zuschnürte, loszuwerden. Doch stattdessen wurde es immer schlimmer. Mein Atem ging hektisch, und ich fühlte mich, als würde ich jeden Moment umkippen. Verdammt, ich hatte es so lange geschafft, jede Panik zurückzuschieben, wenn das Thema Arbeit aufkam. Warum schaffte ich es nicht jetzt auch? Was musste Miles nur von mir denken?

»Lynn?« Miles' besorgte Stimme drang wie durch Watte zu mir durch.

Mein Magen rebellierte. Ich presste eine Hand gegen meine Brust, um das Engegefühl abzuschütteln, doch es klappte nicht. Erinnerungsfetzen stiegen vor meinem inneren Auge auf. *Seine* Stimme mischte sich zu den Bildern. In meinem Kopf wurde es immer lauter. Immer lauter und hektischer. Alles drehte sich …

»Lynn«, hörte ich Miles sagen. »Schau mich an.«

Ich spürte, wie sich zwei Finger unter mein Kinn legten und es sanft anhoben. Blinzelnd öffnete ich die Augen und begegnete Miles' warmem Blick. »Kennst du die Kerzenmethode?«, fragte er leise.

Ich wollte antworten, doch es kam kein Ton heraus. Meine Unterlippe zitterte, als ich den Kopf schüttelte. Mir war eiskalt. Die Welt um mich herum begann zu verschwimmen.

»Das hat meine Mom früher mit mir gemacht, wenn mich Emotionen überwältigt haben.« Langsam nahm Miles seine Hand von meinem Kinn. Er hob sie in die Luft und spreizte die Finger. »Puste gemeinsam mit mir die Kerzen aus«, flüsterte er.

Ich bemühte mich, meine Konzentration auf seine beruhigende Stimme und seine Hand zu lenken.

Miles blies gegen seinen Daumen und klappte diesen ein, als hätte er die Flamme einer Kerze gelöscht.

Ohne nachzudenken, machte ich mit und pustete gegen seinen Zeigefinger. »Zwei«, zählte Miles. Ich blies gegen seinen Mittelfinger, und Miles klappte ihn mit einem »Drei!« ein. Mit jedem Pusten spürte ich, wie sich mein Atem beruhigte.

Als wir alle Finger seiner rechten Hand ausgepustet hatten, musterte Miles mich vorsichtig.

Ich atmete tief ein und aus. Für einen kurzen Moment schloss ich die Augen und horchte in mich hinein. Das Engegefühl in meiner Brust war verschwunden, und auch der Schwindel war besser geworden. Ich spürte meine Füße wieder fest auf dem Boden und merkte, wie die Welt um mich herum langsam zum Stehen kam. Ich zwang mich noch einmal zu zwei tiefen, gleichmäßigen Atemzügen, bevor ich die Augen öffnete.

Wow. Das war … Das hatte tatsächlich geholfen.

Ich richtete meinen Blick auf Miles, der mich wachsam ansah. Die Falte zwischen seinen Brauen hatte sich vertieft. Dankbar registrierte ich, dass er keine Fragen stellte. Er sah mich einfach nur an und beobachtete, ob es mir besser ging. Er drängte mich nicht und lachte mich nicht aus. Er verhielt sich so, wie ich mir immer gewünscht hatte, dass sich jemand verhalten würde.

Ich atmete zitternd ein. Ein Anflug von Scham überkam mich. Einem Teil von mir war es so unangenehm, dass ich meine Panik vor Miles nicht in den Griff bekommen hatte. Wir kannten uns kaum, und doch hatte ich mich bereits so verletzlich gezeigt, wie ich es eigentlich nicht mal vor Menschen fertigbrachte, die mir nahestanden. Ich hasste es, die Kontrolle zu verlieren. Und das alles nur wegen *ihm* …

Ich schüttelte innerlich den Kopf und zwang mich, mich auf das Hier und Jetzt zu konzentrieren.

»Danke, Miles.« Meine Stimme klang heiser, als hätte ich sie seit Monaten nicht benutzt. Ich räusperte mich. »Diese Methode kannte ich noch gar nicht.«

»Bei mir hat das früher auch immer geholfen.« Sein Blick war nach wie vor besorgt, doch er schien erleichtert zu spüren, dass ich mich wieder gefangen hatte.

»Danke«, wiederholte ich leise. Wie er gerade auf meine Emotionen reagiert hatte, war unglaublich. Er hatte mir ein solches Gefühl der Sicherheit gegeben, wie es nur wenige Menschen schafften.

Irgendetwas in mir wollte sich noch nicht von Miles verabschieden.

»Wie lange geht deine Pause?«, fragte ich aus einem Impuls heraus.

Er warf einen Blick auf seine Uhr. »Ein paar Minuten bleiben mir noch. Warum?«

»Hast du Lust, ein bisschen spazieren zu gehen?«

Miles lächelte. »Sehr gern.«

Kapitel 7

Langsam setzten wir uns in Bewegung. Miles' Arm streifte meinen für einen flüchtigen Moment. Mit jedem Schritt, den wir durch den Schnee stapften, spürte ich, wie ich ruhiger wurde.

Diese Kerzenmethode musste ich mir unbedingt merken. Dass er das von seiner Mutter hatte, zeigte mir, mit welch wundervoller Erziehung er aufgewachsen war. Ein Kloß wuchs in meinem Hals. Was würde ich dafür geben, ebenfalls so eine Mutter gehabt zu haben wie Mrs. Montgomery? Für meine Mutter war Gefühle zeigen gleichzusetzen mit Schwäche. Als es mir während meiner Arbeit bei Tremblay & Friends so schlecht ging, hatte sie meine Panik überhaupt nicht ernst genommen. »Stell dich nicht so an«, war eine ihrer liebsten Aussagen gewesen. Psychologische Tricks wie das imaginäre Kerzen-Auspusten waren ihr mit Sicherheit ein Fremdwort.

»Was liebst du an Weihnachten besonders?«, riss Miles mich aus meinen Gedanken.

Dankbar über den Themenwechsel überlegte ich einen Augenblick, während wir entgegenkommenden Menschen auswichen. Wo man hinsah, trugen die Leute prall gefüllte Tüten mit sich herum. Jeder schien schon eifrig seinen Adventseinkauf zu erledigen.

»Ich liebe die Stimmung«, begann ich. »Die Lichter, die in der Adventszeit die Gärten und Häuser erhellen. Lebkuchen, Spekulatius und Früchtepunsch. Ich liebe Weihnachtslieder und -filme. Einfach alles daran ist so magisch. Auch wenn meine Eltern das Weihnachtsfest nie groß gefeiert haben, hat sich diese Liebe dank Rebecca in mir entwickelt. Sie hat mir den Zauber dieser Zeit nähergebracht.« Ich sah zu Miles auf. »Wie ist das bei dir?«

»Bei uns wurde Weihnachten schon immer groß gefeiert. Das liegt zum großen Teil an meinen Großeltern, die die Weihnachtsbaum-Farm ins Leben gerufen haben. Sie waren sehr glücklich, dass meine Eltern sich dazu entschieden hatten, die Farm weiterzuführen.«

»Ich finde die Farm so schön«, sagte ich.

»Meine Mitschüler haben mich früher immer beneidet.« Er lachte leise. »Dabei bedeutet eine Farm eigentlich nur viel Arbeit und Stress. Aber trotzdem hatte es für mich als Kind einen besonderen Zauber, den ich mir bis heute bewahrt habe.«

»Das ist toll. Habt ihr irgendwelche besonderen Traditionen zu Weihnachten?«

Miles nickte. »Wir schenken uns jedes Jahr einen hässlichen Weihnachtspulli, den wir dann auch brav an den Weihnachtstagen tragen.«

Lachend sah ich ihn an. »Dann habt ihr sicher jedes Jahr super Familienfotos.«

»Darauf kannst du wetten.« Er blieb stehen und zückte sein Handy. »Moment, ich kann dir das Bild vom letzten Jahr zeigen.« Er tippte ein paarmal auf dem Bildschirm herum, dann reichte er es mir.

Das Foto strahlte eine Gemütlichkeit und Freude aus, die mich sofort zum Lächeln brachte. Miles saß mit seinen Eltern auf dem Sofa. Im Hintergrund standen einige Erwachsene – vermutlich irgendwelche Onkel und Tanten.

»Das hier ist mein sechsjähriger Bruder neben seinen Cousins. Ein kleiner Nachzügler.« Miles deutete vorn auf das Bild. Drei Kinder, ungefähr im Grundschulalter, saßen auf dem Boden. Rechts lugte ein geschmückter Weihnachtsbaum mit funkelnden Lichtern ins Bild.

»Das ist … zauberhaft.« Ich unterdrückte den Impuls, mit einem Finger über das Bild zu streichen.

»Meine Großeltern sind leider vor drei Jahren verstorben, deshalb sind sie nicht mehr auf diesem Foto zu sehen«, sagte er. »Die beiden haben die Tradition der Weihnachtspullis ins Leben gerufen.«

So eine große Familie hatte ich nicht. Es waren immer nur meine Eltern und Rebecca gewesen und in den ersten dreizehn Jahren meines Lebens meine Großeltern mütterlicherseits. Wenn ich Bilder von dicht gefüllten Tischen und Zimmern sah wie hier bei Miles, dann vermisste ich es ein bisschen, Teil von etwas Größerem zu sein. Sie mussten doch einen riesigen Spaß haben zu Festen wie Weihnachten und Thanksgiving, wenn alle Familienmitglieder zusammenkamen.

»Ich habe keinen einzigen hässlichen Weihnachtspulli in meinem Schrank«, sagte ich. »Eine echte Schande.«

Miles schob sein Handy zurück in die Hosentasche. »Okay, Moment. Ich dachte, ich habe es hier mit einem echten Weihnachtsfan zu tun. Und du sagst, du hast dieses Jahr weder einen Adventskalender noch einen hässlichen Weihnachtspulli?« Er legte beide Hände an seine Wangen und sah so verschreckt aus, dass er mich ein bisschen an dieses OMG-Emoji erinnerte. Nur war er nicht so blau an der Stirn.

Ich musste schmunzeln. »Jetzt habe ich dich ganz schön erschüttert, was?«

»Und wie.« Miles legte eine Hand auf seinen Brustkorb. »Das muss dringend geändert werden.«

Ich wollte gerade zu einer Antwort ansetzen, als mich plötzlich ein kaltes, nasses Etwas auf der Nase traf. Ich hob den Kopf und sah, dass weiße Flöckchen vom Himmel fielen. »Es schneit!« Begeistert streckte ich die Arme aus. »Endlich.«

Seit ich in Starwood war, hatte ich lediglich den liegen gebliebenen Schnee, der vor meiner Ankunft gefallen war, gesehen. Ich hatte so gehofft, dass es bald wieder schneien würde.

Ich streckte meine Zunge heraus und fing eine Schneeflocke auf.

Ich hörte Miles neben mir leise lachen.

»Ich liebe Schnee«, sagte ich und fing eine weitere Flocke auf. Aus dem Augenwinkel bemerkte ich, wie Miles mich schmunzelnd musterte.

»Solange du nur frische Schneeflocken und keinen Schnee vom Boden isst … Welchen Tipp gibt Chandler Joey in *Friends* so schön: Iss keinen gelben Schnee.«

»Haha.« Ich boxte sanft gegen seinen Arm.

Er grinste verschmitzt. Weiße Schneeflocken verfingen sich in seinen dunklen Haaren. Als sich eine Flocke auf seine Nasenspitze setzte, ertappte ich mich dabei, wie ich ihr beim Schmelzen zusah.

Miles' Augen glitten langsam über mein Gesicht. Mein Herz schlug unwillkürlich etwas schneller. Ich war schon lange nicht mehr so von einem Mann angesehen worden. Es war … schön.

Ein paar Atemzüge lang sagte niemand ein Wort.

Dann schien Miles ein Gedanke zu durchzucken. Er zog sein Handy aus der Jackentasche und warf einen Blick auf das Display. »Shit, ich muss zurück zur Farm.« Er schob das Smartphone in die Tasche. Langsam hob er den Kopf und sah mich an. Für ein paar Sekunden herrschte Stille. Dann sagte er: »Am liebsten würde ich noch hierbleiben.«

Ein flatterndes Gefühl regte sich bei seinen Worten in meiner Brust.

Ich biss mir auf die Unterlippe, erwiderte seinen Blick und hörte lediglich meinen eigenen Herzschlag viel zu laut in meinen Ohren.

»Geh, sonst fragt sich deine Mom noch, wo du bleibst.« Ich gab ihm einen spielerischen Klaps auf den Arm.

Miles hob einen Mundwinkel. »Ich hoffe, wir sehen uns bald wieder, Lynn.«

Ich nickte und zwang mich zu einem möglichst entspannten Lächeln. »Ich verspreche, dass ich bis dahin keinen gelben Schnee esse.«

Er lachte. »Das hoffe ich. Bis bald!«

Damit drehte er sich um und stapfte durch den Schnee davon.

Kapitel 8

Ich verspreche, dass ich bis dahin keinen gelben Schnee esse? »Lynn, wie dumm bist du eigentlich«, murmelte ich in meinen Schal hinein und drehte mich um. Etwas Eloquenteres war mir in diesem Moment zur Verabschiedung nicht eingefallen, oder? Ich seufzte und lief los. Der frische Schnee knirschte unter meinen Stiefeln. Ich liebte dieses Geräusch. Neben dem Knistern von Kaminfeuer und dem Gesang von Taylor Swift.

Die Menschen vor mir, die über den Stadtplatz wuselten, verschwammen zwischen den weißen Flocken, die nun immer heftiger vom Himmel fielen. Nach ein paar Metern entdeckte ich das große leuchtende Schild mit dem Schriftzug: *vegan cakes & other candy.* Eigentlich wäre es gar keine schlechte Idee, mich dort aufzuwärmen und für Rebecca und mich ein paar Gebäckstücke mitzunehmen.

Kurz entschlossen stapfte ich auf das Café zu und trat durch die Tür. Angenehm warme Heizungsluft begrüßte mich. Ich wischte mir ein paar nasse Schneeflocken aus der Stirn und blieb einen Augenblick stehen. Das Erste, was ich wahrnahm, war der Song, der in behaglicher Lautstärke aus den Lautsprechern drang. *›tis the damn season* von Taylor Swift. Erfreut sah ich mich um. Die Person, der das Café gehörte, hatte einen guten Musikgeschmack. Auch die Einrichtung gefiel mir richtig gut. Im Raum standen runde weiße Tische verteilt, deren Mitte jeweils eine weinrote Kerze und weihnachtliche Deko zierten. Rechts gab es eine Art Hängeschaukel, in der gerade eine junge Frau saß. Sie hatte es sich dort mit einem Laptop auf dem Schoß und einer Tasse vor sich auf dem Tisch gemütlich gemacht. Darüber an der Wand hingen grün leuchtende Buchstaben, die den Schriftzug *good vibes only* bildeten. Das ganze Café strahlte eine Gemütlichkeit aus, in der ich mich als Gast sofort wohlfühlte.

Außer der Laptop-Frau saß noch ein Pärchen an einem Tisch. Die beiden hatten es sich nebeneinander auf einer Bank mit dem Rücken zum Fenster gemütlich gemacht und waren in ein Gespräch vertieft.

Ein Poltern riss mich aus meinen Betrachtungen, und am anderen Ende des Raumes ging eine Tür mit der Aufschrift *Nur für Personal* auf.

»Immer noch nicht?« Eine junge Frau trat heraus. Sie trug eine Schürze und presste sich ein Handy ans Ohr. Mit gerunzelter Stirn lief sie hinter die Vitrine, in der eine ausladende Menge an frischem Gebäck lag. »Ist das euer Ernst?« Sie stieß ein Schnauben aus und rückte einen Kuchenteller zurecht. »Ihr könnt die doch da nicht einfach so stehen lassen.«

Langsam näherte ich mich dem Verkaufstresen. Die Verkäuferin trug ihre gelockten dunklen Haare in einem Pferdeschwanz. Ich schätzte sie auf Anfang bis Mitte zwanzig, also etwa mein Alter. Unter der Schürze trug sie einen engen schwarzen Rollkragenpulli und eine hellblaue Mom Jeans.

Ich blieb vor der Vitrine stehen, als sie eine Hand in die Hüfte stemmte und einen empörten Laut ausstieß. »Ihr nutzt sie als Fußballtor? Ist das euer Ernst? Ich hoffe, ich kann später, wenn ich heimkomme, durch den Flur gehen, ohne einen Hürdenlauf absolvieren zu müssen.« Sie lauschte für ein paar Sekunden, was ihr Telefonpartner am anderen Ende sagte.

Betreten sah ich auf den Boden und überlegte, ob ich nicht einfach später wiederkommen sollte. Es war mir etwas unangenehm, ihrer privaten Unterhaltung zu lauschen, die mich überhaupt nichts anging. Peinlich berührt wollte ich mich gerade abwenden, als die junge Frau sich resigniert über die Stirn rieb.

»Solange ihr euch um eine neue Waschmaschine kümmert … Ja … Das ist mir egal … Ja, okay, mach das. Bye.« Kopfschüttelnd nahm sie das Handy vom Ohr und beendete das Telefonat. Als sie den Kopf hob, entdeckte sie mich.

»Oh, hey, sorry für das eben.« Sie wedelte mit dem Handy und zog eine Grimasse. »Manchmal führen sich meine beiden Mitbewohner auf wie Kleinkinder. Eigentlich sollen sie mich nur bei einem Notfall während der Arbeit anrufen. Nicht, dass du denkst, ich telefoniere hier ständig.«

»Kein Problem.« Ich lächelte sie an. »Lebst du in einer WG?«

Sie nickte. »Hast du schon mal mit zwei Chaoten zusammengewohnt?«

Ich schüttelte den Kopf. Während meines Studiums hatte ich mir meinen Dorm Room mit einer sehr ordentlichen Studentin geteilt. Da war von Chaos weit und breit keine Spur gewesen.

Sie schob das Handy in ihre hintere Hosentasche. »Erst machen diese Kindsköpfe unsere Waschmaschine kaputt und dann, anstatt sich um eine neue zu kümmern, stellen sie die alte in unseren Flur und nutzen sie als Fußballtor.«

Ich unterdrückte ein Grinsen.

»Na ja, solange sie mit ihrem Ball nichts kaputt machen und eine neue kaufen, soll es mir recht sein.« Sie schüttelte den Kopf und stützte ihre Hände vor sich auf dem Tresen auf. »Sorry, jetzt habe ich dich so zugetextet. Ich kann diese Gewohnheit einfach nicht abstellen.«

»Ich finde das sehr sympathisch.«

Sie erwiderte mein Lächeln, wobei sich ein Grübchen in ihrer Wange zeigte. »Ich bin übrigens Ivy, ich habe das Café vor etwa einem halben Jahr eröffnet.«

Meine Augenbrauen wanderten nach oben. »Ivy. Schöner Name! Einer meiner liebsten Taylor-Swift-Songs heißt so.«

Ivy riss die Augen auf. »Sag nicht, du bist ein Swiftie?«

Ich tippte mir gegen die Stirn. »Schuldig.«

Die Cafébesitzerin unterdrückte ein Kreischen. »Oh, mein Gott, ist das cool. Ich kenne viel zu wenige Swifties. Willkommen im Club.«

»Ich habe mir fast gedacht, dass du auch ein Fan bist.« Ich deutete auf die Boxen an der Decke des Raumes, aus der ein neuer Taylor-Song dudelte.

Ivy nickte aufgeregt. »Meine Gäste wissen mittlerweile, dass sie in meinem Café hauptsächlich ihre Musik zu hören bekommen.«

»Jetzt hat dein Café gleich noch einen Pluspunkt mehr bei mir.« Ich lachte. »Ich bin übrigens Lynn.«

»Freut mich, dich kennenzulernen, Lynn. Bist du neu hier?« Ivy sah mich freundlich an. Ihr ganzes Gesicht strahlte Offenheit und Liebenswürdigkeit aus.

»Ich bin bei meiner Tante Rebecca zu Besuch. Ihr gehört der Weihnachtsartikel-Shop.«

»Ach, Rebecca, sie ist so eine Liebe. Wie schön, dass du sie besuchst.« Ivy deutete ausladend auf die Vitrine. »Was kann ich dir anbieten?«

Ich ließ meinen Blick über die verschiedenen Köstlichkeiten wandern. »Das sieht alles so lecker aus. Kannst du mir etwas besonders empfehlen?«

Als hätte Ivy auf diese Frage gewartet, begann sie, auf die einzelnen Gebäckstücke zu deuten, und zählte auf, wonach sie schmeckten. Bei jedem Wort lief mir mehr das Wasser im Mund zusammen.

»Bist du eher ein Schoko- oder ein Fruchtmensch?«, fragte Ivy.

Ich wiegte den Kopf. »Ich liebe beides. Aber ich weiß, dass meine Tante für Schokolade sterben würde.«

»Dann würde ich für sie dieses Schokotörtchen mitnehmen. Darin befindet sich ein flüssiger Schokokern, den wird Rebecca lieben. Das Rezept habe ich gestern neu ausprobiert.«

Ivy strahlte. Mit jeder Faser versprühte sie Freude, und man merkte sofort, wie stolz sie auf ihr Café und ihre Arbeit war.

»Dann nehme ich davon zwei Stück«, sagte ich und ließ meinen Blick noch mal über die Auslage wandern. »Und dann würde ich noch einen Erdbeer- und einen Himbeercupcake nehmen.«

»Alles klar.« In einer geübten Bewegung holte Ivy die Gebäckstücke aus der Vitrine und packte sie sorgfältig in eine rosafarbene Tüte ein, auf der in geschwungener Schrift *vegan cakes & other candy* stand.

»Ich packe dir noch eine kleine Packung veganer Vanillekipferl ein, als Willkommensgeschenk. Und weil du ein sympathischer Swiftie bist.« Ivy zwinkerte mir zu.

»Das ist sehr lieb.« Ich zahlte mit der Kreditkarte.

Als Ivy mir die Tüte über den Tresen reichte, huschte ein verlegener Ausdruck über ihr Gesicht. »Sorry, wenn ich damit jetzt mit der Tür ins Haus falle, aber … hättest du Lust, Nummern zu tauschen? Ich wünsche mir schon lange jemanden, mit dem ich über Taylor Swift fangirlen kann. Meinen Mitbewohnern hängt es schon zum Hals raus, so oft, wie ich über sie rede. Obwohl die beiden wirklich geduldig mit mir sind.« Sie lachte.

»Sehr gern.« Erfreut holte ich mein Handy aus meiner Jackentasche. »Du kannst gern deine Nummer eintippen, ich schreibe dir dann sofort.«

»Oh, wie cool, das freut mich.« Ivy tippte die Zahlen ein, bevor sie mir das Handy zurückreichte.

Wir verabschiedeten uns, und ich winkte ihr noch einmal zu, bevor ich durch die Tür des Cafés nach draußen trat. Es schneite immer noch, jedoch nicht mehr ganz so heftig wie vorher. Beflügelt von dem schönen Gespräch mit Ivy zog ich mir meine Kapuze über den Kopf und stapfte los zu Rebeccas Laden.

Wärme umfing mich, als ich Minuten später das Geschäft meiner Tante betrat.

»Rebecca, schau mal, wo ich gerade war!«

Die Heizungsluft ließ meine vor Kälte steifen Finger prickeln. Ich rieb die Hände aneinander und lief zur Theke, hinter der Rebecca stand und gerade etwas an der Kasse berechnete. Sie sah auf, als sie mich hörte.

»Hey! Wo warst du denn?«

Demonstrativ hob ich die Tüte mit dem Gebäck hoch. »Für dich und mich, nachdem du Feierabend gemacht hast.«

Rebecca legte sich eine Hand auf den Bauch. »Oh, du bist ein Schatz. Das kann ich heute gut gebrauchen.« Sie lächelte mich an, doch ich bemerkte, dass dieser Gefühlsausdruck ihre Augen nicht ganz erreichte. Um ihren Mund lag ein angespannter Zug, den ich sonst nicht von ihr kannte.

Sofort schrillten in meinem Kopf die Alarmglocken. Besorgt sah ich sie an. »Ist alles in Ordnung?«

Langsam verblasste das Lächeln auf ihrem Gesicht. Sie blickte auf die Kasse und tippte ein paarmal darauf herum. Dann verschränkte sie die Arme und lehnte sich mit dem Rücken gegen das Regal hinter ihr.

»Rebecca?« Mit einem seltsamen Gefühl im Bauch betrachtete ich ihre ernste Miene.

Sie rieb sich über den Haaransatz. »Eine Spieluhr ist heute aus meinem Laden verschwunden.«

Ein paar Sekunden lang war es still, und Rebeccas Worte hingen zwischen uns in der Luft.

»Wie meinst du das … *verschwunden?*«

»Ich habe heute bemerkt, dass eine Spieluhr im Regal fehlt. Ich weiß nicht, wo sie hingekommen ist.« Meine Tante rieb sich über die Stirn. »Ich habe mehrmals kontrolliert, ob sie ein Kunde nicht aus Versehen in ein anderes Regal geräumt hat oder ob ich sie woanders hingestellt habe. Aber sie ist nicht aufzufinden.« Sie sah mich lange an. »Und gekauft hat sie auch niemand.«

Stirnrunzelnd erwiderte ich ihren Blick. »Glaubst du, es hat sie jemand gestohlen?«

Sie hob die Schultern. »Vielleicht?«

Ein unguter Gedanke überkam mich. »War das dieselbe Spieluhr, die die Dame letztens angesehen, aber dann doch nicht gekauft hat?«

Rebecca nickte.

»Meinst du …?« Ich wagte es kaum auszusprechen. »Meinst du, sie hat die Uhr genommen?«

Meine Tante sah zu Boden. Auch ohne Worte verstand ich, dass sie bereits denselben Gedanken gehabt hatte wie ich.

Ich fluchte leise und schob meine Hände in die Jackentaschen. Das konnte doch nicht sein, oder?

»Eigentlich glaube ich nicht, dass sie etwas gestohlen hat. Sie sah viel zu ehrlich aus«, sagte Rebecca schließlich. »Wahrscheinlich hat überhaupt niemand geklaut, sondern ich selbst habe die Uhr einfach irgendwohin verlegt. Aber die Sache liegt mir trotzdem im Magen …«

»Es ist schon ein komischer Zufall, oder?« Ich legte den Kopf schief.

Rebecca seufzte. »Ich möchte niemandem etwas unterstellen, und ich hasse nichts mehr als falsche Beschuldigungen. Wir haben ja überhaupt keine Beweise, und eigentlich will ich an das Gute im Menschen glauben. Aber klar … es ist schon alles sehr seltsam.« Sie atmete tief durch. »Das bleibt erst mal unter uns, ja? Wahrscheinlich klärt sich das bald, und die Spieluhr taucht in meinem Chaos hinten im Büro irgendwo wieder aus der Versenkung auf.«

Ich nickte und tat, als würde ich meinen Mund mit einem imaginären Schlüssel verschließen.

»Ich werde die Sache erst mal auf sich beruhen lassen«,

sagte sie. »Aber sollte das noch mal vorkommen … Vielleicht sollte ich doch eine Überwachungskamera aufstellen.«

»Du bist doch eigentlich eh immer im Laden und hast alles im Blick, oder?«

»Anscheinend nicht.« Sie zuckte mit den Schultern. »Ich verstehe nicht, wie mir das entgehen konnte.«

»Hoffentlich bleibt es ein Einzelfall«, sagte ich.

Im Hintergrund klingelte die Glocke über der Eingangstür und kündigte jemanden an. Ich blickte über die Schulter und sah ein älteres Ehepaar den Laden betreten.

Ich wandte mich wieder an Rebecca. »Soll ich ins Büro gehen und die neuen Kisten ausräumen?« Bisher hatte ich ihr nichts helfen können, da sie mich erst mal in Starwood hatte ankommen lassen wollen. Doch ab jetzt würde ich mich gern mehr einbringen, und Rebecca hatte versprochen, mich in den nächsten Tagen einzuarbeiten.

»Das ist sehr lieb.« Meine Tante legte dankbar eine Hand auf meinen Arm. »Ich freue mich schon, wenn wir es uns später daheim mit dem Gebäck gemütlich machen.«

Kapitel 9

Das Feuer knisterte im Kamin und spendete angenehme Wärme. Eingewickelt in eine kuschelige Decke saß ich auf dem Sofa und genoss die Stille in Rebeccas Haus. Es war nichts außer dem Knacken des Feuerholzes und gelegentlich ein paar Motorengeräuschen von draußen zu hören.

Seufzend lehnte ich mich in die weichen Kissen zurück und betrachtete Winnie, den Weihnachtsbaum, den ich zusammen mit Rebecca geschmückt hatte. Durch seine kahle Stelle und die nach oben gebogenen Zweige war es eine Herausforderung gewesen, den Schmuck anzubringen, sodass dieser nun sehr ungleich verteilt war. Aber er sah süß aus und passte wunderbar in Rebeccas Zuhause. Die Lichterkette verströmte einen angenehmen Glanz.

»So stelle ich mir den perfekten Feierabend vor«, murmelte Rebecca und streckte sich gähnend. »Faul auf der Couch liegen, eingekuschelt in eine Decke, und der Kamin knistert sein Winterlied.«

»Und in bester Gesellschaft«, fügte ich hinzu. Ich lehnte meinen schweren Kopf gegen die Sofalehne und betrachtete meine Tante, die es sich am anderen Ende des Sofas gemütlich gemacht hatte. Ihre Füße in dicken Wollsocken lugten unter der Decke hervor. Ein entspannter Ausdruck lag auf ihrem Gesicht.

»Das auf jeden Fall. Könntest du eventuell für immer hierbleiben?« Rebecca blinzelte mir zu.

»Das würde ich zu gern.« Ich gähnte. »Hier in dieser Welt wirkt alles so leicht und weit entfernt von meiner Realität.«

»Deswegen bin ich in Starwood geblieben. Auch wenn

mein Ex abgehauen ist.« Rebecca rieb sich über die Augen. Selbst durch das dämmrige Licht, das im Wohnzimmer herrschte, erkannte ich ihre unbekümmerte Miene. Mittlerweile sprach sie über ihren Ex-Freund wie über einen langweiligen Film. Es berührte sie kaum mehr, und die Wut und die Enttäuschung, dass er sie verlassen hatte, waren inzwischen verraucht.

»Das hast du vollkommen richtig gemacht.« Ich schob eine Hand unter meinen Kopf und genoss die Schwere meines Körpers.

»Danke noch mal für das Gebäck, diese Schokotörtchen waren der Himmel.« Rebecca gab ein zufriedenes Geräusch von sich. »Sag Ivy liebe Grüße von mir.«

»Mach ich.« Ich griff zu meinem Handy und textete der Cafébesitzerin, wie hervorragend ihre Süßigkeiten angekommen waren.

»Big Paul hat heute auch wieder gute Dienste geleistet«, sagte Rebecca und richtete sich ein Stück auf, um aus ihrem riesigen Weinglas zu trinken. »Es geht mir schon viel besser.«

Ich unterdrückte ein Grinsen und legte mein Smartphone zurück auf den Tisch. Rebecca liebte Rotwein und hatte sich vor einigen Jahren ein besonders großes Glas gekauft. Sie hatte es liebevoll *Big Paul* getauft, und das Glas – das meiner Meinung nach eher einer Vase glich – holte sie immer hervor, wenn sie einen schwierigen Tag hinter sich hatte. Es sah so lustig aus, wenn sie beide Hände um das bauchige Glas legte und das riesige Ding an ihre Lippen führte.

»Wenn du Big Paul auch mal brauchst, dann sag Bescheid. Ich teile ihn gern.« Sie stellte den Wein zurück auf den Tisch und kuschelte sich wieder in ihre Decke.

»Ich komme gern auf dein Angebot zurück.« Grinsend stopfte ich das Kissen unter meinem Kopf zurecht. Ich liebte Rebeccas Angewohnheit, jedem willkürlichen Gegenstand einen Namen zu geben.

Über den Vorfall mit der Spieluhr hatten wir nicht mehr gesprochen. Ich hatte zwar gespürt, wie sehr es in Rebeccas Kopf ratterte, und ich konnte ihr auch jetzt ansehen, dass sie immer wieder ihren Tag durchging, um herauszufinden, ob nicht doch sie selbst den Gegenstand verlegt hatte. Lieber suchte sie erst die Schuld bei sich. Doch ich war mir sicher, dass sie nicht diejenige gewesen war, die die Spieluhr verschusselt hatte. Was ihren Laden anging, war Rebecca sehr verlässlich und gewissenhaft. Da steckte sicher mehr dahinter. Was das war, würden wir hoffentlich bald herausfinden.

Ich seufzte und kuschelte mich tiefer in die Couch. Mir war warm und wohlig und am liebsten wollte ich, dass der Abend niemals endete. Meine Glieder wurden immer träger. Langsam fielen meine Augen zu, und ich war gerade am Wegdämmern, als Rebeccas Klingel ertönte.

Ich zuckte zusammen und riss die Augen auf.

»Wer will denn heute noch etwas von uns?«, murmelte ich.

Rebecca regte sich nicht. Ihre Brust hob und senkte sich unter gleichmäßigen Atemzügen. Hatte sie die Klingel gar nicht gehört?

Ich hievte mich vom Sofa. Mit langsamen Schritten schlurfte ich zur Haustür und öffnete sie. Eisiger Wind wehte zu mir herein und zerrte an meinem Wollpullover. Ich sah nach links und rechts, doch es war niemand da.

»Sehr witzig dieser Klingelstreich«, murmelte ich und wollte gerade die Tür wieder schließen, als ich ein kleines Päckchen auf der Fußmatte liegen sah.

Mit gerunzelter Stirn bückte ich mich und hob es auf. Etwas Weiches war in weißes Papier mit aufgedruckten schwarzen Zahlen eingewickelt. Schnell drückte ich die Tür wieder zu und tapste zurück ins warme Wohnzimmer. Ich ließ mich auf das Sofa sinken und betrachtete das Päckchen. Beim näheren Hinsehen bemerkte ich, dass der weiche Gegenstand in ein altes Kalenderblatt geschlagen war. Wer auch immer dieses Geschenk verpackt hatte, schien sehr nachhaltig zu denken.

Gerade, als ich das Päckchen für Rebecca auf den Wohnzimmertisch legen wollte, bemerkte ich einen kleinen Schriftzug auf dem Papier.

Für Lynn.

Meine Augen wurden groß. Das Paket war für mich?

Kurz entschlossen schob ich meinen Fingernagel unter das Papier und öffnete es. Ein gestrickter Pullover fiel heraus, zusammen mit einem kleinen Zettel.

Verspäteter Tag 1 deines Adventskalenders. LG, M.

Mein Herz machte einen Satz.

M wie … Miles?

Oh, mein Gott!

Ich legte das Papier auf den Wohnzimmertisch und faltete den Pullover auf. Sofort prustete ich los. An den Ärmeln war er in ein glitzerndes Grün getaucht. Vorn wechselten sich rote und grüne Kästchen ab, von der Mitte aus spannte sich eine riesige goldene Schleife um den Pullover.

»Was hast du da?« Rebeccas schlaftrunkene Stimme ertönte.

»Miles hat mir gerade einen Weihnachtspullover geschenkt.« Ich hielt ihn mir vor die Brust. »Was meinst du, steht er mir?«

Rebecca grinste müde. »Sieht super aus. Warum schenkt er dir so was?«

»In seiner Familie ist es Tradition, dass sie sich jedes Jahr zu Weihnachten gegenseitig hässliche Pullis schenken. Du hättest seine entgleiste Miene sehen sollen, als ich ihm erzählt hab, dass ich keinen einzigen *Ugly Sweater* besitze. Außerdem war er entrüstet, dass ich keinen Adventskalender besitze.«

»Also hat er es sich zur Aufgabe gemacht, dir einen Adventskalender zu schenken?«

»Ich weiß nicht, ob da jetzt jeden Tag was kommt.« Ich lachte.

Ein warmes Glücksgefühl erfüllte meinen Bauch. Es freute mich mehr, als ich zugeben wollte, dass Miles an mich gedacht hatte. Dass er sich die Mühe gemacht hatte, mir etwas zu kaufen und vor die Tür zu legen. Und dass er sich an meine Worte erinnerte.

»Das ist sehr aufmerksam von ihm.« Rebecca sah beeindruckt aus. »Ich wusste schon immer, dass er ein lieber Kerl ist. Aber warum hast du ihn nicht hereingebeten?«

»Er war nicht vor der Tür. Er hat einfach nur das Paket abgelegt.«

»Oh, wie romantisch. Ein heimlicher Verehrer.«

Ich stieß mit meinem Fuß gegen ihr Bein. »Du schaust zu viele Rom-Coms.«

»Apropos romantische Komödien. Wollen wir eine anschauen? Das würde den Abend perfekt abrunden.«

»Klar, gern. *Love actually?*«

»*Love actually* geht immer.« Rebecca griff nach der Fernbedienung und schaltete den Fernseher ein.

So sehr ich den Film auch liebte, heute konnte ich mich kaum auf die verschiedenen Handlungsstränge konzentrieren. Meine Gedanken wanderten immer wieder zu Miles.

Kapitel 10

»Du hast schon wieder ein Geschenk bekommen.« Rebeccas Stimme erklang am nächsten Morgen von der Tür aus.

Ich trank den letzten Schluck meines Kaffees und lief aus der Küche zum Hauseingang. »Was hab ich?«

»Hier.« Rebecca streckte mir ein Päckchen entgegen. »Das lag auf der Fußmatte.«

»Schon wieder?« Verblüfft sah ich sie an.

»Heute ist wohl Tag zwei des Adventskalenders.« Sie zwinkerte mir zu. »Ich muss jetzt los. Kommst du heute Nachmittag im Laden vorbei?«

»Klar.« Ich nickte und nahm das Geschenk entgegen. »Um vierzehn Uhr bin ich da.«

»Perfekt. Tschüss, meine Liebe!« Sie winkte und schloss die Tür hinter sich.

Mein Blick fiel auf das Paket, das wieder in ein altes Kalenderblatt eingewickelt war. Neugierig riss ich es auf und ein grauer Pulli kam zum Vorschein. Vorsichtig faltete ich ihn auf, und ein riesengroßes Lama mit Sonnenbrille grinste mich an. Das aufgedruckte Tier trug eine Weihnachtsmann-Mütze und einen rot-grün gestreiften Schal. Rings um das Lama herum zierten Schneeflocken den grauen Pulli.

»Wow, ist das grauenvoll.« Ich lachte und schlüpfte direkt hinein.

Aus einem Impuls heraus wollte ich nach meinem Handy greifen, um Miles zu schreiben, doch dann fiel mir ein, dass ich seine Nummer noch gar nicht hatte.

Ich zupfte am Saum des Pullis herum und betrachtete

mich im Spiegel. Genau wie der Pulli von gestern hatte auch dieser hier die perfekte Größe. Wie hatte er das erraten?

Während ich mich im Spiegel ansah, entdeckte ich ein Leuchten in meinen Augen, das ich schon lange nicht mehr an mir gesehen hatte. Langsam ließ ich die Hände sinken. Meine braunen Augen strahlten mir voller Freude entgegen und auf meinen Wangen lag ein gesunder roter Schimmer. Meine blonden Haare flossen in sanften Wellen über meine Brust. Ich sah glücklich aus. So glücklich hatte ich mich in den letzten Monaten nicht gesehen. Da hatten der Stress und das Unwohlsein auf der Arbeit alles überschattet.

Ich biss mir lächelnd auf die Lippe und entschied mich dazu, Miles heute auf der Farm zu besuchen, um mich für die Pullis zu bedanken.

Bevor ich mich auf den Weg zur Weihnachtsbaum-Farm machte, kaufte ich für die Montgomerys süße Crêpes. Unter anderem, weil ich mich noch mal für den kostenlosen Weihnachtsbaum bedanken wollte.

Je näher ich dem Stadtrand kam, desto stärker klopfte mein Herz. Ich wollte es mir kaum eingestehen, wie sehr ich mich darauf freute, Miles wiederzutreffen. Außerdem konnte ich es kaum erwarten, seine Reaktion auf den Weihnachtspulli zu sehen. Ich zwang mich, tief in den Bauch zu atmen, um meine Nervosität zu lindern.

Als ich vor der Farm ankam, drangen die Töne von *Last Christmas* an meine Ohren.

»Das hier ist eine Silbertanne«, hörte ich eine vertraute Stimme ein paar Meter entfernt sagen.

Ich wanderte mit meinen Augen über die Menschen, bis ich die dunklen Locken entdeckte, die zu Miles gehörten.

Er gestikulierte mit den Händen und deutete zwischen zwei Tannen hin und her. Ein Kunde stand breitbeinig neben ihm und tippte sich gegen die Unterlippe, während er immer wieder nickte.

»Die nehme ich«, hörte ich den Mann schließlich sagen. Er zeigte auf die rechte Tanne, die groß und kräftig nach oben ragte.

Ich blieb ein paar Meter abseits stehen und sah zu, wie Miles das Geschäft professionell abwickelte und den Baum zum Metallzylinder schleppte, um ihn in ein Netz zu packen. Kurz darauf liefen die beiden über das Feld zu Mrs. Montgomery.

Der Kunde bezahlte, tippte sich grüßend an die Stirn und verschwand mit seinem Weihnachtsbaum. Miles wechselte ein paar Worte mit seiner Mutter und berührte sie dabei liebevoll an der Schulter.

Miles lachte gerade über etwas, das seine Mom gesagt hatte. Er ließ dabei seinen Blick über die Farm gleiten und streifte plötzlich mich. Als er mich erkannte, wurden seine Augen groß, und er begann zu strahlen. Er stieß seine Mom kurz an und sagte etwas. Dann kam er in großen Schritten auf mich zu.

»Lynn! Schön, dich zu sehen.« Seine vollen Lippen waren zu einem breiten Lächeln verzogen.

In mir wurde es warm, als ich seine ehrliche Freude darüber sah, dass ich ihn hier besuchte.

»Hey.« Ich lächelte ihm entgegen.

Als er vor mir stehen blieb, nahm er mich unvermittelt in den Arm. Seine warmen Hände lagen auf meinem Rücken und er drückte mich sanft gegen seine breite Brust. Völlig überrumpelt von seiner Offenheit machte mein Magen einen Satz nach oben. Erst mit einiger Verzögerung legte ich meine Arme ebenfalls um ihn und umarmte ihn.

»Was treibt dich denn hierher?« Miles löste sich von mir.

»Ich hab dich gesucht. Schau mal, was ich hier habe.« Langsam öffnete ich meine Winterjacke und gab den Blick auf den darunterliegenden Pullover frei.

Miles' Blick wanderte über meinen Oberkörper.

»Ich wusste, dass er dir stehen würde.« Zufrieden blickte er zurück in mein Gesicht. »Das Lama mit der Sonnenbrille macht sich echt gut, findest du nicht?«

Ich lachte. »Einen hässlicheren hättest du dir wirklich nicht aussuchen können, oder?«

»Warte nur ab.« Er hob einen Finger und grinste schelmisch.

»Heißt das …?«

Er nickte. »Du bekommst jetzt jeden Tag bis Weihnachten einen Pulli.«

»Oh, Miles, das musst du wirklich nicht machen. Ich wäre schon klargekommen ohne einen Adventskalender.«

»Nein, nein, das kommt gar nicht in die Tüte.« Er verschränkte die Arme vor seiner Brust, und ich konnte nicht umhin zu bemerken, dass seine Jacke um seine Schultern spannte. Wie sein Oberkörper darunter wohl aussah?

Okay, stopp. Wo wanderten meine Gedanken hin?

»Woran denkst du, Lynnsie?« Seine Augen funkelten neugierig.

Ertappt zog ich die Schultern hoch. Um meine Verlegenheit zu überspielen, räusperte ich mich hastig. »*Lynnsie?*«

»Hast du was gegen einen Spitznamen?«

»Wann hast du dir den denn ausgedacht?«

»Gerade eben.« Er zuckte mit den Schultern. »Er passt gut, finde ich.«

»Und wie soll ich dich nennen? *Milesie?*«

Ein Windstoß kam und wirbelte seine dunklen Locken durcheinander. »Wenn du willst, gern.«

Ich wedelte mit meinem Zeigefinger. »Ne, ne, da fällt mir schon noch was Besseres ein.«

»Warum klingt das jetzt wie eine Drohung?«

Wir grinsten uns an. Unser kleines Geplänkel machte

Spaß, und ich spürte, wie die Nervosität in meinem Inneren langsam verflog.

»Danke«, sagte ich und räusperte mich schnell, ehe ich mich in meinen Gedanken verlieren konnte. »Das ist wirklich lieb, das mit dem Adventskalender.«

»Sehr gern.«

Da mir allmählich zu frisch wurde, schloss ich den Reißverschluss meiner Jacke wieder. Miles' Blick fiel auf die Tüte, die an meinem Arm baumelte. »Was hast du da eigentlich dabei?«

»Oh, das hab ich fast vergessen.« Ich öffnete den Beutel und holte einen der Crêpes heraus. »Die habe ich euch mitgebracht. Als kleine Stärkung während der Arbeit. Sind deine Eltern heute auch da?«

»Oh wow, das duftet aber lecker.« Dankbar nahm Miles seinen Crêpe an. »Meine Mom müsste wieder bei der Kasse stehen. Dad ist gerade irgendwo verschwunden.«

»Miles?« Die Stimme von Mrs. Montgomery ertönte.

»Ja?« Er drehte sich zu ihr um.

»Dein Bruder ist da«, rief sie. »Er will dir etwas zeigen.«

»Ich komme!« Er wandte sich wieder an mich. »Wie viele Crêpes hast du dabei?«

Zerknirscht sah ich ihn an. »Leider nur drei. Wenn ich gewusst hätte, dass dein kleiner Bruder auch da ist, hätte ich noch mehr mitgenommen.«

Miles winkte ab. »Das ist superlieb von dir. Da mein Dad gerade verschollen ist, kannst du Theo seinen geben, wenn du möchtest. Hast du für dich selbst gar keinen mitgenommen?«

Ich schüttelte den Kopf. »Den hab ich vorher schon aufgegessen.«

»Ach so.« Er nahm mir die Tüte ab und gemeinsam liefen wir zu seiner Mom.

»Hallo, Mrs. Montgomery. Haben Sie Lust auf einen Crêpe?« Ich blieb vor der Kasse stehen.

Überrascht sah sie mich an. »Hast du mir etwa einen mitgebracht?«

Ich nickte und deutete auf die Tüte. Miles holte einen Crêpe auf einem Pappteller heraus und reichte ihn seiner Mutter.

»Das ist ja großzügig, vielen Dank, Lynn.« Sie lächelte mich herzlich an und nahm die Süßspeise in die Hände. »Mmh, riecht der gut. Das kann ich jetzt echt gebrauchen, ich habe heute sowieso noch nicht viel gegessen.«

»Miiiiiiiles«, quietschte eine hohe Kinderstimme. Kurz darauf hörte ich das Trampeln von kleinen Schritten.

Ich drehte den Kopf und entdeckte einen Jungen, der auf Miles zulief.

»Hey, Buddy.« Miles ging in die Hocke und breitete seine Arme aus. Sein kleiner Bruder rannte auf ihn zu und schmiss sich in seine Arme.

Die beiden knuddelten sich lachend.

»Lynn, das ist Theo, mein kleiner Bruder.« Miles drehte sich zu mir. »Theo, das ist Lynn, eine Freundin von mir.«

»Hallo, Theo. Freut mich, dich kennenzulernen.« Ich winkte dem Jungen zu.

Dieser löste sich von Miles und sah neugierig zu mir hoch. Für ein paar Sekunden sagte er nichts, sondern betrachtete mich einfach nur eingehend. Ich hatte überhaupt keine Erfahrung mit Kindern und war auf einmal etwas verunsichert. Wie reagierte man, wenn ein Kind einen so neugierig musterte? Sollte ich etwas sagen?

Zaghaft lächelte ich Theo an.

»Lynn hat ein Kinn, das macht Sinn und viel Gewinn«, sang er fröhlich.

Miles presste die Lippen aufeinander und unterdrücke ein Lachen. Er erhob sich aus seiner Hocke und kam auf mich zu. »Sorry, er hat zurzeit das Reimen für sich entdeckt.«

Lachend strich ich mir eine Haarsträhne hinters Ohr. »So eine originelle Begrüßung hatte ich noch nie.«

Theo musterte mich weiterhin interessiert. Er hatte dieselben Locken wie sein Bruder, jedoch waren seine deutlich heller.

»Wie alt bist du, Lynn?«, fragte Theo und ließ seine Arme neben seinem Körper hin- und herschwingen. Er trug einen Schneeanzug und dicke Fäustlinge.

»Was schätzt du denn?«

Er legte den Kopf schief. »Vielleicht ... fünfzig?«

Ich lachte. »Nicht ganz. Ich bin ungefähr so alt wie dein Bruder.«

»Wie mein Bruder?« Der Junge musterte mich nachdenklich, als müsste er diese Nachricht erst einmal verarbeiten.

Ich nickte. »Also, vermute ich zumindest.« Ich sah zu Miles. »Wie alt bist du eigentlich?«

»Vierundzwanzig. Und du?«

»Dreiundzwanzig.«

Miles lächelte und sah zu seinem Bruder. »Wir sind tatsächlich fast gleich alt.«

Als ich zu Theo blickte, bemerkte ich, dass er uns schon gar nicht mehr zuhörte. Stattdessen hatte er den Crêpe in der Hand seiner Mom entdeckt.

»Kann ich auch einen haben?«, fragte er aufgeregt.

Mrs. Montgomery schluckte ihren Bissen herunter und nickte. »Lynn hat dir auch einen mitgebracht. Hier in der Tüte.« Sie griff hinein und holte für ihren kleinen Sohn auch einen Crêpe heraus.

»Danke, Lynn mit Kinn«, flötete Theo und biss herzhaft in den Teig.

Ich lachte in mich hinein. Er war wirklich ein süßer kleiner Junge.

»Ich mag deinen Bruder«, sagte ich und blickte zu Miles. »Der Hang zu Spitznamen liegt wohl in der Familie.«

»Obwohl er dich auf fünfzig geschätzt hat?« Miles grinste. »Ich muss ihm noch beibringen, dass man eine Dame nie nach ihrem Alter fragt und schon gar nicht solche Schätzungen abgibt.«

Schmunzelnd schüttelte ich den Kopf. »Das ist okay.«

»Lyyynnn«, kam es in einem Singsang von Theo.

Ich sah zu ihm hinüber. »Ja, Theo?«

»Wenn du Crêpes magst, dann magst du bestimmt auch Plätzchen, oder?«

Ich nickte. »Sehr gern sogar.«

Er biss von seinem Crêpe ab. »Willst du mit uns Plätzchen backen?«, fragte er mit vollem Mund. »Wir wollten am Wochenende welche machen.«

»Oh, das ist ja lieb. Ich …« Ich biss mir auf die Unterlippe und sah zu Miles. »Ich möchte euch aber nicht stören, wenn das ein Familienritual oder so ist.«

Miles schüttelte den Kopf. »Mom und Dad sind am Wochenende schon anderweitig verplant, es sind also nur wir zwei. Wenn Theo dich nicht gefragt hätte, dann hätte ich es getan.«

Überrascht sah ich ihn an. »Wirklich?«

Er trat neben seinen Bruder und wuschelte ihm über die Haare. »Wir beide würden uns freuen, wenn du kommst. Stimmt's, Buddy?«

»O ja«, schmatzte Theo und schob sich das letzte Stück seines Crêpes in den Mund.

»Dann komme ich sehr gern. Danke für die Einladung.« Ich lächelte Theo entgegen, der mich mit schokoverschmiertem Mund anstrahlte.

»Das wird coool«, johlte er.

»Ach, Theo-Schatz, du siehst ja aus.« Mrs. Montgomery lachte und griff nach einer Serviette. Sie ging vor ihrem Sohn in die Hocke und säuberte seinen Mund.

Miles trat einen Schritt an mich heran und beugte sich zu mir. »Das Plätzchenbacken gehört zu meinem Plan.«

Ich legte den Kopf in den Nacken und sah zu ihm hoch. »Welcher Plan?«

Miles' Gesicht war nur wenige Zentimeter von meinem entfernt. Aus der Nähe konnte ich jede feine Kontur seiner Gesichtszüge erkennen. Seine geschwungenen Lippen, seine dichten Wimpern, seine dunklen Augenbrauen …

»Mein Plan, dich in Weihnachtsstimmung zu versetzen«, raunte er.

Mir stockte der Atem, als Miles seinen Blick über mein Gesicht wandern ließ.

»Ich fände es sehr schade, wenn du dieses Jahr den Zauber von Weihnachten nicht richtig erleben könntest. Der Mist, der bei dir in der Arbeit passiert ist, soll dir nicht das Weihnachtsfest verderben.« Miles sah mir in die Augen. »Und deshalb bin ich da und wette mit dir, dass ich es schaffe, dass du spätestens bis Heiligabend zu hundert Prozent in Weihnachtsstimmung bist. Ich habe schon einige Ideen …«

Ich schluckte, völlig benebelt von seiner Nähe.

»Das ist … das ist wirklich lieb«, sagte ich leise.

Eine Locke rutschte in seine Stirn, und sofort zuckte es in meinen Fingern, sie fortzuschieben.

»Ich hätte nicht gedacht, dass ich in Starwood in so kurzer Zeit so viele liebe Menschen treffen würde«, sagte ich. »Die Entscheidung, hierherzukommen, ist mehr aus einem Impuls heraus gefallen, und ich hatte erwartet, meine Zeit hauptsächlich mit Tante Rebecca zu verbringen.« Ich schluckte und ließ meinen Blick über sein Gesicht wandern.

»Es freut mich, dass es dir in Starwood bisher so gut gefällt.« Miles' Lächeln vertiefte sich. »Dann schreibe ich dir einfach noch mal wegen des Plätzchenbackens, oder? Wir würden es wahrscheinlich am Samstag gegen sechs Uhr machen, an dem Tag schließen wir die Farm ausnahmsweise etwas früher. Geht das bei dir?«

Ich nickte. »Klingt gut. Soll ich dir meine Nummer geben?«

»Gern.« Miles fischte sein Handy aus der Hosentasche, entsperrte es und gab es mir. »Ich schreibe dir dann gleich zurück, dann hast du meine Nummer auch.«

»Klasse.« Ich tippte meine Ziffern ein. Als ich ihm das Handy zurückreichte, streiften sich unsere Hände für einen Moment.

Miles tippte ein paarmal darauf herum. »So, jetzt müsstest du eine Nachricht von mir haben.«

Ich sah auf mein Handy und entdeckte eine neue Nummer, die er mir geschrieben hatte.

Unbekannte Nummer: *Hey, Lynnsie* 😊

Ich schmunzelte und schob das Telefon zurück in die Jacke. »Ich freue mich schon auf Samstag.«

Miles lächelte. »Ich mich auch.«

Kapitel 11

»Endlich meldest du dich mal wieder.« Moms Stimme ertönte aus meinem Handy.

Ich unterdrückte den Impuls, mit den Augen zu rollen. Neben mir prasselte das Feuer im Kamin, während ich es mir auf dem Sofa gemütlich gemacht hatte. Draußen vor dem Fenster fielen dicke weiße Flocken vom Himmel. Heute war Samstag und ich hatte mich dazu entschieden, Mom kurz anzurufen, bevor ich mich mit Miles und seinem kleinen Bruder traf. Ich hatte das Telefonat mit ihr schon viel zu lange hinausgezögert.

»Entschuldige, ich hatte bisher viel um die Ohren«, sagte ich.

»Was kann man denn in diesem Kaff um die Ohren haben?«

Wow! Das ging ja schon wieder gut los.

In den letzten Tagen hatte ich beinahe ein schlechtes Gewissen gehabt, dass ich mich so lange nicht mehr bei ihr gemeldet hatte. Doch Mom bewies gerade wieder, weshalb ich einen Anruf bisher vermieden hatte.

Ich ließ meinen Kopf auf das Kissen hinter mir sinken.

»Wie geht es dir und Dad?«, fragte ich.

»Ach, dein Dad ist wie immer ständig unterwegs. Kaum ist er von einer Dienstreise daheim, steht die nächste an, das kennst du ja. Bei mir ist alles in Ordnung. Gestern hatten wir bei uns in der Firma eine junge Studentin, die sich vorgestellt hat.« Mom schwieg einen Augenblick. »Weißt du, du könntest jederzeit auch bei uns anfangen, wenn du möchtest. Ich könnte da ein paar Fäden ziehen.«

»Das ist wirklich lieb, Mom, aber du weißt, dass ich nicht am selben Ort arbeiten möchte wie du.«

Ein Seufzen drang durch mein Handy. »Denkst du das immer noch?«

»Ja. Das Gespräch hatten wir doch schon oft. Ich will nicht diejenige sein, die ihren Job nur wegen ihrer Eltern bekommen hat. Dieser Ruf bleibt dann ständig an mir haften.«

»Das ist doch Unsinn. Jeder in unserer Branche bekommt mit Vitamin B seinen Job.«

Das war ja genau der Punkt, der mich so störte. Und weshalb ich mich eigentlich immer mehr von diesem Berufsfeld distanzieren wollte. »Ich möchte das trotzdem nicht. Ich suche mir etwas Eigenes, okay?«

»Wenn du meinst.« Mom seufzte. »Wenn du dich doch noch umentscheidest, kannst du dich jederzeit an mich wenden.«

Ich schüttelte den Kopf. Bei diesem Thema war sie auf einmal ganz fürsorglich und bot mir an, dass ich mich »an sie wenden« konnte. Aber mit irgendwelchen Sorgen oder Problemen würde ich den Teufel tun, mich an sie zu wenden. Dabei hätte ich sie in den letzten Monaten so sehr gebraucht. Die Stütze einer liebenden Mutter, die mir sagte, dass alles gut werden würde. Die mir Glauben schenkte über das, was ich ihr erzählte. Die sich meine Sorgen anhörte und sie ernst nahm. Aber nein, das gab es bei meiner Mutter nicht. Das hatte es noch nie gegeben. Schon während meiner Schulzeit hatte sie nichts von meinen Problemen hören wollen.

»Was treibst du denn so den ganzen Tag in Starwood?«, fragte Mom. »Wie du es da schon so lange aushältst, ist mir wirklich ein Rätsel. Mittlerweile musst du doch schon jede Ecke gesehen haben, oder?«

Ich presste meine Faust in das Sofakissen. »Starwood ist wunderschön. Dort findet man jeden Tag etwas zu tun. Außerdem helfe ich Tante Rebecca jetzt immer mehr in ihrem Laden.«

»Ach ja, stimmt, das meintest du ja.« Mom brummte nachdenklich. »Sehr viel zu tun kann es da aber auch nicht geben, oder?«

Um Himmels willen, warum konnte sie nicht ein Mal etwas Nettes über Rebecca und deren Leben fallen lassen?

In meinem Magen begann es zu brodeln. Nicht mehr lange, und Mom hatte es wieder geschafft, meinen Geduldsfaden zum Reißen zu bringen.

»Rebecca ist sogar ziemlich im Stress gerade«, sagte ich. »In der Vorweihnachtszeit ist bei ihr total viel los. Sie kommt kaum hinterher mit Warenannehmen und -auslegen, Papierkram und so weiter.« Ich brach ab. Eigentlich konnte ich genauso gut mit einer Wand reden. Es hatte keinen Sinn zu versuchen, Mom zu erklären, dass Rebeccas Job nicht minderwertig war, nur weil sie dafür nicht studiert hatte. Sie würde ihre Meinung dazu ja sowieso nicht ändern. Es ging mir so gegen den Strich, dass für meine Eltern nur ein Studium zählte. Das war so ein Blödsinn.

»Und hast du schon irgendwelche Männer getroffen?«, fragte Mom.

Für einen kurzen Moment dachte ich, ich hätte mich verhört. »Was? Männer?«

»Ach ja, du hast ja recht. In Starwood laufen sicher keine geeigneten Typen für dich herum. Wenn du wieder in Seattle bist, kannst du ja mal wieder auf ein Date gehen. Du warst schon länger auf keinem mehr, oder?«

Ich zog die Nase kraus. »Meine letzten Dates waren der totale Reinfall. Ich hab da ehrlich gesagt in nächster Zeit keine Lust mehr darauf.«

»Das tut mir leid, dass diese Dates nicht geklappt haben«, sagte Mom. Sie klang dabei beinahe mitfühlend. »Aber du darfst die Hoffnung nicht aufgeben. Irgendwann ist der Richtige schon dabei. Nicht, dass du auch noch übrig bleibst. So wie meine Schwester.«

Wie bitte?

Ich konnte geradeso ein fassungsloses Keuchen unterdrücken.

Übrig bleiben? So wie ihre Schwester?

»Mom«, fing ich an. »Rebecca ist nicht übrig geblieben. Was ist das überhaupt für ein Ausdruck?«

»Ich mach mir nur Sorgen um dich, Lynn«, sagte sie. »Ich möchte nicht, dass du auch allein bleibst.«

»Das wäre für mich überhaupt nicht schlimm. Man kann auch als Single sehr glücklich sein.«

»Als Single glücklich sein … ja, ja. Frauen sind dafür gemacht, einen Mann an ihrer Seite zu haben. Und das weißt du auch.«

Nun entwich mir doch ein Keuchen.

Okay, jetzt reichte es mir. Das ging zu weit.

»Mom, ich muss Schluss machen. Tante Rebecca ist gerade gekommen und braucht mich.« Ich presste die Lippen aufeinander, um nicht mit irgendetwas herauszuplatzen, das ich später bereuen würde.

»Alles klar. Es hat mich gefreut, dass wir uns mal wieder gehört haben.«

»Ja, mich auch. Bis bald.«

Ich beendete den Anruf und warf mein Handy neben mir aufs Sofa. Ich presste die Hände gegen meine Augen, bis ich Sternchen sah, und stieß einen stummen Schrei aus. In mir brodelte es. Warum mussten mich Telefonate mit Mom jedes Mal so aufwühlen? Wieso konnten wir nicht *ein Mal* ein normales Gespräch führen, in dem sie nicht ständig irgendetwas und irgendwen kritisierte oder blöde Kommentare fallen ließ? In welchem Jahrhundert lebten wir denn? Ich hatte ihr schon so oft erklärt, dass ihre Ansichten absoluter Bullshit waren. Und zwar auf mehreren Ebenen.

Gott, ich hatte das Gefühl, jeden Moment zu platzen.

Ich wünschte mir so sehr, einmal in Ruhe mit ihr reden zu können. Und ihr Verständnis zu erhalten. Warum war das nur so schwer? Jedes Mal, wenn ich versuchte, mich ihr anzunähern, schaffte sie es wieder, mich zur Weißglut zu treiben. Es war so schwierig, wenn man innerhalb der eigenen Familie verschiedene Werte vertrat.

Ich spürte, wie sich hinter meinen Augen ein Druck aufbaute.

Verdammt, ich wollte nicht heulen.

Aber das Verhältnis zu meiner Mom belastete mich mehr, als ich es mir eingestehen wollte. Ich war eigentlich ein harmoniebedürftiger Mensch und hasste Uneinigkeiten und negative Stimmung.

Ich rollte auf dem Sofa herum und zog mir die Decke über den Kopf, während ich mich dem Gefühlschaos in mir hingab.

Kapitel 12

Nach dem Telefonat mit meiner Mom, das mir immer noch im Kopf herumgeisterte, machte ich mich schließlich auf den Weg in die Stadt. Bevor ich bei Miles ankam, wollte ich in Ivys Café noch ein paar Toppings für die Plätzchen mitnehmen.

Ich betrat das Café und entdeckte sofort Ivys dunkle Locken hinter der Theke.

»Hi, Swiftie!« Ihr Gesicht strahlte, als sie mich erkannte.

Ich liebte ihre gute Laune, die sofort meine Stimmung aufhellte. Ivy gehörte zu den Menschen, die einem ein gutes Gefühl gaben, wenn man in ihrer Nähe war. Ich zwang mich dazu, das Telefonat mit meiner Mom in die hinterste Ecke meines Gehirns zu schieben und mich auf Ivys warme Ausstrahlung zu konzentrieren.

»Ich habe dir was mitgebracht«, sagte ich und fischte etwas aus meiner Jackentasche.

Ivys Augen wurden groß, als sie das Armband in meiner Hand entdeckte. »Hast du das selbst gemacht?«

Ich nickte stolz. Eigentlich war ich eine totale Niete, was kreative Dinge betraf. Aber das Armbänderknüpfen, das im Fandom von Taylor Swift sehr beliebt war, hatte sich zu einem meiner liebsten Hobbys entwickelt.

»Da steht ja Ivy drauf!« Sie legte den Kopf schief und betrachtete die feinen Buchstabenperlen. Dann streifte sie sich das Armband über das Handgelenk. »Wow, Lynn, das ist megacool. Vielen, vielen Dank.«

»Sehr gern.« Es war so schön, endlich jemanden zu haben, der die Insider eines Fandoms, zu dem man selbst gehörte, verstand. Wir hatten uns in den letzten Tagen viele Videos hin- und hergeschickt und über die Musikerin gefachsimpelt.

»Jetzt ärgere ich mich, dass ich nicht auch ein Freundschaftsarmband für dich habe.« Ivy zog einen Flunsch.

»Kann ich dir sonst etwas anbieten? Möchtest du einen Cupcake?«

Ich ließ meinen Blick über die Vitrine schweifen und blieb an einer türkisfarbenen Packung hängen. »Ich würde gern diese Knusperflakes mitnehmen und … eine Packung mit den bunten Streuseln.«

»Verwandelt sich deine Küche heute etwa in eine Backstube?« Ivy griff nach den beiden Packungen und holte sie aus der Vitrine.

»Nicht meine, aber die von Miles Montgomery. Er hat mich zum Plätzchenbacken eingeladen.«

Ivy sah überrascht auf. Ein seltsamer Ausdruck huschte für den Bruchteil einer Sekunde über ihr Gesicht. »Miles?«, fragte sie langsam.

»Ja. Kennt ihr euch?« Kurz hielt ich inne und schüttelte dann den Kopf. »Was für eine Frage, natürlich kennt ihr euch. Hier in Starwood kennt ja jeder jeden.«

Ivy nickte langsam. »Miles und ich waren in derselben Klasse. Wir sind ganz gut befreundet.«

Oh, das ergab Sinn. Ich hatte mir vorher schon gedacht, dass Ivy etwa in unserem Alter war, da war es nicht verwunderlich, dass sie mit Miles zur Schule gegangen war.

»Warum warst du vorher so überrascht, als ich seinen Namen erwähnt habe?«, fragte ich.

Ivy schwieg einen Augenblick. »Ach, nur so …« Sie tippte etwas in ihre Kasse ein. »Miles hat … er hat in den letzten Jahren nie irgendeine Frau zu sich nach Hause eingeladen. Deshalb war ich kurz überrascht.«

Oh.

Meine Augenbrauen wanderten in die Höhe. Damit hatte

ich nicht gerechnet. Miles war so attraktiv und charmant, dass ich mir eigentlich sicher gewesen war, dass er öfter Frauenbesuch bekam.

»Gibt es dafür einen Grund?«, fragte ich.

Ivy reichte mir die Packungen über die Theke. »Das wird er dir sicher bald mal selbst erzählen.« Sie lächelte und nannte mir den Preis für die beiden Toppings.

Ich zahlte und verabschiedete mich von ihr.

Während ich nach draußen ins Freie trat, kreisten meine Gedanken um Ivys Worte. Das, was sie mir über Miles eröffnet hatte, rückte das heutige Treffen irgendwie in ein ganz anderes Licht.

Ich zog meinen Schal enger und stapfte durch den Schnee los in Richtung Weihnachtsbaum-Farm.

Das Haus der Montgomerys lag direkt hinter der Farm auf einer leichten Anhöhe. Es war eher zurückhaltend geschmückt, mit Lichterketten und Strohsternen in den Fenstern und einer Tannengirlande über der Eingangstür. Der ausladende Garten rundherum war in glitzerndes Weiß getaucht. Auch auf dem Dach türmte sich der Schnee, und aus dem Schornstein rauchte es in den Himmel. Der Schnee knirschte bei jedem meiner Schritte, als ich auf die Eingangstür zuging und klingelte.

Ein paar Sekunden passierte nichts. Dann hörte ich gedämpft eine Kinderstimme und das Trampeln von Schritten. Kurz darauf wurde die Tür aufgerissen.

»Lynn mit Kinn!« Theo strahlte mich an. »Wir haben schon Musik angemacht.« Aufgeregt griff er nach meiner Hand und zerrte mich in den Flur.

»Hi, Theo.« Ich streifte meine schneenassen Schuhe auf dem Fußabtreter ab und folgte ihm amüsiert. Den Spitznamen würde ich wohl nie wieder loswerden.

Neugierig beäugte Theo die beiden Packungen in meiner Hand. »Was hast du da?«

»Das habe ich zum Verzieren mitgebracht. Wir können es am Ende auf die Plätzchen streuen.«

»Cool!« Begeistert griff Theo nach den Toppings und trampelte mit ihnen davon.

Ich schlüpfte aus meinen Stiefeln und stellte sie neben die Schuhe der Montgomerys, die fein säuberlich auf einem kleinen Regal aufgereiht standen.

»Hey.«

Beim Klang der tiefen Stimme drehte ich mich um. Miles lehnte mit verschränkten Armen im Türrahmen. Er trug ein schwarzes T-Shirt, das sich um seine Oberarme spannte. Ein sanftes Lächeln lag auf seinen Lippen.

»Hi.« Fahrig griff ich nach meinem Schal und wickelte ihn mir vom Hals. Beziehungsweise versuchte ich es, doch der Schal war so lang, dass ich mich darin verhedderte.

Shit.

Ich zerrte an der Wolle, doch irgendwie machte ich alles nur noch schlimmer. Es ziepte an meiner Kopfhaut, und ich spürte, dass sich meine langen Haare in dem Schal verfangen hatten. Wie war mir das denn jetzt gelungen?

O Gott, wie peinlich.

»Warte mal …« Miles' amüsierte Stimme erklang. Ich spürte, wie sanft an meinem Schal gezogen wurde. Eine Hand streifte meinen Nacken, und kurz darauf war der Knoten gelöst. Miles strich mir die Haare über die Schulter und zog den Schal über meinen Kopf.

»Deine Jacke kannst du mir auch gern geben«, sagte er und deutete nach links zur Garderobe. Er verlor keinen Kommentar darüber, wie dämlich ich mich gerade angestellt hatte. So, wie ich heute drauf war, kugelte ich mir wahrscheinlich gleich die Schulter aus, wenn ich aus meinem Mantel schlüpfte. Vorsichtig knöpfte ich ihn auf und zog ihn aus, möglichst darauf bedacht, mich nicht wieder irgendwo zu verheddern.

»Schöner Pulli.« Miles' Augen glitten langsam über meinen Oberkörper. Ein nervöses Kitzeln erfüllte meinen Bauch.

»Den hat mir ein Weihnachtself heute vor die Tür gelegt.«

»Ach ja?« Schmunzelnd nahm er meinen Mantel an und hängte ihn in die Garderobe. »Dieser Weihnachtself hat einen guten Geschmack.«

»Finde ich auch.« Ich strich über den *Ugly Sweater*, mit dem Miles sich heute mal wieder selbst übertroffen hatte. Keine Ahnung, wie er es schaffte, jeden Tag einen noch hässlicheren aus dem Hut zu zaubern. Er war verrückt, dass er diesen Adventskalender tatsächlich durchzog. Aber ich gab zu, dass ich mich jeden Morgen darauf freute, vor die Tür zu schauen. Die eingepackten Pullis waren jeden Tag ein kleines Highlight.

»Dein Bruder hat mein Mitbringsel bereits an sich genommen«, sagte ich und trat hinter Miles in die Küche. »Nicht, dass du denkst, ich komme mit leeren Händen.«

»Leere Hände wären auch völlig okay gewesen.« Er drehte sich um und lächelte mich an.

»Können wir anfangen?«, krähte Theo und hüpfte aufgeregt auf und ab.

Ich ließ meinen Blick durch die Küche schweifen. Die Montgomerys hatten einen rustikalen Einrichtungsstil, was mir bereits im Eingangsbereich aufgefallen war. Die Möbel der Küche waren aus massivem Holz und strahlten eine angenehme Gemütlichkeit aus. In der Mitte des Raumes stand ein großer Tisch, auf dem bereits einige Zutaten und Ausstechformen bereitlagen.

Ich trat an ihn heran. »Wow, ihr habt ja schon alles vorbereitet.«

Zwischen den Mehl- und Zuckerpackungen entdeckte ich eine kleine Musikbox. Gerade erklang das leise Intro von *All I Want For Christmas.*

Theo rutschte auf einen Stuhl. »Ein Teig ist auch schon im Kühlschrank. Miles hat gesagt, dass der schlafen muss.«

Ich sah zu Miles, der ebenfalls an den Tisch herangetreten war.

»Ruhen heißt das, Kleiner. Dann würde ich sagen, starten wir gleich mal mit den Butterplätzchen, oder?«, sagte er.

»Au ja!« Theo griff begeistert nach einer Ausstechform.

Miles lief zum Kühlschrank und holte den Teig heraus, der in durchsichtige Folie eingewickelt war.

Damit mir meine Haare nicht im Weg waren, band ich sie rasch zu einem hohen Zopf. Während ich das Haargummi festzurrte, bemerkte ich, wie Miles mich dabei beobachtete. Als ich zu ihm hinübersah, blickte er ertappt weg.

»Ich nehme das Rentier«, rief Theo und wedelte mit einem silbernen Ausstecher herum. »Lynn, magst du den Stern haben?«

»O ja, gern.« Ich ließ mich auf einen Stuhl fallen und nahm dankbar die Form entgegen, die Theo mir hinhielt.

»Mrs. Thompson sagt immer, dass wir die schönsten Plätzchen der ganzen Stadt backen«, prahlte er.

»Wow! Da bin ich ja mal gespannt.« Ich zwinkerte Theo zu, der fröhlich in seine Hand kicherte.

Miles hatte etwas Mehl auf dem Tisch verstreut und den Teig aus der Folie befreit. Nun griff er nach dem Nudelholz. Die Muskeln an seinen Oberarmen traten deutlich hervor, als er begann, den Teig auf dem Tisch auszurollen.

Wow!

Ich konnte nicht verhindern, dass ich jede Bewegung seiner Arme verfolgte. Himmel, dieses T-Shirt betonte seine Muskeln viel zu gut. Meine Augen wanderten hinauf zu seinem Gesicht. Eine Locke war ihm in die Stirn gerutscht und zwischen seinen Brauen grub sich eine konzentrierte Falte ein, während er den Teig bearbeitete.

Das klappernde Geräusch der Ausstecher mischte sich unter die Weihnachtsmusik, die aus der Box dudelte. Ein nostalgisches Gefühl stieg in mir auf. Die Geräuschkulisse erinnerte mich sofort an meine Großeltern und an Rebecca. Während meine Eltern nie selbst etwas gebacken, sondern zu Weihnachten lediglich eine Packung fertiger Kekse gekauft hatten, hatte Rebecca mit ihren Eltern schon immer selbst Plätzchen zubereitet. Ich hatte es geliebt, ihnen dabei zu helfen, während das ganze Haus nach frischem Gebäck duftete. Diese Momente gehörten zu meinen liebsten Kindheitserinnerungen.

»Backt ihr öfter zusammen?«, fragte ich.

Theo nickte heftig. »Miles kann das voll gut.«

Miles legte das Nudelholz zur Seite und griff nach einer Ausstechform. »Du bist mittlerweile aber auch ein echter Profi, Theo.«

Der Junge drückte seine Rentierform in den Teig. »Bist du auch ein Profi, Lynn?«

Ich stach einen Stern aus, während ich den Kopf schüttelte. »Leider kann ich überhaupt nicht backen. Ich helfe gern, aber besonders gut bin ich nicht.«

»Also, der Stern sieht schon mal schön aus«, meinte Miles und zwinkerte mir zu.

Schmunzelnd legte ich die ausgestochene Figur auf das Blech, das Miles bereits mit Backpapier ausgelegt hatte.

»Olly hat mich gestern in der Schule produkziert«, erzählte Theo plötzlich.

Auf Miles' Stirn erschien eine Falte. »Schon wieder? Was hat er denn gemacht, um dich zu provozieren?«

Theo legte den Kopf schief, sodass ihm eine helle Haarsträhne in die Stirn fiel. »Er wollte mir meinen Stift wegnehmen. Wenn ich ihn ihm nicht gebe, dann wird er mich hauen.«

Miles' Kiefer spannte sich an. »Das ist gut, dass du mir das erzählst, Theo.«

»Ich mag es gar nicht, wenn er mich produkziert.« Der Junge pustete sich seine Haare aus dem Gesicht.

»Das glaub ich dir. Weiß deine Lehrerin Bescheid?«

Er schüttelte den Kopf.

»Ich rede mal mit ihr, ja?« Miles legte ein ausgestochenes Plätzchen auf das Blech. »Olly steht ein bisschen auf Kriegsfuß mit Theo«, sagte er an mich gewandt. »Die beiden haben sich schon im Kindergarten öfter mal in die Haare gekriegt.«

»Oje.« Ich verzog mitfühlend das Gesicht.

Für ein paar Sekunden sagte niemand mehr etwas, und jeder stach mechanisch seine Plätzchen aus. Fieberhaft überlegte ich, wie ich die Stimmung ein bisschen auflockern und mit Theo eine Unterhaltung beginnen konnte. Ich fand ihn so niedlich und wollte Miles unbedingt zeigen, dass ich mich für seinen Bruder interessierte.

»Was ist denn dein Lieblingsfach in der Schule, Theo?«, fragte ich schließlich.

»Sport. Und Rechnen.« Theo hüpfte vergnügt auf und ab. Das Thema Olly schien vergessen.

»Sport mochte ich auch immer gern.« Ich legte ein Plätzchen auf den letzten freien Platz unseres Blechs.

Miles erhob sich und nahm es in die Hand. »Ich glaube, das können wir schon mal in den Ofen geben, was meint ihr?«

In drei großen Schritten war er beim Ofen und schob das Blech hinein. Theo war von seinem Stuhl aufgesprungen und stellte sich mit neugierigen Augen neben seinen großen Bruder. Er legte seine kleine Hand auf Miles' Rücken und beobachtete jeden seiner Handgriffe. Bei dem Anblick der beiden wurde mir warm ums Herz. Man spürte deutlich die Liebe, die zwischen den beiden Geschwistern herrschte.

Während ich die beiden nebeneinander betrachtete, fiel mir wieder ihre unterschiedliche Haarfarbe auf.

»Es ist echt erstaunlich, dass Theo so helle Haare hat, wo

doch du und deine Eltern dunkelhaarig seid«, sagte ich, als Miles sich wieder neben mich an den Tisch setzte.

Er grinste. »Als Baby war Theo weißblond. Das ist ein Running Gag bei uns in der Familie. Wir sagen immer, dass Theos Vater wahrscheinlich der Postbote ist.«

Ich lachte. »Manchmal wünschte ich, ich hätte auch Geschwister und solche Insider.«

Miles rollte ein neues Stück Teig aus. »Bist du Einzelkind?«

Ich nickte. »Damit war ich eigentlich immer zufrieden, da ich an meiner Mom und Rebecca immer nur das Negativbeispiel zwischen Geschwistern gesehen habe.«

»Haben die beiden kein gutes Verhältnis zueinander?«

»Leider nicht. Das geht vor allem von meiner Mom aus, die mit Rebeccas Lebensweise nichts anfangen kann. Rebecca wäre da gar nicht so sehr das Problem.« Ich seufzte. »Na ja, aber wenn ich dann Geschwister wie euch zwei sehe, dann denke ich mir, wäre es doch schön, wenn ich jemanden hätte.«

Miles wuschelte seinem Bruder liebevoll über den Kopf. »Ich bin sehr froh über den kleinen Racker. Dabei war es für meine Eltern gar nicht so leicht, noch ein zweites Baby zu bekommen.«

»Oh, wirklich?«

Er nickte. »Mom hatte nach mir viele Fehlgeburten, sodass sie es eigentlich irgendwann aufgegeben haben, noch ein Kind zu bekommen. Doch dann war Theo plötzlich da. Mom sagt immer, dass er ein echtes Wunderkind ist.« Ein zärtlicher Ausdruck erschien auf seinem Gesicht. »Deshalb heißt er Theo. Der Name bedeutet Geschenk Gottes.«

Etwas in mir schmolz. »Das ist eine sehr schöne Bedeutung.«

»Hat dein Dad Geschwister?«, fragte er.

Ich schüttelte den Kopf. »Deshalb ist Rebecca meine einzige Tante, und da sie keine Kinder hat, habe ich keine Cousins oder Cousinen. Meine Familie ist wirklich klein. Und leider hat nicht jeder ein gutes Verhältnis zum anderen.«

Miles sah mich ernst an. »Verstehst du dich mit deinen Eltern auch nicht so gut?«

Ich zupfte etwas Teig von meiner Ausstechform. »Mein Dad war kaum zu Hause, als ich klein war. Er war ständig auf Geschäftsreisen, und deshalb bin ich mehr oder weniger nur bei meiner Mom aufgewachsen. Wenn jemand meinen Dad gefragt hat, in welche Klasse seine Tochter eigentlich geht, wusste er das nie. Er hatte keinen Überblick über meine Noten und kannte keine meiner Freundinnen. Früher dachte ich, das wäre normal. Dass alle Väter so wenig in das Leben ihrer Kinder involviert sind. Bis ich dann das Gegenteil bei meinen Freundinnen erlebt habe. Was mich am meisten traurig gemacht hat, war die Tatsache, dass er nie bei irgendwelchen Veranstaltungen dabei war. Ich war früher viele Jahre im Tanzverein, aber denkst du, er hätte ein Mal bei einem Auftritt zugeschaut?« Ich stach einen Stern aus und legte ihn auf das Backblech. Ich bemerkte kaum, wie meine Hand dabei zitterte. »Ich habe die anderen Mädchen so beneidet, die ihren Vätern zuwinken konnten. Diese Dads haben ihren Töchtern immer ganz stolz zugeschaut und Fotos gemacht.«

Miles hatte beide Augenbrauen hochgezogen. »Das tut mir so leid, Lynn«, sagte er leise.

Ich zuckte mit den Schultern. »Na ja, das ist jetzt schon lange her. Aber während Dad kaum in meinem Leben involviert war, hat sich meine Mom viel zu sehr eingemischt.«

»Wie meinst du das?«

»Sie hat extrem viel Wert auf meine Noten gelegt und wollte unbedingt, dass ich auf das beste College gehe. Wenn ich einmal nicht so viel Erfolg hatte, wie sie es sich vorgestellt hat, war sie direkt sauer.« Ich schluckte. »Ich habe heute mit ihr telefoniert, weil ich mir dachte, als gute Tochter muss ich mich mal wieder melden. Aber sie hat wie immer etwas rausgehauen, das mich absolut wahnsinnig gemacht hat.«

Miles sah mich aufmerksam an.

»Sie meinte, dass ich mal wieder auf Dates gehen soll, damit ich nicht übrig bleibe.« Schon allein ihre Worte auszusprechen ließ mich schütteln. »Was ist das denn für ein Ausdruck? Sie hat ernsthaft Angst, dass ich keinen Mann finde und ein Leben lang allein bleibe? Als wäre das einzige Ziel im Leben einer Frau zu heiraten. Das ist doch völliger Unsinn. Manche Frauen entscheiden sich bewusst dazu, Single zu bleiben. Und andere Frauen finden einfach nicht den richtigen Menschen für sich. Diese Frauen sind dann nicht seltsam, anstrengend oder schräg. Das sind intelligente, hübsche Frauen, die nur einfach kein Glück hatten, ihrem Traumprinzen oder ihrer Traumprinzessin über den Weg zu laufen. Viele verstehen, glaube ich, nicht, dass es verdammt schwer ist, den Richtigen zu finden. Und ich denke mir, bevor ich mit irgendeinem Idioten zusammen bin, der mich überhaupt nicht wertschätzt, bin ich lieber allein. Der Begriff *übrig bleiben* ist so negativ konnotiert und impliziert doch, dass man nur für sich kein vollständiger Mensch ist, oder? Als wäre man minderwertig, nur weil man allein ist.« Ich schüttelte den Kopf. »Ich finde es so schlimm, dass in unserer Gesellschaft nur dieses eine Lebensmodell als richtig und erstrebenswert gilt. Und dass man anscheinend schräg beäugt wird, wenn man in einem bestimmten Alter immer noch Single ist. Was soll das denn?«

Ich hatte mich so in Rage geredet, dass ich ganz vergessen hatte, neue Plätzchen auszustechen. Gott, normalerweise quasselte ich nicht so viel. Aber das war ein Thema, das mir schon länger auf der Seele brannte und über das ich mich stundenlang aufregen könnte.

»Das ist wirklich schlimm«, stimmte Miles mir zu.

»Schau mal, Lynn!«, krähte Theo und hielt mir etwas von

seinem Plätzchenteig unter die Nase. »Das hab ich schön ausgestochen, oder?«

Ich blinzelte und tauchte aus meinen Gedanken auf. »O ja, das sieht super aus!«

Nachdenklich legte Miles ein Plätzchen auf das Blech. »Weißt du, was ich auch so schlimm finde? Dass es in unserer Gesellschaft eher akzeptiert wird, wenn jemand unglücklich in einer Beziehung ist, als wenn jemand glücklich allein lebt.«

»Ja, genau das! Das ist doch verrückt, oder?«

Miles nickte. »Es wird überhaupt nicht darauf geschaut, wie es den Menschen in einer Beziehung eigentlich geht. Beziehung wird in unserer Gesellschaft irgendwie sofort gleichgesetzt mit Glück.«

Ich warf einen Blick zur Seite und sah, wie ein Schatten über sein Gesicht wanderte. Er hielt einen Moment inne und schien mit den Gedanken plötzlich ganz weit weg zu sein. Hatte er gerade etwa aus Erfahrung gesprochen?

»Ja voll.« Ich rollte ein Stück des Plätzchenteigs zwischen meinen Fingern. »Deswegen wird auch immer sofort geantwortet, wenn man sagt, dass man Single ist: Ach, sei nicht traurig, du wirst bestimmt bald jemanden finden.« Ich schüttelte den Kopf. »Wer sagt denn, dass ich traurig bin? Es muss deswegen niemand Mitleid mit mir haben. Ich habe sogar irgendwo mal gelesen, dass statistisch die glücklichsten Menschen in unserer Bevölkerung Singlefrauen sind.«

Miles blinzelte, als würde er aus seinen Erinnerungen auftauchen. Er hob den Kopf und lächelte. »Ehrlich?«

Ich nickte. Es machte mich froh, dass wir bei dem Thema gerade auf einer Wellenlänge waren, und er verstand, was ich ausdrücken wollte. Das tat so gut. Durch meine Eltern war ich es eher gewohnt, mit meinen Ansichten auf Gegenwind zu stoßen.

Ein Piepton erklang.

»Die Plätzchen!«, rief Theo und sprang von seinem Stuhl auf.

Miles erhob sich ebenfalls und ging zum Ofen. »Mmh, lecker.« Er schlüpfte in Ofenhandschuhe und holte das heiße Blech heraus. Sofort waberte süßer Plätzchenduft durch die Küche.

»Boah, riecht das gut.« Theos Augen wurden groß.

Schmunzelnd beobachtete ich, wie der Junge seinem Bruder zusah. Es war total schön, die Welt durch seine Augen wahrzunehmen. Er war derartig begeistert von jeder Kleinigkeit, die wir als Erwachsene oft gar nicht mehr sahen. Kindliche Freude war etwas ganz Besonderes und trug auf jeden Fall dazu bei, dass ich mich gerade weihnachtlicher fühlte als die letzten Tage zu Hause in Seattle.

»Lynn, könntest du einen Teller für die frischen Plätzchen aus dem Schrank holen? Oben rechts.« Miles balancierte das heiße Blech auf seinen Händen.

»Ja klar.« Ich stand auf und lief zum Küchenschrank. Ich stellte mich auf Zehenspitzen und musste mich ein wenig strecken, um die Schranktür zu erreichen. Mein Pulli rutschte dabei ein Stück nach oben. Aus dem Augenwinkel bemerkte ich, wie Miles zu mir herübersah. Seine Augen glitten zu dem Streifen Haut, den mein Pulli freigab. Mit klopfendem Herzen nahm ich einen Teller heraus und drückte die Schranktür zu. Als ich die Arme sinken ließ, rutschte mein Pullover wieder an Ort und Stelle. Ich drehte mich zu Miles und begegnete seinem Blick. Ein dunkler Ausdruck lag in seinen Augen.

»Hier.« Ich streckte ihm den Teller entgegen.

Miles räusperte sich. »Danke.«

Mit Theos Hilfe nahmen wir die warmen Plätzchen vom Blech und legten sie auf den Teller.

Während Miles das zweite Blech in den Ofen schob und den Timer neu stellte, begutachteten Theo und ich die gebackenen Plätzchen.

»Die sind schön golden geworden, oder?«, fragte ich.

Theo nickte eifrig. »Und die riechen so gut. Nach Weihnachten.« Er breitete die Arme aus. »Ich fühle mich so weihnachtig.«

Schmunzelnd hob ich den Blick. Ich liebte die Wortkreationen, die Theo immer mal wieder zum Besten gab.

Miles blieb neben uns am Tisch stehen und sah zu mir herunter. »Fühlst du dich auch schon weihnachtig?«

»Mit jeder Sekunde mehr.«

Kapitel 13

»Du hast da einen Mehlfleck«, sagte ich zu Miles.

»Was, wo?« Er sah an sich hinunter.

»Hier, warte.« Ich nahm ein Tuch und rutschte mit meinem Stuhl näher an ihn heran. Er stand vor mir, sodass sein Bauch etwa auf meiner Augenhöhe war. Vorsichtig griff ich nach seinem T-Shirt und rieb mit dem Tuch über den weißen Fleck. Ich bemerkte, wie Miles nach unten sah und jeder meiner Bewegungen folgte. Unwillkürlich wurde mir heiß.

Ich spürte seinen festen Oberkörper durch das T-Shirt hindurch. Wie er sich wohl anfühlen würde – ohne den Stoff zwischen uns?

Ich wischte noch ein paarmal über den Fleck, dann war das Mehl fort. Über Miles' Arme zog sich eine leichte Gänsehaut. Langsam hob ich den Kopf. Sein Blick lag schwer auf mir. Ein unerwartetes Prickeln kroch meine Wirbelsäule hoch.

Ich sah, wie Miles' Kehlkopf hüpfte, als er schluckte. Seine Augen wanderten über mein Gesicht und blieben schließlich an meinen Lippen hängen. Meine Hand lag noch immer auf seinem harten Bauch. Am liebsten hätte ich meine Finger unter den Saum seines T-Shirts geschoben und …

Stopp! Lynn, woher kommen auf einmal diese Gedanken?

Als hätte jemand einen Schalter umgelegt, nahm ich meine Hände von ihm und legte das Tuch beiseite.

»So, fertig. Du bist wieder sauber.« Ich zwang mich zu einem unverkrampften Lächeln, das hoffentlich keine Auskunft über mein heftig pochendes Herz gab.

Miles blinzelte. Nach ein paar Sekunden klärte sich sein

Blick und er betrachtete sein T-Shirt. »Perfekt. Danke.« Seine Stimme hatte einen rauen Ton angenommen.

Als ein Poltern neben uns erklang, wurde mir schlagartig bewusst, dass wir uns immer noch im selben Raum wie Theo befanden. O Gott, da waren meine Gedanken von vorhin ja noch viel unangebrachter als ohnehin schon.

»*Icy and bluuue*«, sang Theo und wackelte fröhlich im Takt zur Musik.

Erst jetzt fiel mir auf, dass *Christmas Tree Farm* aus der Musikbox dudelte. Was hatte Miles nur für eine Wirkung auf mich, dass ich sogar die Stimme meiner Lieblingssängerin erst mit großer Verspätung bemerkte?

»Ihr habt einen guten Musikgeschmack«, sagte ich. »Eure Weihnachtsplaylist ist toll.«

»Taylor Swift ist voll cool«, sagte Theo und sang wieder ein paar Zeilen mit.

Seine hohe Kinderstimme klang zuckersüß und ich musste mir ein Grinsen verkneifen. »Wusstest du, dass sie meine absolute Lieblingssängerin ist?«, sagte ich.

Theos Augen wurden groß.

»Theo hört ihre Musik auch sehr gern«, sagte Miles und wuschelte seinem Bruder über den Kopf.

»Hey, lass das.« Theo schlug spielerisch seine Hand weg, grinste aber dabei.

»Was ist denn dein Lieblingssong, Theo?«

Er legte bei meiner Frage den Kopf schief und schien angestrengt nachzudenken.

»*Lovestory*«, sagte er schließlich.

»Gute Wahl.« Ich nickte anerkennend und sah zu Miles. »Magst du ihre Musik auch?«

»Ich finde sie als Person sehr bewundernswert«, sagte Miles. »Sie scheint eine intelligente Businessfrau zu sein, von dem, was ich so mitbekomme. Die Lieder, die im Radio laufen, finde ich ganz gut, aber ich muss gestehen, ich habe mir ihre Alben bisher noch nie angehört.«

»Du kennst also nur ihre Hits?«

Entschuldigend hob er die Hände. »Ich hoffe, du als eingefleischte Swiftie hasst mich jetzt nicht.«

Ich grinste und schüttelte den Kopf. »Du kennst den Namen unseres Fandoms und hast sehr wertschätzende Worte über Taylor als Person verloren. Da kann ich dich gar nicht hassen.«

»Puh.« Miles tat, als wischte er sich eine Schweißperle von der Stirn. »Welches Album kannst du denn besonders empfehlen?«

Bei seiner Frage setzte ich mich sofort aufrechter hin. Über dieses Thema konnte ich mich ewig auslassen.

»Also mein liebstes Album ist *evermore*. Das ist das Zwillingsalbum zu *folklore*. Die beiden haben einen ähnlichen Vibe und sind im selben Jahr erschienen. Ich *liebe* ihr Storytelling in diesen Alben. Da zeigt sich ihre Kunst als Songwriterin ganz besonders, finde ich. Es kommt darauf an, was du sonst gern für Musik hörst und was dir wichtig ist. Taylor hat eigentlich für alle Stimmungen und Geschmäcker etwas zu bieten.«

In Miles' Augen loderte es interessiert auf. »Das klingt richtig gut. Ich höre eigentlich nur Radio. Ich habe gar keine bestimmte Musik.«

Ich presste eine Hand gegen meine Brust. »Wie bitte?« Gespielt schockiert sah ich ihn an. »Radio ist kein Musikgenre, das weißt du schon.«

Miles grinste. »Das sagt Ivy auch immer. Sie hat mich schon oft damit aufgezogen, dass ich einer von diesen Mainstream-Radiohörern bin.«

Ich lachte. »Ist schon gut. Ich möchte hier niemanden shamen. Jeder hat ja andere Interessen, und das ist völlig okay so.«

Schmunzelnd stützte er sein Kinn auf der Hand ab und betrachtete mich. »Seit wann bist du schon Fan von Taylor?«

»Seit dem *1989*-Album. Damit hat generell meine Liebe zu Musik begonnen. Das war das erste Mal, dass ich von Songs so besessen war, dass ich sie rauf und runter gehört habe.«

Miles lächelte. »Dann hat sie also sogar noch eine größere Bedeutung für dich, weil sie dich in die Welt der Musik eingeführt hat?«

»Ganz genau.« Miles' ehrliches Interesse für meine Leidenschaft freute mich mehr, als ich mir eingestehen wollte – und die Tatsache, dass er zu verstehen schien, was Taylor Swift für mich bedeutete, obwohl er selbst kein Fan war. Meine Eltern waren auch keine Musikfans, aber sie hatten sich nie die Mühe gemacht, meine Leidenschaft zu verstehen. Für sie war ich lediglich ein naives Fangirl, das viel zu viel Zeit damit verschwendete, Songs zu analysieren und Interviews anzuschauen. Dass ich daraus mein Lebensglück zog und es mir dadurch leichter fiel, meinen Alltag zu bewältigen, hatte sie nicht interessiert.

»Darf ich vom Teig naschen?«, fragte Theo und deutete auf einen kleinen Rest, den wir nicht mehr für unsere Plätzchen gebraucht hatten.

»Na klar. Aber nur, wenn du uns etwas abgibst.« Miles streckte seinen Arm aus und wollte nach dem Teig greifen, als Theo ihm zuvorkam und seine kleine Hand darüberlegte.

»He, du kleiner Naschkater.« Miles griff unter Theos Arme und warf ihn sich über die Schulter. Theo lachte und trommelte mit seinen kleinen Fäusten auf Miles' Rücken.

Grinsend beobachtete ich, wie Miles mit Theo herumalberte. Ich lehnte mich in meinem Stuhl zurück und versuchte, jede Sekunde dieses Augenblicks aufzusaugen. Es gab Momente, die man am liebsten einfrieren wollte, um immer wieder dahin zurückkehren zu können. Das hier war so ein Moment.

»Hier wird ja laut gelacht«, ertönte plötzlich eine amüsierte Männerstimme von der Küchentür.

Ich drehte den Kopf und entdeckte Mr. Montgomery im Türrahmen. Seine grauen Haare waren kurz geschnitten, und er trug eine Brille mit dickem schwarzem Rand. Seine Gesichtszüge waren deutlich runder als die von Miles, und mir wurde bewusst, dass Miles äußerlich viel mehr nach seiner Mutter kam.

Sie erschien ebenfalls in der Tür. »So was hört man immer gern«, sagte sie und betrachtete ihre beiden Söhne liebevoll.

»Hey.« Miles setzte seinen Bruder wieder am Boden ab und sah zu seinen Eltern. »Ihr seid schon wieder da?«

Seine Mom nickte. »Wir waren jetzt doch schneller fertig als gedacht. Das Elektrogeschäft hat leider den Drucker nicht vorrätig, den ich mir vorgestellt hatte. Da müssen wir irgendwann noch mal los. Du musst ja in nächster Zeit nichts ausdrucken, oder?«

Miles schüttelte den Kopf.

Sein Dad trat in die Küche. »Und ihr wart schon sehr fleißig, wie ich sehe? Und rieche …« Er rieb sich den Bauch und beugte sich über die duftenden Plätzchen, die frisch aus dem Ofen auf dem Tisch standen und nur noch darauf warteten, von uns mit Zuckerguss bestrichen und mit Streuseln verziert zu werden.

»Das riecht wirklich fabelhaft«, stimmte Mrs. Montgomery zu. Sie wandte sich lächelnd an mich. »Und, wie hast du es mit den beiden ausgehalten? Ich hoffe, Theo war nicht zu aufgedreht?«

Ich schüttelte den Kopf. »Er war ganz zauberhaft. Sie haben wirklich zwei wundervolle Söhne.«

Sie legte bei meiner Antwort eine Hand auf ihr Herz.

»Dann stören wir mal nicht länger. Wir sind im Wohnzimmer, falls ihr uns braucht«, sagte Mr. Montgomery und stapfte aus der Küche. Er warf mir ein freundliches Lächeln zu. »Es freut uns, dass du hier bist, Lynn.«

Mit diesen warmen Worten verschwanden die beiden und ließen uns wieder allein. Bei jeder Begegnung mit den Montgomerys wurde mir mehr bewusst, woher Miles seine liebevolle, zugängliche Art hatte. Seine Eltern waren ebenso herzliche Menschen wie er.

»Wollen wir schon mit der Glasur anfangen?« Miles sah mich fragend an.

»Gern. Könnte ich vorher noch kurz eure Toilette benutzen?«

»Na klar. Einfach einmal durch den Gang und dann die Tür links.«

Ich nickte dankbar und verließ die Küche.

Während ich durch den Gang lief, orientierte ich mich kurz, wo ich hinmusste. An den Wänden entdeckte ich alte Familienfotos. Ein Bild fiel mir ins Auge, auf dem Miles als kleiner Junge zu sehen war. Ich blieb einen Augenblick stehen und betrachtete das Foto. Miles saß auf einem Laufrad und grinste breit in die Kamera. Seine Haare waren schon damals lockig gewesen und standen wild von seinem Kopf ab. Er sah total niedlich aus.

Gerade als ich mich wieder in Bewegung setzen wollte, hörte ich meinen Namen gedämpft durch eine Tür.

»… seit Lynn hier ist.« Die Stimme klang nach Mrs. Montgomery.

Eigentlich wollte ich nicht lauschen, doch mein Körper verharrte wie von selbst.

»Ja, das stimmt«, hörte ich die tiefe Stimme von Mr. Montgomery. »Ich habe Miles lange nicht mehr so viel lachen hören.«

»Ich auch nicht. Er wirkt in den letzten Tagen viel glücklicher.«

Ein zustimmendes Brummen war zu hören. »Er war nicht mehr so gelöst seit …« Er brach ab.

Kurz herrschte Schweigen.

»Ich denke, Lynn tut ihm sehr gut«, sagte Mrs. Montgomery. »In den letzten Jahren hat es sich angefühlt, als würde Miles niemals aus diesem Loch rauskommen. Diese Sache damals … Sie hat ihn gebrochen.«

Ich hörte, wie Mr. Montgomery sich räusperte. »Das war wirklich eine schlimme Zeit für ihn. Für uns alle.«

Ein Poltern erklang und riss mich aus meiner Starre. Ertappt zuckte ich zusammen und huschte ins Gäste-WC. Ich schloss die Tür hinter mir und lehnte mich mit rasendem Herzen dagegen.

Kapitel 14

Meine Gedanken kreisten auch am nächsten Tag noch um die Worte, die ich von den Montgomerys gehört hatte.

Die Sache damals …

Er war nicht mehr so glücklich seit …

Was war damals wohl vorgefallen? Worauf hatten Miles' Eltern in ihrer Unterhaltung angespielt?

Ich legte ein neues Holzscheit in den Kamin im Wohnzimmer und spürte die Wärme, die von dem Feuer ausging. Es knisterte leise.

Nachdem ich gestern von der Toilette zurück in die Küche gekommen war, hatten Miles, Theo und ich die Plätzchen fertig gemacht und waren danach noch eine Weile zusammengesessen, um sie zu genießen und dazu Tee zu trinken. Es war total gemütlich gewesen und es hatte sich schön angefühlt, für einen Moment Teil dieser Familie zu sein.

Das Vibrieren meines Handys riss mich aus den Gedanken.

Ich lief zum Wohnzimmertisch und schnappte mir mein Smartphone, bevor ich mich auf das weiche Sofa warf und mir eine Decke über den Schoß zog.

Eine neue Nachricht von Miles blinkte auf meinem Bildschirm auf. Sofort schlug mein Herz ein wenig schneller.

Miles: *Ich habe mir heute das gesamte Debütalbum von Taylor Swift angehört. Ich wusste gar nicht, wie krass Country ihre ersten Songs waren! Richtig cool. Hier meine Review zu den Songs.*

Meine Augen wurden groß, als ich die Zeilen las.

Miles: *Picture To Burn - wow, ich liebe den Country Vibe! Das Banjo (heißt das Instrument so?) im Hintergrund gefällt mir richtig gut. Ich weiß nicht, über wen sie den Song geschrieben hat, aber ich habe ihre Wut durch jede Zeile gespürt. Ein cooler Song, er bekommt von mir insgesamt eine 7 von 10.*

Meine Kinnlade klappte nach unten. Rasch überflog ich den restlichen Text. Miles hatte tatsächlich zu jedem einzelnen Song ihres Debütalbums eine kurze Review verfasst. Ich sank rücklings in die Kissen und presste mir eine Hand vor den Mund. Tränen traten mir in die Augen, als ich weiterlas.

Miles: *A Place in This World - ich bin zwar kein Girl, sondern ein Boy, der versucht, seinen Platz auf dieser Welt zu finden, aber ich konnte mich sehr mit dem Text identifizieren. Wie sie darüber singt, dass sie erst noch herausfinden muss, was sie in ihrem Leben eigentlich will und dass sie auf sich allein gestellt ist, hat mich total berührt. Ich kann mir richtig gut vorstellen, dass sich die Fans, die damals wie Taylor auch im Teenageralter waren, dadurch total verstanden gefühlt haben. Ich kapiere langsam, weshalb Taylor für ihr Songwriting so beliebt ist. Auch die Melodie und die Instrumente haben mir in dem Song sehr gefallen. Eine 8,5 von 10.*

Mit jeder Review mehr, die ich las, verstärkte sich der Druck hinter meinen Augen. Ich konnte kaum glauben, dass Miles sich tatsächlich die Mühe gemacht hatte herauszufinden, welches Album das Debütalbum war, und es sich von vorn bis hinten angehört hatte. Seine Reviews zeigten mir, wie sehr er sich mit jedem einzelnen Song auseinandergesetzt hatte. Er ging auf die Melodien ein, die Instrumente, ihren Gesang und vor allem, was mich besonders freute, auf den Text. Wer die

Musikerin kannte, wusste, wie wichtig ihr die Lyrics waren. Und dass Miles diese so wertschätzte, brachte mein Herz beinahe zum Platzen.

Als ich fertig gelesen hatte, ließ ich mein Handy sinken und starrte für ein paar Sekunden einfach nur in die Luft. In meiner Brust herrschte ein Cocktail aus verschiedenen Emotionen.

Er war interessiert daran gewesen, Taylors Songs anzuhören. Das war … ich hatte keine Worte dafür. Ich hatte noch nie jemanden kennengelernt, der sich so für meine Leidenschaften interessierte wie er. Der so aufmerksam zuhörte und mehr darüber wissen wollte.

Mein Handy brummte erneut.

Miles: *Morgen ist Fearless an der Reihe. Ich bin schon ganz gespannt auf das Grammy-Gewinner-Album! Ich hoffe, du hattest einen schönen Tag bisher.* 😊

Tränen sammelten sich hinter meinen Augen. Ich presste eine Hand gegen meine Brust.

»Lynn, magst du einen Obstsalat?« Rebeccas Stimme erklang aus der Küche. Kurz darauf tauchte sie im Wohnzimmer auf und hielt zwei Schüsseln in der Hand. »Ich habe bei deinem extra die Rosinen weggelassen. Und dafür besonders viele Mandarinen reingeschnitten.« Sie zwinkerte mir zu und kam zum Sofa.

Ich wischte eine Träne von meiner Wange. »Wieso seid ihr alle so lieb zu mir?«

Rebeccas Augen wurden groß. »Hast du geweint?« Besorgt beugte sie sich zu mir und strich mir über den Arm.

»Nur ein bisschen. Aber vor Glück.«

Rebecca ließ sich neben mir aufs Sofa sinken und überreichte mir den Obstsalat.

»Miles hat sich gemerkt, dass ich Taylor Swift mag und hat

sich extra das erste Album von ihr angehört und mir zu jedem einzelnen Song seine Meinung geschickt«, erklärte ich.

Rebeccas Mund klappte auf. »Wirklich?«

Ich nickte und schob mir einen Löffel Obstsalat in den Mund. Mein Leben lang hatte ich versucht, die Menschen, die mir etwas bedeuteten, zu beeindrucken und mir ihre Anerkennung zu verdienen. Und trotz aller Bemühungen hatte sich nie jemand für das, was mir wichtig war, interessiert. Rebecca war in meinem engeren Umfeld die einzige Ausnahme gewesen, doch durch die Entfernung zwischen Seattle und Starwood hatte sie nicht immer für mich da sein können. Als ich älter geworden war, waren Dates mit irgendwelchen Typen dazugekommen, die nur auf sich fokussiert waren und die sich ebenfalls nicht für mich interessierten. Dass Miles mir zuhörte und meine Interessen ernst nahm, berührte deshalb etwas viel tiefer in mir, was andere vielleicht nicht verstehen konnten.

»Ich glaube, du bedeutest ihm wirklich viel«, sagte Rebecca. »Er ist doch auch mit Ivy befreundet, oder?«

Ich nickte.

»Und sie ist ja auch so ein großer Taylor-Swift-Fan, nicht wahr? Aber für sie hat er sich noch nie ihre Alben angehört.«

Ich hielt einen Moment inne. Daran hatte ich noch gar nicht gedacht. »Du hast recht«, sagte ich.

Rebecca sah mich vielsagend an. »Du weißt, was das bedeutet. Miles macht sich diese Mühe nicht für irgendjemanden …«

Sein Gesicht schob sich vor mein inneres Auge. Sein warmes Lächeln, seine Augen, seine Stimme …

»Ich fühle mich gut in seiner Nähe«, sagte ich und schob ein Apfelstück in meiner Schüssel hin und her.

Rebecca lächelte. »Weißt du noch, was ich über das Dating gesagt habe?«

»Hm?«

»Dass es mit der Person, die für einen bestimmt ist, nicht stressig, sondern wunderschön ist?«

Ich nickte langsam.

»Lass dir das noch mal durch den Kopf gehen«, sagte sie und sank zurück in die Sofalehne.

Kapitel 15

Am nächsten Tag ging ich gleich in der Früh mit Rebecca in ihren Laden, um ihr zu helfen. Als wir das Haus verließen, stolperte ich wie immer über das Päckchen mit dem Ugly Sweater von Miles, was mir ein Lächeln ins Gesicht zauberte.

Rebecca arbeitete mich in ihr Kassensystem ein, sodass ich auch Kundschaft bedienen konnte, wenn sie gerade anderweitig beschäftigt war. Es fühlte sich gut an, etwas zu tun zu haben und zu wissen, dass ich jemanden mit meiner Arbeit unterstützen konnte. Den Eindruck, etwas wirklich Sinnvolles zu machen und anderen zu helfen, hatte ich bei Tremblay & Friends nie gehabt. Schon bevor *er* damit angefangen hatte, mich …

Ich brach meinen Gedanken abrupt ab. Daran wollte ich jetzt nicht denken.

Jedenfalls war mir sehr schnell klar gewesen, dass mir die Arbeit dort eigentlich überhaupt keinen Spaß machte. Und dass ich einfach nur noch wegwollte. Aber anfangs dachte ich, dass man sich vielleicht zu Beginn eines neuen Jobs so fühlte und alles besser werden würde, wenn man sich erst einmal eingearbeitet hatte. Außerdem war ich eine People Pleaserin und wollte meine Arbeitskollegen nicht hängen lassen, indem ich sofort wieder kündigte. Und meine Mutter wollte ich ebenso nicht enttäuschen. Ich hoffte, mir ihre Anerkennung zu verdienen, wenn ich in dem Job blieb und nicht sofort aufgab. Dass das alles nach hinten losgehen würde, hätte ich vorher schon ahnen können.

»Ich muss kurz bei der Post etwas abholen. Kommst du

für ein paar Minuten allein klar?« Rebecca eilte aus dem Büro und schlüpfte in ihren Mantel.

»Ja klar.« Ich nickte und fuhr fort, eine neue Warenlieferung ins Regal zu räumen.

»Du bist wirklich ein Engel. Ich bin so froh, dass du da bist.« Rebecca drückte mich kurz an sich, bevor sie nach draußen trat und die Tür hinter sich ins Schloss fallen ließ.

Ich griff in die Kiste, die ich neben mir auf den Boden gestellt hatte, und holte eine silbern glitzernde Kugel hervor. Solche Kugeln waren dieses Jahr wohl der totale Renner, weshalb Rebecca letzte Woche gleich eine neue Lieferung bestellt hatte. Ich fuhr über die glitzernde Oberfläche der Kugel und lächelte. Manchmal hatte ich das Gefühl, ich könnte auch eine reinkarnierte Elster sein, da ich alles Glitzernde und Glänzende liebte. Kaum funkelte etwas auch nur ein bisschen, wanderte es in meinen Korb.

Ich räumte die letzte Kugel ins Regal und griff nach dem leeren Karton. Während ich ihn zusammenfaltete, ging ich ins Büro. Ich öffnete die Papiertonne und stopfte das Ding hinein, bevor ich ganz nach hinten zu einem Regal lief, um eine neue Kiste zu suchen. Ich konnte nach wie vor nicht verstehen, weshalb Mom sich so dagegen wehrte, dass Rebecca diesen Laden eröffnet hatte. Sie verkaufte so schöne Sachen, die die Leute liebten und zu Weihnachten gut gebrauchen konnten. Warum musste man das verteufeln? Seit unserem Telefonat hatte ich nichts mehr von ihr gehört.

Ich drückte den Karton gegen meine Brust und lief mit schnellen Schritten durch den Laden, zu dem Regal mit den Weihnachtskugeln. Dort stellte ich die Kiste auf den Boden. Ich wischte mir mit einer Hand eine Haarsträhne aus dem Gesicht und wollte gerade den Karton öffnen, als mich etwas stutzig machte.

Ich ließ meine Augen über das Regal wandern. Das Regalfach, das ich vorhin eigentlich bis zum Rand gefüllt hatte, enthielt jetzt eine Lücke. Eine Lücke, an der vor ein paar Minuten noch eine silberne Kugel gelegen hatte.

Ich runzelte die Stirn und sah mich um.

»Hallo?«, rief ich.

Es kam keine Antwort.

Die Stille gab mir zu verstehen, dass ich ganz allein im Laden war.

Verwirrt sah ich zurück in das Regal. War ich jetzt schon komplett verrückt? Da war vorher keine Lücke gewesen, da war ich mir sicher.

Ich suchte den Boden ab, ob die Kugel vielleicht aus dem Fach gefallen oder irgendwo anders hin gekullert war. Doch ich konnte sie nicht entdecken.

Eine Spieluhr ist heute aus meinem Laden verschwunden – Rebeccas Stimme erklang plötzlich in meinem Kopf. Seit der Sache mit der Spieluhr war nichts mehr vorgefallen. Rebecca hat sich irgendwann mit der Erklärung zufriedengegeben, dass sie selbst die Uhr verlegt hatte. Und da seitdem auch nichts mehr abhandengekommen war, hatten wir das nicht angezweifelt.

Doch jetzt fehlte diese Kugel.

Oder sah ich schon Gespenster?

Unruhig fuhr ich mit einer Hand über meinen Nacken. Verdammt, wieso hatte ich nicht besser aufgepasst? Ich hätte nicht allein ins Büro gehen sollen, wenn Rebecca nicht da war. Da hatte der Dieb freie Fahrt gehabt.

Wobei es mich wunderte, dass ich die Klingel über dem Eingang nicht gehört hatte, die eigentlich verlässlich neue Kundschaft ankündigte. So wie jetzt zum Beispiel, als Rebecca zurück in den Laden trat.

»Da bin ich wieder«, rief sie und winkte mir lächelnd zu.

Sie schälte sich aus ihrem Mantel und kam in schnellen Schritten auf mich zu. Als sie meinen Gesichtsausdruck bemerkte, verschwand ihr Lächeln. Stattdessen trat Sorge in ihren Blick. »Du siehst ja aus, als hättest du einen Geist gesehen. Ist alles okay?«

Ich sah von ihr zu dem Regalfach mit den Weihnachtskugeln. Dann blickte ich zurück zu ihr.

»Ich glaube, eine Kugel fehlt«, sagte ich und deutete auf die Lücke.

»Meinst du bei der Lieferung? Warte, ich hab hinten die Lieferscheine, da steht genau drauf, wie viele Kugeln in den einzelnen Kisten drin sein müssten.« Sie machte Anstalten, nach hinten ins Büro zu gehen, als ich sie am Arm berührte.

»Nein, ich meine … die Kugel ist einfach weg. Ich habe vorhin alle in das Regal geräumt, und das Regalbrett war voll. Dann bin ich kurz ins Büro gegangen, um eine neue Kiste zu holen, und als ich zurück im Laden war, war eine der Kugeln weg. Ich war wirklich nur für ein paar Minuten hinten. Es tut mir so leid, ich hätte vorn im Laden bleiben müssen, solange du weg bist. Ich …«

»Hey, stopp!«, unterbrach Rebecca sanft meinen Redeschwall. »Noch mal langsam. Du hast das ganze Fach aufgefüllt und als du wiederkamst, war hier eine Lücke, die vorhin nicht da war, richtig?«

Ich nickte.

»Hast du schon geschaut, ob sie irgendwo hin gerollt ist?«

»Ja, ich hab schon alles abgesucht.« Ich rieb mir über die Wange. »Wie kann das sein? Wieso habe ich hinten die Klingel nicht gehört?«

»Warst du ganz hinten bei den Regalen?«, fragte Rebecca.

Ich nickte.

»Da hört man die Klingel nicht so gut. Vielleicht hast du überhört, wenn jemand reingekommen ist.«

»Glaubst du, die Kugel hat dieselbe Person gestohlen wie die Spieluhr?« Ich sah Rebecca verzweifelt an. »Oder sind wir jetzt beide schon so schusselig?«

Rebeccas Stirn furchte sich. »Ich hatte mich ja schon damit

abgefunden, dass die Spieluhr einfach so verschwunden ist. Aber dass eine Kugel nun auch noch abhandenkommt …« Sie machte eine Pause und schüttelte den Kopf. »Das ist sehr komisch.«

Ich presste die Lippen aufeinander. Es war wirklich seltsam, dass sich zweimal innerhalb kurzer Zeit so etwas ereignete. Aber wer sollte hier etwas stehlen? Hier in Starwood, wo die Kriminalitätsrate so niedrig war wie nirgends sonst?

»Es tut mir so leid, dass ich nicht aufgepasst habe«, sagte ich noch mal und presste eine Hand gegen mein Herz. »Da vertraust du mir deinen Laden schon an, und dann passiert so was.«

»Lynn, hör auf. Mir ist das doch auch passiert, als ich allein war. Da kannst du nichts dafür.« Sie schüttelte den Kopf. »Außerdem ist das nicht so dramatisch. Solange nichts Teures gestohlen wurde … Irgendwann kriegen wir schon noch raus, was hier vor sich geht. Mach dir bitte keinen Kopf, ja?« Sie kam auf mich zu und drückte mir einen Kuss auf die Wange.

Ich nickte und schloss für einen Moment die Augen. Gerade als ich etwas sagen wollte, erklang die Klingel über der Eingangstür.

Rebecca und ich sahen gleichzeitig hinüber.

»Hi.« Miles kam mit einem Lächeln auf uns zu. Er trug eine schwarze Mütze, unter der an den Seiten seine Locken hervorkringelten.

»Hallo, Miles. Schön, dich zu sehen.« Rebecca sah ihn freundlich an. »Ich muss dann mal … hinten im Büro …« Sie wedelte mit der Hand. »… Dinge und so erledigen.« Sie zwinkerte in meine Richtung, dann verschwand sie.

Sehr unauffällig, Rebecca.

Ich schüttelte innerlich den Kopf und wandte mich an Miles. »Hey! Was machst du hier?«

»Ich dachte mir fast, dass du heute arbeitest.« Er ging einen Schritt auf mich zu. Sofort umhüllte mich sein angenehmer Duft. »Ich wollte dich fragen, wie lange du Rebecca heute hilfst. Oder ob du schon weißt, wann du Feierabend machen kannst.«

Ich wiegte nachdenklich den Kopf. »Rebecca hat bis zwanzig Uhr geöffnet. Ich muss sie mal fragen, wie lange sie mich braucht. Warum?«

In Miles' Augen begann es zu funkeln. »Ich hätte eine Überraschung für dich.«

»Eine Überraschung?«

Er nickte. »Ich habe etwas geplant, um dich noch ein Stückchen mehr in Weihnachtsstimmung zu versetzen.«

»Darf ich wissen, *was* du geplant hast?«

Er schüttelte den Kopf und setzte einen verschwörerischen Blick auf.

»Lynn hat heute Abend Zeit«, kam es lautstark von hinten aus dem Büro. Kurz herrschte Stille. Dann rief Rebecca: »Sorry, ich wollte nicht lauschen.«

Miles und ich sahen uns an. Ich konnte in seiner Mimik ablesen, dass er sich gerade ebenfalls ein Lachen verkniff.

»Sorry, meine Tante ist so neugierig.« Grinsend wies ich mit dem Daumen hinter mich. »Aber du hast es gehört. Anscheinend habe ich heute Abend frei.«

»Perfekt.« Miles' volle Lippen verzogen sich zu einem Lächeln. »Ich bin gespannt, was du sagen wirst.«

Kapitel 16

»Ich habe heute den ganzen Arbeitstag über gerätselt, welche Überraschung du geplant hast«, sagte ich und schloss die Tür zur Rebeccas Laden hinter mir. Sie hatte mir ab achtzehn Uhr freigegeben, und Miles war pünktlich vor der Tür gestanden, um mich abzuholen.

Miles schmunzelte. »Gleich wirst du es erfahren.«

Es war bereits dunkel, und nur die Straßenlaternen erhellten den Stadtplatz vor uns. Während wir nebeneinanderher liefen, beäugte ich den riesigen Rucksack, den Miles auf seinem Rücken trug.

»Was schleppst du da eigentlich mit?«

»Nicht so neugierig, Lynnsie.«

Ich stieß gegen seinen Arm. »Du bist ein Geheimniskrämer, weißt du das?«

»Und du bist ganz schön ungeduldig, weißt du das?« Er sah zu mir herunter und grinste.

Lachend bogen wir in eine Seitengasse ein. Je weiter wir uns vom Stadtplatz entfernten, desto ruhiger wurde es.

»Hat dir eigentlich schon mal jemand gesagt, wie unglaublich akkurat du Textnachrichten schreibst?«, fragte ich.

Miles hob die Augenbrauen.

»Ich kenne niemanden, der grammatikalisch so korrekte Chatnachrichten verfasst.«

Miles lachte. »Ach so, ja, das habe ich schon ein paarmal zu hören bekommen. Wie kann man aber auch Groß- und Kleinschreibung so ignorieren wie du? Und bei dir weiß ich nie, wann ein Satz zu Ende ist und ein neuer anfängt, wenn du alle Punkte oder Ausrufezeichen weglässt.«

Ich grinste. »Ich bin wohl das andere Extrem. Aber wenn es schnell gehen muss, achtet man halt auf so was nicht, oder?«

Miles runzelte die Stirn. »Wie hektisch ist dein Leben, dass du nicht mal für einen kleinen Punkt am Ende eines Satzes Zeit hast?«

Ich lachte. »Ja okay, Punkt für dich.«

Miles sah mich schmunzelnd an. »Ich finde es aber eigentlich ganz liebenswert, wie du schreibst. Auch wenn dein Chatpartner eine Ausbildung zum Dechiffrierer bräuchte, um deine Sätze zu entziffern.«

»Ha, ha.« Ich boxte ihm gegen den Arm. »Mich hat es übrigens sehr gefreut, dass du dir die ersten beiden Alben von Taylor Swift angehört hast.«

»Ach *das* hätte deine Chatnachricht ausdrücken sollen! Ich konnte deine Antwort auf meine Song-Reviews gar nicht entschlüsseln.«

Ich rollte grinsend mit den Augen.

»Spaß beiseite, es freut *mich*, dass du dich freust«, meinte Miles und legte eine Hand auf sein Herz.

»Das ist wirklich nicht selbstverständlich«, sagte ich. »Ich finde es megainteressant, deine Gedanken zu den Songs zu erfahren.«

Er nickte. »Ich bin schon gespannt, welches Album mir schlussendlich dann am besten gefallen wird.«

Ich lächelte in mich hinein. Darauf war ich auch sehr gespannt.

»Es macht mir total Spaß, etwas tiefer in die Musik einzutauchen«, sagte Miles. »Ich war noch nie so ein Albumhörer, aber vielleicht habe ich da bisher wirklich was verpasst.«

»Und ob! Ein ganzes Album von vorn bis hinten durchzuhören ist eine ganz andere Erfahrung, als eine Shuffle-Playlist von verschiedenen Künstlern nebenbei laufen zu lassen.«

»Das merke ich langsam auch.« Miles sah mich an und hob die Mundwinkel. »Übrigens müssten wir gleich da sein.«

Er rückte den Rucksack auf seinem Rücken zurecht und blickte nach vorn. Neugierig folgte ich seinem Blick … und erstarrte.

O nein.

Als ich das entdeckte, worauf wir zusteuerten, ergriff mich ein mulmiges Gefühl.

Miles hatte doch nicht etwa geplant …

Ich schluckte. Hoffentlich gingen wir daran vorbei und Miles' Überraschung war eine andere.

Doch es sah ganz danach aus, als würde Miles tatsächlich auf die Eisbahn zulaufen.

»Tadaa«, sagte er, als wir nur wenige Meter von der Bahn entfernt waren. »Heute ist Schlittschuhlaufen an der Reihe.« In seinen Augen funkelte es aufgeregt. »An der Eisbahn läuft immer eine coole Weihnachtsplaylist, und man hat von dort aus einen wundervollen Blick auf die Rockys. Da es heute schon dunkel ist, wird das ein bisschen schwierig, aber ich dachte mir, dass wir heute mal die magische Atmosphäre am Abend erleben und beim nächsten Mal tagsüber kommen, damit man die Berge besser sieht.«

Bei seinem erwartungsvollen Blick verknotete sich mein Magen.

Verdammt. Wie sollte ich ihm verklickern, dass mein Talent auf dem Eis … nun ja … eher dem eines Goldfischs am Ufer glich?

Ich sah hinüber auf die glitzernde Eisbahn, auf der sich bereits einige Menschen tummelten. Ein junger Mann flitzte mit seinen Schlittschuhen rückwärts über die Fläche und setzte dann zu einer Pirouette an. Wow! So würde das bei mir in hundert Jahren nicht aussehen.

Wie Miles gesagt hatte, drang aus den großen Lautsprechern ein bekannter Weihnachtssong. Flutlichter erhellten die

Eisbahn und es herrschte ausgelassenes Gelächter und Stimmengewirr.

Ich sah zurück zu Miles. Seine Augen leuchteten vorfreudig, und er sah so hoffnungsvoll aus, dass sich etwas in meinem Herzen zusammenzog.

Verdammt, ich wollte ihn nicht enttäuschen. Er schien sich wirklich auf das Schlittschuhfahren gefreut zu haben.

»Machst du dir Gedanken wegen der Schlittschuhe?«, fragte Miles und klopfte auf seinen Rucksack. »Keine Sorge, ich habe Schlittschuhe von meiner Mom für dich dabei, alternativ können wir auch welche ausleihen. Welche Schuhgröße hast du?«

»Neununddreißig, aber …«

»Perfekt, dann könnten dir die von Mom passen.« Er drehte sich um und marschierte in Richtung Eingang.

Nach kurzer Verzögerung lief ich ihm hinterher. »Miles …« Mein Herz trommelte gegen meine Brust. »Warte mal kurz.«

Er blieb vor dem Eingang stehen und wandte sich zu mir um. Fragend sah er mich an.

»Miles, ich …« Ich holte tief Luft. »Ähm … ich kann nicht so gut Schlittschuhlaufen.«

Miles' Augenbrauen wanderten nach oben. Seine Lippen formten ein stummes *Oh.*

Für einen Augenblick war es still. Dann senkte er den Kopf. »Shit, ich bin so ein Idiot.«

»Miles, nein …«

Er rieb sich über den Kiefer, während sein Blick erst zur Eisbahn und dann wieder zu mir zuckte. »Ich bin irgendwie davon ausgegangen, dass du … Verdammt, das war echt dumm von mir. Sorry, daran hätte ich denken müssen. Dann gehen wir natürlich nicht auf die Bahn.«

Die Enttäuschung und Reue auf seinem Gesicht brachen mir beinahe das Herz.

»Es ist okay, Miles, das konntest du ja nicht wissen.« Ich trat einen Schritt an ihn heran. Er hatte seine Augenbrauen zusammengezogen, und ich konnte ihm ansehen, wie er sich gerade innerlich über sich selbst ärgerte.

O Gott, es tat mir so leid, dass er sich extra die Mühe gemacht hatte, sich so eine schöne Idee für mich auszudenken, und dann zerstörte ich alles. Er hatte doch nur einen fröhlichen Abend mit mir verbringen und mich in Weihnachtsstimmung bringen wollen.

Miles vergrub seine Hände in den Jackentaschen. »Dann suchen wir uns eine Alternative.«

Ich biss mir auf die Innenseite meiner Wange. »Nein, das …« Ich holte tief Luft und sah auf die Eisbahn. Neben den geübten Schlittschuhläufern, die in Lichtgeschwindigkeit über das Eis flitzten, entdeckte ich ein paar Kinder, die sich an der Bande festhielten und konzentriert einen Fuß vor den anderen setzten. Ich schien wohl nicht die Einzige zu sein, die sich auf dem Eis nicht wirklich zu Hause fühlte.

Ich blickte zurück zu Miles. Er sah so aufrichtig zerknirscht aus, dass sich mein Herz noch ein Stückchen mehr zusammenzog. Ich wollte ihn nicht enttäuschen. Außerdem … vielleicht tat es mir gut, mal wieder über meinen eigenen Schatten zu springen. Und ich schätzte Miles als niemanden ein, der mich blöd anmachte, wenn ich mich ungeschickt auf dem Eis anstellte. Nicht so wie andere während meiner Schulzeit …

Ich straffte die Schultern. »Wir machen es trotzdem.« Ich nickte in Richtung Schlittschuhbahn. »Es schadet nicht, wenn ich das Schlittschuhfahren mal wieder übe. Du musst nur damit rechnen, dass ich dich ein bisschen ausbremsen werde.«

Miles schüttelte den Kopf. »Ich will dich nicht zu etwas zwingen, das du nicht machen willst. Du musst nicht mir zuliebe auf das Eis.«

»Nein, ich hab Lust.« Ich deutete auf einen Jungen, der einen Pinguin vor sich herschob und daran das Schlittschuhfahren lernte. »Vielleicht kann ich mir ja eins von diesen Dingern ausleihen.«

Miles sah immer noch skeptisch aus. »Wir können auch etwas anderes machen. Auf meiner Liste stehen ja auch noch andere Dinge, die dich in Weihnachtsstimmung versetzen können.« Er grinste schief.

O Miles.

Er sah in diesem Moment so niedlich aus, dass ich ihn am liebsten umarmt hätte.

»Nein, wir machen das jetzt.« Ich nickte fest entschlossen und schob mich an ihm vorbei. Ich lief auf das kleine Häuschen am Eingang zu, wo ich die Kasse vermutete. Jedoch saß niemand drin, und ich konnte auch keinerlei Preisschilder entdecken.

»Hallo?«, rief ich und sah mich um.

»Man muss hier keinen Eintritt zahlen«, erklang Miles' tiefe Stimme hinter mir.

Oh.

Ich sah über die Schulter und begegnete seinem amüsierten Blick.

»In Starwood muss man so gut wie nirgends Eintritt zahlen«, sagte er.

»Wie soll ich das als Großstädterin denn ahnen?« Ich lief durch das Eingangstor und betrat den Vorplatz der Eisbahn. Hier standen einige Bänke herum, auf denen sich die Schlittschuhläufer mit einem Heißgetränk und Gebäck aufwärmten. Süßer Duft nach Tee lag in der Luft.

Gemeinsam mit Miles lief ich auf eine freie Bank zu. Miles schob seinen Rucksack vom Rücken und holte die Schlittschuhe für uns heraus. Als ich die weißen Schuhe von seiner Mom ansah, klopfte mein Herz ein Stückchen schneller. Sie sahen so schön und edel aus. Solche Retro-Schlittschuhe hatte ich mir früher immer gewünscht.

»Hier, ich hoffe, sie passen.« Miles reichte mir die Schlittschuhe seiner Mom.

»Danke.« Rasch schlüpfte ich aus meinen Stiefeln und zog die Schlittschuhe an. Sie passten tatsächlich wie angegossen. Als ich die Schuhbänder festzurrte, überrollte mich eine Erinnerung. Das Gefühl der Kufen unter meinen Füßen und der leichte Druck gegen meine Knöchel hatte sich tief in mein Gedächtnis eingebrannt, obwohl ich seit Jahren keine Schlittschuhe mehr getragen hatte. Wie das wohl gleich auf dem Eis sein würde?

Miles' Oberschenkel streifte meinen für einen Augenblick, als er ebenfalls in seine Schlittschuhe schlüpfte und sie schnürte.

»Sollen wir so ein Pinguinteil mitnehmen?«, fragte er.

Ich drehte den Kopf und begegnete seinem Blick. »Ich glaube, das würde nicht schaden, ja.«

Miles nickte. »Dann hole ich dir schnell eins.« Er erhob sich und schlängelte sich durch die Menschen, bis er verschwand.

Vorsichtig stand ich auf und versuchte, mich an das Gefühl der Kufen unter mir zu gewöhnen.

Nach ein paar Minuten tauchte Miles wieder neben mir auf. Mit einem zerknirschten Ausdruck im Gesicht. »Es sind leider schon alle Pinguine verliehen.«

Mist.

»Dann musst du eben als Pinguin herhalten«, sagte ich und grinste schief.

Ich setzte meine Ohrenwärmer auf, zog meinen Schal enger um mich und stakste dann auf die Eisbahn zu. Ich hielt mich an der Bande fest und machte einen unbeholfenen Schritt nach vorn. Als die Kufen das Eis berührten, schoss ein nervöses Kribbeln durch mich hindurch. Ich hatte beinahe vergessen, wie es sich anfühlte, auf dem Eis zu stehen.

»Geht's?« Miles umrundete mich leichtfüßig.

Ich nickte. »Ich muss mich nur kurz an das Gefühl gewöhnen. Es ist schon ein Weilchen her, dass ich das letzte Mal auf dem Eis war.«

Langsam drehte ich mich um, während ich mich nach wie vor an der Bande festhielt. Ich ließ meinen Blick über die Bahn vor mir schweifen. Die Atmosphäre war wirklich magisch. Das Eis glitzerte unter den Flutlichtern, und auch wenn es dunkel war, konnte ich die Umrisse der Rocky Mountains erahnen.

»Es ist wirklich schön hier«, sagte ich.

Miles lächelte. »Ich war als Kind im Winter beinahe jeden Tag eislaufen.«

»Das kann ich mir vorstellen.« Ich erwiderte sein Lächeln und spürte, wie meine Nervosität langsam nachließ. Miles' Präsenz und die vertraute Weihnachtsmusik aus den Boxen beruhigten mich.

Aus einem Impuls heraus begann ich, mit meinen Schlittschuhen ein Stück nach vorn zu rutschen. Während ich mich weiterhin an der Bande festhielt, setzte ich einen Schritt vor den anderen. Das Eis war glücklicherweise nicht mehr so spiegelglatt, sondern fühlte sich rau an, da es von den anderen Schlittschuhläufern bereits in Mitleidenschaft gezogen worden war.

»Das geht besser als gedacht«, sagte ich und schob vorsichtig mein Bein vor und zog das andere nach. Ich kam zwar immer noch lediglich im Schneckentempo voran, aber immerhin.

Miles blieb dicht neben mir. Die Art und Weise, mit der er mit seinen Schlittschuhen über das Eis glitt, zeigte mir, wie sicher er diese Sportart beherrschte.

»Ich habe damals zu Weihnachten meine ersten Schlittschuhe bekommen«, erzählte ich und schob konzentriert einen Fuß vor den anderen. Mein Atem hinterließ weiße Wölkchen in der kalten Nachtluft. »Ich habe mich so gefreut, sie auszuprobieren. Aber meine Freude war leider nicht von langer Dauer.«

Ich spürte seinen Blick auf mir.

»Mom ist mit mir extra zu einem zugefrorenen See gefahren, damit ich üben konnte«, erzählte ich. »Leider habe ich mich anfangs ziemlich blöd angestellt. Das haben einige Jungs aus meiner Klasse mitbekommen und mich ausgelacht. Ich wollte daraufhin gar nicht mehr aufs Eis, da ich das Gefühl hatte, sowieso nicht gut genug zu sein. Im darauffolgenden Winter haben mich die Jungs aus meiner Klasse dann zu einem Sprintduell herausgefordert, das ich, dumm wie ich war, angenommen habe, obwohl ich immer noch total unsicher Schlittschuh lief. Und wie sollte es anders sein, natürlich bin ich dabei blöd gestürzt und habe mir das rechte Handgelenk gebrochen.«

»O Shit«, murmelte Miles.

»Ja, dann war das Thema Eis für den Winter natürlich erst mal Geschichte. Und im darauffolgenden Jahr wollte ich nicht mehr. Ich hatte Angst vor einer erneuten Verletzung und vor dem Hohn meiner Mitschüler.« Ich schwieg. »Danach war ich vielleicht ein- oder zweimal noch mal mit einer Freundin, aber ich habe nie so geübt, dass ich mich sicher gefühlt hätte. Deshalb kann ich es bis heute nicht richtig.« Ich sah auf und begegnete Miles' Blick. »Sorry, dass wir nur so langsam vorankommen.«

Er schüttelte den Kopf. »Kein Grund, sich zu entschuldigen. Wir haben heute alle Zeit der Welt, du kannst also so langsam fahren, wie du willst.«

Ich hätte mir denken können, dass Miles so verständnisvoll reagieren würde und dass ich mich vor ihm nicht zu schämen brauchte, kein Talent fürs Schlittschuhfahren zu besitzen.

Das Flutlicht erhellte sein Gesicht, und ich konnte mich plötzlich von seinem Anblick nicht mehr lösen. Seine dunklen

Wimpern warfen Schatten auf seine Wangen. Die Lachfältchen in seinen Augenwinkeln waren mir schon bei unserer ersten Begegnung aufgefallen, und sie brachten mit jedem Tag mehr etwas in mir zum Flattern.

»Huch.« Meine Kufe stieß gegen eine Unebenheit im Eis und brachte mich zum Straucheln. Ich tastete nach der Bande, doch ich griff ins Leere.

Zwei große Hände hielten mich fest, kurz bevor mein Hintern Bekanntschaft mit dem Eis gemacht hätte.

Mein Herz trommelte in meiner Brust. Miles' warmer Körper umfing mich. Sein Oberkörper lag eng an meinem Rücken, seine Hände unter meinen Armen. Ich spürte seinen Atem an meinem Hals.

»Hey«, murmelte er. Seine tiefe Stimme erklang dicht an meinem Ohr.

Für einen Moment konnte ich mich nicht bewegen. Miles so dicht an mir zu spüren, brachte meine Haut zum Glühen. Am liebsten hätte ich die Sekunden in seinen Armen bis ins Unendliche ausgedehnt.

Ich war für einen Moment wie erstarrt. Dann legte ich eine Hand auf die Bande neben mir, um mich festzuhalten und wieder Stabilität zu erlangen. Miles' Hände glitten zu meiner Taille und stützten mich eine Sekunde länger, als es eigentlich nötig gewesen wäre. Als er sie schließlich fortzog, regte sich ein sehnsüchtiges Ziehen in meinem Herzen.

Ich drehte mich zu ihm und sah ihn an. Seine dunklen Augen lagen wachsam auf mir.

»Danke.« Meine Stimme klang belegt. »Ich hab ja gesagt, dass ich mich blöd anstellen werde.«

Sein linker Mundwinkel zuckte nach oben.

Plötzlich bemerkte ich weiße Flöckchen auf seiner Mütze. Ich blickte nach oben und entdeckte dicke graue Wolken am Nachthimmel. Immer mehr Schneeflocken rieselten nach unten und berührten mein Gesicht. Ich hatte kaum bemerkt, dass es zu schneien begonnen hatte.

Es knackte in den Lautsprechern der Eisbahn und ein neuer Song startete.

»Snow is falling, all around me.«

Ich schmunzelte, als ich Shakin' Stevens singen hörte. »Das hat der Eisbahnbesitzer jetzt extra angemacht, oder?«

Miles sah sich ebenfalls amüsiert um. »Auf diesen Moment hat er sicher schon die ganze Zeit gewartet.«

Ich liebte diesen Song, und mein Körper begann wie von selbst, sich im Takt der Musik zu bewegen. Mit einer Hand an der Bande ließ ich mich vom Rhythmus mitreißen. Miles betrachtete mich mit einem Schmunzeln, und ein weicher Ausdruck trat in seine Augen.

Langsam glitt er auf mich zu und griff nach meinen Händen. »Bist du bereit, freihändig zu fahren?«

Ich hielt mich an ihm fest und nickte.

Immer mehr Schneeflocken fielen herab und zerflossen auf unseren Jacken. In Miles' Locken, die unter seiner Mütze hervorschauten, hatten sich ein paar verfangen, sodass es aussah, als hätte er weiße Strähnchen.

Ohne lange nachzudenken, löste ich eine Hand aus seiner und strich ihm sanft eine Locke aus der Stirn.

Als ich Miles' Blick auf mir spürte, zog ich hastig meine Finger zurück und legte sie wieder in seine. Miles nahm seine Augen keine Sekunde von mir, als wir gemeinsam etwas weiter auf die Eisfläche glitten. Mit seiner Stütze gelang es mir erstaunlich gut, mich auf dem Eis zu halten.

Ein neuer Song erklang aus den Boxen. Ich lächelte unwillkürlich, als ich erkannte, dass es *I'll Be Your Santa Tonight* von Keith Urban war. Ich wiegte mich im getragenen Takt des Liedes hin und her, während kalte Schneeflocken mein Gesicht benetzten. Miles tat es mir nach. Und auch wenn unser Bewegungsspielraum nicht groß war, so spürte ich jede

Schwingung in meinem Körper. Miles' Hände hielten meine fest umschlossen und selbst durch meine Handschuhe hindurch spürte ich seine Wärme. Ein sanftes Lächeln lag auf seinen Lippen, das ein Ziehen in meiner Brust auslöste. Seine Nähe machte etwas mit mir, das ich nicht in Worte fassen konnte. Von der anfänglichen Anspannung, auf dem Eis zu stehen, war nun nichts mehr übrig. Stattdessen kribbelte etwas in mir, als ich Miles' Blick erwiderte. Mit ihm gemeinsam hier zu stehen, sich zur Musik zu bewegen und sanfte Schneeflocken auf der Haut zu spüren, das war ein unglaublich kostbarer Moment.

Mein Blick wanderte über seine Gesichtszüge. Seine dunklen Augenbrauen, seine Nase, seinen kantigen Unterkiefer … Er sah so gut aus.

»Hey, Miles!«

Eine Stimme riss mich aus den Gedanken.

Wir hörten auf, uns im Takt zur Musik zu bewegen, und sahen uns um. Ein junger Typ kam auf uns zu geschlittert und bremste gekonnt ab, sodass Eisstaub neben seinen Kufen aufwirbelte.

»Schön, dich mal wieder zu sehen, Mann.« Der Kerl klopfte Miles auf die Schulter. Seine blonden Haare standen zerwühlt von seinem Kopf ab. Er trug lediglich einen Pulli, wodurch ich mir sicher war, dass er ein geübter Schlittschuhläufer sein musste. Ich hatte schon oft beobachtet, dass scheinbar alle Profis ohne Winterjacke auf dem Eis standen.

»Hi, Rhett.« Miles nickte ihm zu.

»Dich hat man hier ja schon lange nicht mehr gesehen.« Rhett verschränkte seine Arme vor der Brust. Interessiert glitt sein Blick zwischen mir und Miles hin und her.

»Das ist Lynn«, stellte Miles mich vor.

»Hi.« Ich hob die Hand.

Rhett nickte mir freundlich zu. »Freut mich.« Er sah zurück zu Miles. »Seit Olivia habe ich dich gar nicht mehr auf dem Eis getroffen. Beziehungsweise habe ich dich in den letzten Jahren kaum hier in Starwood gesehen. Wo hast du gesteckt?«

Miles presste die Lippen aufeinander. Für den Bruchteil einer Sekunde huschte ein Schatten über sein Gesicht.

»Ihr wart ja das Traum-Eispaar.« Rhett lachte. »Na ja, ich will euch jetzt aber gar nicht länger stören. Vielleicht sieht man sich ja mal wieder. Hat mich gefreut, Lynn.« Er klopfte Miles noch mal auf die Schulter, dann sauste er auf seinen Schlittschuhen davon.

Ein paar Sekunden herrschte Stille zwischen Miles und mir.

»War das ein Freund von dir?«, fragte ich.

Miles räusperte sich kurz. »Er war in meiner Klasse, aber wir waren nicht eng befreundet.«

»Ach so.« Ich nickte. »War Olivia auch in deiner Klasse?«

Bei ihrem Namen zuckte Miles leicht zusammen. Mein Blick fiel auf seine angespannten Kiefermuskeln.

Einige Atemzüge lang schwieg er.

»Ja«, sagte er schließlich knapp und presste erneut seine Lippen zu einem dünnen Strich zusammen. Abwesend starrte er in die Luft.

Ihr wart ja das Traum-Eispaar.

»War sie … deine Freundin?«, fragte ich zaghaft.

Miles' Gesichtszüge verhärteten sich. Er strahlte eine Anspannung aus, die ich gar nicht von ihm gewohnt war.

Wieder schwieg er.

»Miles?« Vorsichtig berührte ich ihn am Arm.

Er zuckte ein Stück zurück.

»War Olivia dir wichtig?«, fragte ich leise. Wer war diese Frau, dass sie so eine Reaktion in Miles auslöste?

Er atmete lautstark aus. »Das ist jetzt egal.« Als er den

Kopf hob, traf mich sein harter Gesichtsausdruck unvorbereitet.

»Ich frage mich nur, ob …«, fing ich an, doch Miles unterbrach mich schroff.

»Ich möchte nicht darüber reden, okay?«

Sein Tonfall ließ mich schlucken.

»Sorry«, murmelte ich. »Ich wollte nicht …«

»Lynn, lass es gut sein.« Miles stieß sich vom Boden ab, umrundete mich und fuhr mit seinen Schlittschuhen davon.

Und ließ mich allein stehen.

Kapitel 17

»Miles?«, rief ich ihm hinterher, doch er hörte mich nicht.

War das sein verdammter Ernst? Er wusste genau, dass ich hier ohne Bande nicht einfach davonsausen konnte, so wie er.

Unsicher sah ich mich um. Die Schlittschuhläufer zischten teilweise in einem Tempo an mir vorbei, dass mir schwindelig wurde.

Vorsichtig schob ich einen Fuß vor und begann zu straucheln. Gott, ich sah mich schon auf allen vieren über das Eis zur Bande kriechen.

Ich nahm alle Konzentration zusammen und machte einen Schritt nach vorn. Und noch einen. Ich kam mir vor wie ein neu geborenes Reh, das gerade laufen lernte. Aber es funktionierte. Ich fuhr! Konzentriert biss ich mir auf meine Unterlippe und glitt übers Eis. Als ich für einen Moment den Blick vom Boden löste, bemerkte ich einen kleinen Jungen, der auf mich zuraste.

Ich wollte nach rechts ausweichen, als ich mit einer Kufe wegrutschte.

Wumm.

Schmerz durchzuckte mein Steißbein, als ich auf dem harten Eis landete.

Ich stieß einen Fluch aus.

»Sorry!«, rief der Junge und schlitterte an mir vorbei.

Die Kälte der Eisbahn drang durch meine Jeans.

Mit hämmerndem Herzen stützte ich mich am Boden ab und hievte mich hoch. Ich strauchelte erneut.

»Brauchst du einen Pinguin?«

Ich wischte mir den Eisstaub von meiner Jeans und sah

auf. Ein kleines Mädchen stand neben mir. Sie musterte mich nachdenklich und schob mir ihren Pinguin entgegen.

»Oh, das ist lieb, aber behalte ihn ruhig selbst. Ich komm schon klar.«

Das Mädchen legte den Kopf schief. »Das sah aber gerade nicht so aus.«

Ich rieb mir über die Wange. Das Mädchen sah mich nachdenklich an. Entweder bildete ich es mir ein oder ich entdeckte sogar einen mitleidigen Ausdruck in ihren Augen.

»Hier.« Das Mädchen schob mir den Pinguin entgegen. »Den hast du nötiger als ich.« Gönnerhaft nickte sie mir zu.

»Danke, aber …«, setzte ich an, doch da sauste sie schon leichtfüßig davon.

Verdattert blickte ich ihr hinterher. Wie schäbig war das denn von mir, einem Kind seinen Pinguin wegzunehmen? Aber das Mädchen schien die Hilfe tatsächlich nicht mehr zu brauchen.

Erleichterung durchfloss mich, als ich meine Hände um die Griffe des Pinguins legte. Die Stütze tat so gut, und ich fühlte mich gleich um einiges sicherer.

Nach ein paar Minuten erreichte ich den Ausgang. Ich übergab den Pinguin an einen kleinen Jungen, der etwas unbeholfen mit seiner Mutter am Rand stand, und verließ die Eisfläche. Mit wackeligen Beinen stakste ich zwischen den Bänken hindurch.

»Lynn!«

Ich hob den Kopf und entdeckte Miles, der auf mich zugerannt kam. »Ich wollte gerade zu dir.« Atemlos blieb er vor mir stehen. »Es tut mir so leid, ich hätte dich nicht mitten auf dem Eis stehen lassen sollen.«

Ich legte den Kopf schief und sah ihn an. »Das fällt dir ja früh auf.«

Ich betrachtete seine Gesichtszüge, die nun wieder weicher wirkten als noch vorhin auf dem Eis. Der Schatten war aus seinem Gesicht verschwunden. Was auch immer Olivia in ihm ausgelöst hatte, er schien die Worte von diesem Rhett mittlerweile verarbeitet zu haben.

»Es tut mir wirklich leid, ich weiß nicht, was in mich gefahren ist.« Miles sah zerknirscht zu mir herunter.

Bei seinem reuevollen Blick veränderte sich etwas in mir. Ich war kein nachtragender Mensch, und mir fiel es schwer, länger als ein paar Sekunden auf jemanden sauer zu sein. Mom hatte diese weiche Seite an mir schon oft kritisiert, aber ich konnte einfach nicht aus meiner Haut.

»Zum Glück habe ich mir nichts gebrochen. Das hättest du sonst zu verantworten gehabt.« Ich klopfte gegen seine Brust und schob mich an ihm vorbei. Langsam stakste ich zu unserer Bank und ließ mich darauf nieder. Ich holte scharf Luft, als mein Hintern bei der Berührung mit dem harten Holz heftig pochte. Das würde ein mieser blauer Fleck werden.

»Ich bin so ein Idiot.« Miles ließ sich neben mir auf der Bank nieder. »Es ist nur …« Er schwieg einen Moment und starrte zu Boden. Eine Locke fiel ihm dabei in die Stirn.

Ich betrachtete sein Profil. Seine Nase war von der kalten Luft gerötet, genauso wie seine Wangen. Seine Lippen waren leicht geöffnet, als würde er jeden Moment etwas sagen wollen.

»Ich … ich rede nicht gern über sie«, sagte er schließlich leise. Sein Kiefer spannte sich für einen Moment an. Er drehte den Kopf und sah zu mir. Der Schmerz in seinen Augen traf mich unvorbereitet. »Das entschuldigt nicht, dass ich vorhin so schroff zu dir war. Aber … ich werde dir mehr erzählen, wenn ich mich bereit dazu fühle. Ist das okay?« Seine Augen huschten fragend über mein Gesicht.

Ich legte sanft eine Hand auf seine Schulter. »*Mir* tut es leid, wenn ich dich vorhin mit meinen Fragen bedrängt habe. Das wollte ich nicht.«

Miles schüttelte den Kopf.

Wir sahen uns an, und mit jeder Sekunde mehr, die verstrich, verspürte ich den Drang, meine Hand von seiner Schulter zu seiner Wange gleiten zu lassen. Sanft über seine gerötete Haut zu streichen. Ihm zu sagen, dass er sich Zeit lassen konnte, solange er wollte. Auch wenn alles in mir vor Neugier brannte und ich wissen wollte, was es mit dieser Olivia auf sich hatte … ich verstand besser als kein anderer, wie es war, wenn man über etwas Belastendes nicht sprechen wollte. Ich hatte ihm ja auch noch nichts von mir erzählt … von *ihm*.

Vorsichtig strich ich mit meinem Daumen über Miles' Schulter. »Ich will, dass du weißt, dass ich für dich da bin«, sagte ich leise. »Jederzeit. Wenn du bereit dafür bist.«

Miles erwiderte meinen Blick. Der Schmerz in seinen dunklen Augen war verschwunden, stattdessen entdeckte ich eine Zärtlichkeit, die mich unvorbereitet traf.

Ich wollte, dass er sich in meiner Nähe wohlfühlte und sich öffnen konnte – ohne die Angst, verurteilt zu werden. Mir war es immer wichtig, dass es den Menschen in meiner Gegenwart gut ging. Aber bei Miles war dieses Bedürfnis noch viel stärker. Vielleicht weil er mir in den letzten Tagen immer wichtiger geworden war.

»Danke, Lynn«, raunte er leise.

Sein Kehlkopf bewegte sich, als er schwer schluckte. Für den Bruchteil einer Sekunde flackerte sein Blick auf meine Lippen. Dann sah er mir wieder tief in die Augen, und alles in mir begann zu schwanken. Noch nie hatte sich Blickkontakt mit einem Mann so intensiv angefühlt wie in diesem Moment.

Miles nahm seine Augen für keine Sekunde von mir. Seine braune Iris wirkte hier in dem dämmrigen Licht noch viel dunkler als sonst.

Ich war so vertieft, dass ich kaum bemerkte, wie ein kleiner Junge an uns vorbeiging und dabei mit seinem Rucksack aus Versehen gegen meine Beine stieß.

»Vorsicht, Luke!« Seine Mutter griff sanft nach seinem Rucksack und nahm ihn in die Hand. »Tut mir leid, ich hoffe, er hat Ihnen nicht wehgetan«, wandte sie sich an mich und sah mich entschuldigend an.

»Nichts passiert.« Ich lächelte und sah den beiden hinterher, bis sie zwischen den anderen Menschen verschwunden waren.

Mit pochendem Herzen wandte ich mich zurück an Miles. Er kramte gerade in seinem Rucksack herum und holte eine große Box mit weihnachtlichem Motiv heraus.

»Hast du Lust auf Plätzchen und Tee?«

Ich erwiderte sein warmes Lächeln und nahm die Box entgegen. »Sehr gern.«

Kapitel 18

Ich hatte nicht gewusst, dass es so angenehm sein konnte, in der Kälte zu sitzen. Aber mit Miles an meiner Seite, mit seinen mitgebrachten Leckereien und dem Blick auf die glitzernde Eisfläche hatte der gestrige Abend einen wunderschönen Abschluss gefunden. Sein Plan, mich in Weihnachtsstimmung zu versetzen, war aufgegangen, und ich fühlte mich mit jedem Tag wohler in Starwood.

Wie meine Zukunft aussehen würde, wusste ich zwar immer noch nicht, aber das schob ich gekonnt in die hinterste Ecke meines Gehirns. Über einen neuen Job in Seattle konnte ich mir auch nach Silvester noch Gedanken machen.

Ich seufzte und schob den Vorhang zur Seite, um durch das Fenster hinaus in Rebeccas verschneiten Garten zu schauen. An den kahlen Bäumen hingen Eiszapfen, in denen sich das Licht der Lichterketten spiegelte, die meine Tante im Garten aufgehängt hatte. Ihre Gartenmöbel waren schneebedeckt, und ich entdeckte kleine Pfotenabdrücke. Rebecca hatte sich mit ihrem Haus und dem kleinen Garten ein wunderschönes, gemütliches Zuhause geschaffen. Ich würde das alles hier so vermissen, wenn ich wieder zurückflog.

Ich strich mir eine Strähne aus dem Gesicht und zog den Vorhang wieder zurück. Mein Blick wanderte durch Rebeccas Wohnzimmer, in dem wie immer diese Wärme hing, die ich zu Hause bei meinen Eltern so vermisst hatte. Wie konnte es sein, dass ich mich hier innerhalb kürzester Zeit so viel wohler fühlte als in meinem Elternhaus? Kein Wunder, dass ich mich als Teenager so darauf gefreut hatte, endlich mit der Schule fertig zu werden, damit ich für das College ausziehen konnte.

Ich tapste mit meinen Wollsocken über den Dielenboden, als mein Blick auf ein kleines Körbchen fiel, das auf dem Sideboard stand. Neugierig lief ich darauf zu und entdeckte ein dunkelrotes Wollknäuel und zwei silberne Stäbe. Stricknadeln.

Vorsichtig griff ich danach. Das Metall fühlte sich kühl zwischen meinen Fingern an. Rebecca hatte gar nicht erzählt, dass sie strickte. Erstaunt registrierte ich, wie weich die Wolle war, als ich mit meiner Hand darüberstrich.

So eine Zeitverschwendung.

Ich zuckte zusammen, als die Worte meiner Mutter in meinem Kopf erklangen. Als hätte ich mich verbrannt, warf ich die Stricknadeln zurück in das Körbchen.

Solche Menschen sollten mehr Zeit in ihre Bildung stecken.

Moms schneidende Stimme wurde immer lauter.

Ich presste eine Hand gegen mein Ohr, als könnte ich ihre Überzeugungen dadurch unterdrücken. Es war kein Wunder, dass ich so unbegabt war, was kreative Dinge anging, denn Mom hatte mir schon seit meiner Kindheit eingetrichtert, meine Zeit nur mit sinnvollen Sachen zu verbringen. Ihre Definition von *sinnvoll* unterschied sich ganz klar von meiner, denn ich selbst empfand kreative Beschäftigungen sehr wohl als sinnvoll. Alles, was einem Spaß machte, hatte doch einen Sinn, oder nicht?

Was willst du denn damit? Nutze deine Zeit lieber für deine Karriere.

Ich keuchte leise. Wie konnte es sein, dass ich nach all den Jahren, in denen ich nicht mehr bei meinen Eltern wohnte, noch immer Moms Stimme so präsent in meinem Hinterkopf hatte? Bei allem, was ich tat, hörte ich sie und das, was sie in dieser Situation sicherlich gesagt hätte. Alle kreativen Hobbys, wie beispielsweise Malen oder Stricken, hatten für meine Mutter absolut keinen Stellenwert. Ihr war es so wichtig gewesen, dass ich meine freie Zeit dafür nutzte, um etwas für die Schule zu tun oder mich weiterzubilden, damit ich Chancen hatte, auf das beste College zu kommen. Dass kreative Fertigkeiten und Fähigkeiten als ebenso wichtig eingeschätzt wurden wie kognitive, das war meiner Mom anscheinend nicht bewusst.

Zum Tanztraining hatte sie mich damals nur gelassen, da sie verstanden hatte, dass die sportliche Betätigung gut für meinen Körper und meine Gesundheit war. Ansonsten wäre ihr das sicher auch wie verschwendete Zeit vorgekommen.

Ich betrachtete die Stricknadeln vor mir. Ich hatte so Lust, das mal auszuprobieren. Hatte ich überhaupt Talent dafür? Würde es mir Spaß machen?

Ich merkte gerade, dass ich absolut keine Ahnung hatte, in welchen Bereichen eigentlich meine Begabungen lagen, wofür ich Leidenschaft empfand. Außer der Musik. Das hatte ich mir nicht nehmen lassen. Ansonsten hatte meine Mom mein Denken und Tun beherrscht, sodass ich mich selbst jetzt, nachdem ich lange ausgezogen und eine erwachsene Frau war, nicht traute, etwas zu tun, von dem ich wusste, dass Mom es missbilligen würde. Warum war ich so? Warum versuchte ich immer noch krampfhaft, daran festzuhalten, Moms Anerkennung zu erlangen? Ich hatte es zwar geschafft, nach Starwood zu fliegen und meinen Job zu kündigen, obwohl ich wusste, dass es Mom nicht gefiel. Doch das bedeutete nicht, dass ich mich nicht insgeheim immer noch nach ihrer Zustimmung sehnte …

»Frisch gebackene Pizza gefällig?«, trällerte Rebecca aus dem Gang. Ich hörte, wie die Tür ins Schloss fiel und sie mit schweren Schritten zur Wohnzimmertür lief. Sie streckte den Kopf herein und hielt zwei riesige Pizzaschachteln im Arm.

Ich schüttelte innerlich jeden Gedanken an Mom ab und lief auf Rebecca zu. »Du bist ein Schatz.« Ich nahm die Schachteln entgegen, die einen würzigen Duft verströmten.

»Bei Luigi war ganz schön viel los heute«, hörte ich Rebecca gedämpft, als sie in der Garderobe aus ihren Stiefeln schlüpfte und ihre Jacke aufhängte.

Ich lief in die Küche und stellte dort die Kartons ab. Bei dem Duft lief mir sofort das Wasser im Mund zusammen.

»Luigi macht aber auch die allerbesten Pizzen«, antwortete ich und holte aus dem Schrank zwei große Teller und Besteck. Ich öffnete die Kartons und schob die köstlichen Speisen auf die Teller.

»Da hast du recht.« Rebecca betrat die Küche und strahlte mich an. Ihre braunroten Haare saßen wie meistens in einem unordentlichen Knoten auf ihrem Kopf, während ein paar Strähnen ihr Gesicht umspielten.

Wir deckten den Tisch und ließen uns gegenüber voneinander auf die Stühle fallen.

»Diese neapolitanischen Pizzen sind so weich«, murmelte ich und biss genüsslich von einem Stück ab.

Rebecca nickte mit vollem Mund und wischte sich Tomatensoße vom Kinn. »Der Rand ist so fluffig und knusprig zugleich. Wie bekommt Luigi das nur immer so hin?«

Ich nickte. »Das neapolitanische Rezept ist irgendwie besonders. Und herrlich aromatisch.«

In einvernehmlichem Schweigen verputzten wir unsere Pizzen.

»Ich wollte dir noch etwas erzählen«, sagte Rebecca, als wir fertig waren. Sie säuberte ihre Finger mit einer Serviette und lehnte sich im Stuhl zurück. »Aber erst wollte ich das feine Essen genießen.« Sie zwinkerte mir zu.

Ich ließ mich ebenfalls gegen die Lehne sacken. »Um was geht's?«

Rebecca blickte auf den Tisch, während ein besorgter Ausdruck über ihr Gesicht huschte. »Im Laden ist wieder etwas abhandengekommen.«

Meine Augenbrauen wanderten nach oben. »Shit.«

Sie nickte. »Eigentlich hatte ich gehofft, dass sich das Thema erledigt hat. Aber anscheinend …« Sie rieb sich über den Nacken.

»Was ist diesmal weggekommen?«

»Eine Lichterkette. Und zwar eine von den teuren in den großen Päckchen.« Meine Tante hob den Blick und sah mich an. »Die kann sicher nicht einfach so hinter ein Regal rollen wie eine Weihnachtsbaumkugel. Die muss jemand genommen haben, eine andere Möglichkeit gibt es nicht.«

Ich schüttelte den Kopf. »Also haben wir es wirklich mit einem Dieb zu tun. Und nicht mit unserer eigenen Schusseligkeit.«

Rebecca schmunzelte schwach. »Nein, mittlerweile glaube ich nicht mehr daran, dass wir schuld sind.«

»So ein Mist. Aber wer macht denn so was?«

»Das frage ich mich auch schon die ganze Zeit.«

»Vielleicht sollten wir nun doch mal eine Überwachungskamera aufstellen. Was meinst du?«

Sie nickte. »Daran habe ich auch gedacht und werde es jetzt auf alle Fälle mal in Angriff nehmen. Hoffentlich erfahren wir so, wer hinter dem Ganzen steckt.« Sie seufzte. »Ich kenne mich technisch zwar überhaupt nicht aus und weiß auch nicht, wo man so etwas bei uns in Starwood herbekommt, aber das werden wir schon irgendwie herausfinden.«

Nachdenklich zupfte ich am Saum meines Pullovers. »Ich weiß, du willst das erst mal für dich behalten, aber was denkst du darüber, wenn ich Miles einweihe? Vielleicht kann er uns mit der Kamera helfen.«

Rebecca wiegte mit dem Kopf. »Das wäre wahrscheinlich gar keine schlechte Idee. Und Miles ist ja vertrauenswürdig.«

»Auf jeden Fall. Wenn ich sage, dass das zunächst unter uns bleibt, dann hält er sich da sicher dran.«

»Glaube ich auch. Dann würde ich mich sehr freuen, wenn du ihn mal fragen könntest.«

Ich nickte. »Das mache ich sofort, wenn wir uns das nächste Mal sehen. Dann gebe ich dir Bescheid.«

Rebecca lächelte leicht. »Danke für deine Hilfe, Lynn.«

»Klar.« Ich erwiderte ihr Lächeln.

»Was wollen wir heute zur Belohnung auf den Schreck hin machen?«, fragte ich. »Filmeabend?«

»Filmeabend klingt gut. Vielleicht hole ich Big Paul sogar für uns raus.« Rebecca grinste und begann den Tisch abzuräumen.

Kapitel 19

Miles: *Hast du Lust, heute den besten Chai Latte der Welt zu probieren? Wenn sein Geschmack dich nicht in Weihnachtsstimmung versetzt, dann weiß ich auch nicht mehr weiter.*

Lynn: *chai latte klingt sehr gut wo gibt es den weltbesten denn*

Miles: *War das eine Frage?*

Lynn: *ja*

Miles: *Ach ja, ich vergaß, wie hektisch dein Leben ist, dass du keine Zeit für Satzzeichen hast.*

Lynn: *und ich bin erstaunt wie entspannt dein leben ist dass du so viel zeit für deine chatnachrichten hast*

Miles: *Ich nehme mir halt Zeit für die wichtigen Dinge.* 😊

Lynn: *wo gibt es jetzt diesen genialen chai latte*

Miles: *War das eine Frage?*

Lynn: *du weißt ganz genau dass das eine Frage war*

Miles: *Tut mir leid, aber ich wäre dir sehr verbunden, wenn du das nächste Mal bereit wärst, ein Fragezeichen an das Ende deiner Nachricht zu hängen.*

Lynn: *und ich wäre dir sehr verbunden wenn du mit mir nicht schreiben würdest wie mit einem unidozenten bei mir musst du dich nicht so gewählt ausdrücken*

Miles: *okay dann schreibe ich jetzt so wie du*

Miles: *gefällt dir das etwa besser*

Miles: *?

Miles: *O Gott nein, das kann ich nicht. Es bereitet mir körperliche Schmerzen, alle grammatikalischen Regeln außer Acht zu lassen. Wie hältst du das nur aus?*

Lynn: 😊

Miles: *Das findest du also witzig, ja?*

Lynn: *ziemlich ja*

Miles: *Den Chai Latte würde es übrigens in Ivys Café geben.*

Lynn: *oh cool da bin ich sofort dabei*

Miles: *Heute in der Mittagspause?*

Lynn: *gern*

Miles: *Ich bin sehr erfreut, das zu hören.*

Lynn: *ich bin auch überaus erfreut eure durchlaucht später zu treffen*

Miles: *Ha, ha.*

Lynn: 😊

Mittags machte ich mich auf den Weg in die Stadt. Als ich heute Morgen diese Nachrichten mit Miles ausgetauscht hatte, war ich aus dem Grinsen gar nicht mehr rausgekommen. Ich hatte mich gefühlt wie ein Teenager, der das erste Mal verliebt war und mit seinem Crush schrieb. So dämlich hatte ich selten gekichert. Aber Miles machte etwas mit mir und meinen Gefühlen, das ich nicht leugnen konnte. Und das von Tag zu Tag stärker wurde.

Ich zückte mein Handy, um nachzusehen, ob Miles mir noch mal geschrieben hatte. Doch es war keine neue Nachricht zu sehen. Über mich selbst den Kopf schüttelnd schob ich das Handy zurück in meine Manteltasche. Eigentlich hatte ich nie zu einer dieser Frauen mutieren wollen, deren Stimmung von der Nachricht eines Typen abhängig war.

Ich vergrub die Hände in meinen Manteltaschen und stapfte durch die verschneiten Gassen zu Ivys Café. Die Rocky Mountains boten einen wunderschönen Hintergrund und ragten in den Himmel, der heute wolkenverhangen war. Ab und zu blitzte die Sonne hervor, doch ansonsten war das Wetter eher trüb.

Als ich vor dem Café mit der leuchtenden Aufschrift *vegan cakes & other candy* stehen blieb, beschleunigte sich mein Puls. Durch das Fenster konnte ich drinnen bereits Miles' dunklen Haarschopf erkennen. Ohne mein Zutun breitete sich ein Lächeln auf meinen Lippen aus und ich betrat das Café.

Es war angenehm warm, und wie immer lief ein Taylor-Swift-Song im Hintergrund.

»Hey.« Ich blieb vor einem runden Tisch stehen, an dem Miles bereits mit dem Rücken zu mir saß. Er drehte sich um. Seine Augen leuchteten auf.

»Lynnsie, hey.« Er stand auf und umarmte mich.

Ich legte meine Arme um ihn und spürte seinen warmen Oberkörper an meinem. Sein herber Duft stieg mir in die Nase. Er rieb mir sanft über den Rücken, bevor er mich losließ.

Für einen Atemzug standen wir uns gegenüber und lächelten uns einfach nur an. Seine Locken waren heute besonders zerwühlt und sahen so weich aus, dass ich am liebsten meine Finger darin vergraben hätte. Seine Augen lagen ruhig auf mir, und seine vollen Lippen umspielte ein Lächeln, als wüsste er ganz genau, was seine Umarmung gerade mit mir angestellt hatte.

»Hallo, Lynn! Miles hat schon erwähnt, dass du auch kommst.« Ivys Stimme riss mich aus meiner Starre.

Ich blinzelte und rutschte auf den freien Stuhl schräg gegenüber von Miles.

»Hi!« Ich lächelte die Cafébesitzerin an, die zu uns an den Tisch getreten war. »Miles hat gesagt, dass du den weltbesten Chai Latte machst.«

Ivy gab ihm einen Klaps auf den Arm. »Du übertreibst.«

»Ganz und gar nicht.« Er grinste. »Ich habe noch nirgends einen besseren getrunken.«

Sie legte verlegen den Kopf schief. »Na gut, du hast recht, mein Chai Latte ist schon wirklich sehr gut.«

Ich lachte. »So muss das sein! Stell dein Licht nicht unter den Scheffel.«

Ivy zwinkerte mir zu. »Also dann bringe ich euch zwei einen Chai Latte?«

Wir nickten.

»Darf es sonst noch etwas sein?«

Mein Blick fiel auf die Theke, hinter der sich Ivys frisches Gebäck präsentierte. »Was hältst du davon, wenn wir uns einen gemischten Plätzchenteller teilen?« Ich sah fragend zu Miles.

Er nickte. »Klingt gut.«

»Perfekt.« Ivy rieb sich die Hände. »Macht es euch gemütlich. Ich bin gleich wieder da.« Damit verschwand sie.

Ich schälte mich aus meinem Mantel und hängte ihn über meine Stuhllehne. Dann strich ich mir meine langen Haare hinters Ohr und stützte einen Arm auf dem Tisch ab. Lächelnd sah ich Miles an. »Hat Theo mit unseren selbst gebackenen Plätzchen schon in seiner Klasse angegeben?«

»Und ob.« Er nickte. »Theo meinte, dass sogar seine Klassenlehrerin begeistert war von unseren Backkünsten.«

Ich grinste. »Das freut mich zu hören.«

»Unsere Plätzchen sind aber auch echt gut geworden.«

»Nur dank meiner Hilfe natürlich«, sagte ich ironisch und legte eine Hand auf meine Brust.

»Klar, ohne dich wären die niemals so gut geworden.« Miles zwinkerte mir zu.

Ich schmunzelte, wurde kurz darauf aber wieder ernst. »Hat Theo eigentlich noch mal etwas wegen Olly und ihrer Auseinandersetzung erzählt?«

Miles lehnte sich in seinem Stuhl zurück und verschränkte die Arme vor der Brust. Er trug einen schwarzen Hoodie, der sich an seine breiten Schultern schmiegte.

»Es ist wohl wieder irgendetwas vorgefallen«, sagte er. »Dad hat diese Woche mit Theos Klassenlehrerin telefoniert, und sie meinte, dass sie die Situation mit den beiden weiterhin im Auge behalten wird.«

Ich nickte.

»Die zwei werden keine Freunde mehr, glaube ich. Aber ich hoffe sehr, dass Olly bald aufhört, Theo zu provozieren.« Er seufzte. »Na ja. Lieb, dass du dich erkundigst!«

»Soo, hier ist euer Chai Latte. Vorsicht … ziemlich heiß.« Ivy tauchte an unserem Tisch auf und stellte zwei große Tassen vor uns ab.

»Danke schön.« Ich legte meine Hände um die Tasse und genoss die Hitze, die meine ausgekühlten Finger wärmte.

»Eure Plätzchen kommen gleich.« Ivy strich ihre Schürze glatt und verschwand wieder.

»Wie läuft euer Geschäft auf der Farm heute?«, fragte ich. »Ist es sehr stressig?«

»Heute war es bisher eher ruhiger.« Miles griff nach seiner Tasse und zog sie ein Stück zu sich heran. »Entweder die Leute haben schon alle einen Baum oder sie warten, bis sie ihn auf den letzten Drücker kaufen können. Wie läuft's bei euch im Laden? Ist deine Tante dankbar, dass du da bist?«

»Ich denke schon. Ich bin sehr froh, dass ich ihr ein bisschen Arbeit abnehmen und mich somit erkenntlich zeigen kann für ihre Mühe. Ich bin so glücklich, dass ich bei ihr wohnen darf.«

»Das verstehe ich.« Lachfältchen gruben sich um seine Augen ein, als er lächelte.

»Aber eine Sache liegt uns ein bisschen im Magen.« Ich strich mit meinem Daumen über das glatte Porzellan der Tasse.

Miles sah mich fragend an.

»Wir haben bemerkt, dass in letzter Zeit immer häufiger Gegenstände aus dem Laden verschwinden. Anfangs dachten wir noch, dass wir sie verlegt hätten, aber mittlerweile sind wir uns eigentlich sicher, dass sie jemand gestohlen hat.«

Miles' Mund öffnete sich leicht. Überraschung huschte über sein Gesicht. »Das ist ja krass.«

Ich nickte. »Bisher sind eine Spieluhr, eine Weihnachtsbaumkugel und eine große Packung Lichterketten abhandengekommen.«

Er runzelte die Stirn. »Habt ihr eine Ahnung, wer es sein könnte?«

»Bisher noch nicht, nein. Wir überlegen, Überwachungskameras zu installieren.«

Er nickte. »Das ist eine gute Idee. Hoffentlich kommt ihr dem Dieb dann auf die Schliche. Wie krass, dass da tatsächlich jemand klaut. Ich dachte, so was gibt es bei uns in Starwood nicht.«

»Rebecca meinte auch, dass hier in diesem Städtchen eigentlich nie etwas passiert.« Ich umfasste meine Tasse mit beiden Händen und blies gegen den Dampf an. »Wir sind uns nur unsicher, woher wir eine geeignete Kamera bekommen könnten. Hättest du da eine Idee?«

Miles rieb nachdenklich mit dem Daumen über sein Kinn. »Ich könnte mal meine Tante fragen. Sie hat erst vor Kurzem bei uns auf der Farm neue Kameras installiert.«

»Oh, das wäre toll!«

Er nickte. »Ich erkundige mich heute gleich mal, ob sie euch helfen kann.«

»Das ist sehr lieb. Rebecca und ich sind bei technischen Sachen ziemlich aufgeschmissen.«

»Geht mir genauso.« Er zog eine Grimasse. »Ich gebe dir dann gleich Bescheid, wenn ich etwas weiß.«

Ich nickte. »Oh und noch etwas … Rebecca wäre es lieber, wenn das erst mal unter uns bleibt. Sie möchte die Diebstähle noch nicht an die große Glocke hängen.«

»Alles klar.« Miles sah mich verständnisvoll an.

Ich lächelte dankbar und nippte vorsichtig an meinem Chai Latte. Ein angenehm zimtiger Geschmack erfüllte meinen Mund.

»Mmh«, machte ich genüsslich und setzte die Tasse ab. »Du hast nicht zu viel versprochen.«

Miles nahm ebenfalls einen Schluck. Zufrieden lehnte er sich zurück. »Freut mich, dass er dir schmeckt. Ich hoffe, er verstärkt die weihnachtlichen Vibes.«

Lächelnd senkte ich den Blick und betrachtete den weißen Milchschaum in meiner Tasse. Wenn er wüsste, dass ich schon längst in Weihnachtsstimmung war. Aber wenn ich ihm das sagte, lud er mich vielleicht nicht mehr auf diese wunderschönen Treffen ein. Ich verbrachte viel zu gern Zeit mit ihm, als dieses Risiko einzugehen.

»Es wird immer besser«, sagte ich und nahm einen großen Schluck meines Chais.

Über den Rand der Tasse hinweg betrachtete ich Miles, der mich liebevoll ansah. Ein sanftes Lächeln lag auf seinen Lippen. Er sah so entspannt und zufrieden aus. Das stand ihm gut.

Er war lange nicht mehr so gelöst ...

Die Worte seiner Eltern schossen mir plötzlich durch den Kopf. Miles' Nähe tat mir unglaublich gut und er schenkte mir die lang ersehnte Ruhe nach den ganzen Turbulenzen in Seattle. Konnte es tatsächlich sein, dass es Miles bei mir genauso ging?

»So, hier sind eure Plätzchen. Lasst sie euch schmecken.« Ivys Hand schob sich in mein Blickfeld. Sie hatte die frischen Kekse sorgfältig auf einem goldenen Teller drapiert. Unterschiedlichste Formen und Geschmacksrichtungen leuchteten mir entgegen.

»Wow, also im Vergleich zu diesen Plätzchen sehen unsere ja direkt langweilig aus«, meinte Miles.

»Ach was, eure sind bestimmt auch toll.« Ivy zwinkerte uns zu. »Übrigens, weil ich euch beide hier gerade zusammen antreffe. Ich wollte euch noch etwas fragen.« Sie stützte die Hände in ihre Hüften und sah zwischen Miles und mir hin und her. In ihren Augen funkelte es aufgeregt. »Meine beiden Mitbewohner, meine Schwester und ich fahren dieses Wochenende in die Berge und übernachten in der Hütte, die meiner Familie gehört. Als kurze Auszeit vor den Weihnachtsfeiertagen. Hättet ihr Lust mitzukommen?«

Überrascht sah ich sie an. »Ihr habt eine Hütte in den Bergen?«

Ivy nickte. »Meine Familie nutzt sie nicht so oft, deshalb ist sie meistens frei. Ich weiß, dass das Ganze ein bisschen kurzfristig ist, aber vielleicht könnt ihr euch für die Tage ja freinehmen? Wir fahren Freitagnachmittag los und bleiben bis Sonntag. Die Hütte ist ja nicht weit weg. Miles, du warst schon mal dabei, oder?«

Miles nickte. »Dein achtzehnter Geburtstag damals dort war legendär.« Er sah zu mir. »Der Begriff Hütte beschreibt eigentlich nicht annähernd, wie cool dieses Haus ist. Es ist wunderschön da.«

»Und es gibt eine natürliche heiße Quelle in der Nähe, in der man baden kann«, ergänzte Ivy.

Wow! Das klang richtig gut.

Ich sah zu Miles. Ob er Zeit dafür hatte? Ich wusste, dass er eigentlich auf der Farm ziemlich eingespannt war. Bei dem Gedanken daran, mit ihm gemeinsam und den anderen ein paar coole Tage in den Bergen zu verbringen, regte sich ein aufgeregtes Kribbeln in mir.

»Also ich hätte Zeit«, sagte Miles. »Meine Eltern können mich sicherlich an den Tagen entbehren, und wenn wir erst Freitagnachmittag losfahren, kann ich ja am Vormittag noch arbeiten.«

Mein Herz klopfte ein bisschen schneller.

»Und du, Lynn?« Ivy sah mich abwartend an.

»Ich muss mal mit Rebecca reden, aber an sich … Ich denke nicht, dass etwas dagegenspricht. Danke für die Einladung!«

»Supi!« Ivy stieß einen freudigen Laut aus und klatschte in die Hände. »Das wird so cool. Freut mich, dass ihr zwei dabei seid. Dann sind wir sicher eine coole Truppe. Du wirst meine Schwester und meine Mitbewohner bestimmt mögen, Lynn. Sie sind zwar ein bisschen chaotisch, wie du schon mitbekommen hast, aber sehr liebenswürdig.«

»Ich freue mich, sie kennenzulernen«, sagte ich.

Sie nickte und legte Miles und mir eine Hand auf die

Schulter. »Ich texte euch dann noch die Details zu unserem Trip.«

Die nächste halbe Stunde verbrachten Miles und ich damit, unseren Plätzchenteller zu verspeisen und den leckeren Chai Latte auszutrinken. Es erstaunte mich jedes Mal, wie leicht es war, sich mit ihm zu unterhalten. Unser Gespräch floss so angenehm und unkompliziert dahin, wie ich es selten erlebt hatte. Es tat so gut, mit ihm zu reden. Wir waren in vielen Dingen auf einer Wellenlänge und verstanden sofort, was der andere ausdrücken wollte. Immer, wenn ich mit Miles gesprochen hatte, hatte ich dieses federleichte Gefühl in mir. Ich liebte es.

Wir verloren beinahe die Zeit aus den Augen, doch irgendwann mussten wir aufbrechen, da unsere Mittagspause um war. Miles lud mich ein und zahlte. Wir verabschiedeten uns von Ivy und steuerten die Eingangstür des Cafés an. Kurz vor der Tür blieben wir stehen und sahen uns an.

In meinem Magen prickelte es, als Miles zu mir herunterlächelte. Irgendetwas in mir wollte sich noch nicht von ihm verabschieden. Ich genoss seine Anwesenheit so sehr.

»Danke für den Chai.«

Miles' Lächeln vertiefte sich. »Gern. Sorry, dass meine Mittagspause nur so kurz ist.«

Ich schüttelte den Kopf. »Ich muss ja auch wieder zurück zu Rebecca.«

Ivy lief an uns vorbei, um einem anderen Gast sein Getränk zu bringen. Als sie zurückkam, lag ein verschwörerischer Ausdruck auf ihrem Gesicht. Sie deutete mit dem Zeigefinger nach oben. »Ich weiß nicht, ob ihr es schon bemerkt habt, aber über euch hängt ein Mistelzweig.« Sie zwinkerte uns zu und verschwand.

Verdattert legte ich den Kopf in den Nacken und blickte nach oben. Tatsächlich baumelte etwas Grünes über dem Eingang.

Mit pochendem Herzen sah ich zurück zu Miles.

»Sie hat recht«, sagte er. Er blickte nach oben und dann zurück zu mir. Ein Schmunzeln lag auf seinen Lippen.

Mein Mund wurde trocken. Nur weil dort ein Mistelzweig hing, bedeutete es ja nicht, dass man der Tradition folgen musste … Oder?

Miles' Augen fuhren langsam über mein Gesicht, als würde er jedes Detail in sich aufnehmen wollen. Meine Wangen wurden unter seinem intensiven Blick ganz heiß.

Ich ließ meinen Blick ebenfalls über sein Gesicht gleiten. Über seine dichten Augenbrauen zu seinen Wangen bis hin zu seinen vollen Lippen.

Langsam hob Miles seine Hand und strich mir eine blonde Strähne hinters Ohr. Er streifte mich dabei federleicht und hinterließ eine Gänsehaut. Seine Fingerkuppen wanderten langsam über meinen Hals zu meinem Hinterkopf. Mein Atem ging schwer und mein Herz schlug so heftig, als würde es jeden Moment aus der Brust springen.

Miles sah mir in die Augen, dann flackerte sein Blick für einen kurzen Augenblick auf meine Lippen. Wie in Zeitlupe beugte er sich zu mir und verharrte mit seinem Gesicht vor meinem, bis ich seinen warmen Atem auf meiner Haut spürte.

»Ist das okay für dich?«, flüsterte er.

Sein rauer Tonfall sandte ein Kribbeln über meinen Rücken.

Ich nickte, zu mehr war ich nicht in der Lage. Wie von selbst näherte ich mich ihm noch ein Stück. Meine Kopfhaut prickelte, als er seine Hand in meinen Haaren vergrub und mich näher zu sich heranzog. Er beugte sich vor. Ich schloss die Augen und spürte, wie Miles' Gesicht sich meinem näherte. Kurz darauf berührten seine Lippen sanft meine Wange.

Er zog sich zurück, nur um mir dann auf die andere Wange ebenfalls einen Kuss zu hauchen. Seine Lippen streiften meinen Mundwinkel und hinterließen eine brennende Spur.

Alles in mir verzehrte sich nach seiner Nähe. Ich wollte ihn ebenfalls berühren. Seine Lippen vollständig auf meinen spüren.

Gerade als ich meine Hände auf seine breiten Schultern legen wollte, zog Miles sich zurück.

Seine Wärme war fort.

Blinzelnd öffnete ich die Augen.

Meine Wangen prickelten an den Stellen, an denen seine Lippen mich berührt hatten.

Für ein paar Sekunden stand ich da wie vom Donner gerührt.

Sollte ich irgendetwas sagen? Wie reagierte man, wenn man mit jemandem unter einem Mistelzweig stand und geküsst worden war?

Danke?

Das war schön?

Gern wieder?

Miles nahm mir die Entscheidung ab und drückte die Tür auf, sodass ein Schwall kalter Winterluft zu uns hereinströmte. Als wir draußen waren, drehte er sich noch mal zu mir um und sah mich mit einem sanften Lächeln an. »Bis bald, Lynnsie.«

Kapitel 20

Nach unserem Beinahe-Kuss unter dem Mistelzweig schwebte ich durch den restlichen Tag. Das gute Gefühl hielt auch noch den folgenden Tag an. In jeder freien Minute schob sich Miles' Gesicht vor mein inneres Auge. Ich spürte noch immer seinen warmen Atem auf meiner Haut. Das Gefühl seiner weichen Lippen auf meiner Wange und an meinem Mundwinkel. Jetzt, da ich wusste, wie es sich anfühlte, wenn er mir so nah war, wuchs die Sehnsucht nach ihm. Ich wollte mehr. Mehr von ihm.

»Du siehst ja heute verträumt aus.« Petes Stimme holte mich ins Hier und Jetzt zurück. Erst jetzt wurde mir bewusst, dass ich mich mitten in Pete's Wafflehouse befand und eigentlich gerade eine Bestellung für Rebecca und mich für unsere Mittagspause in Auftrag geben wollte.

Schnell schüttelte ich die Gedanken an Miles ab und fokussierte mich auf den Mann vor mir.

»Sorry.« Ich lachte. »Ich würde gern zwei Erdbeerwaffeln zum Mitnehmen bestellen.«

Pete nickte. »Dauert ein paar Minuten. Such dir gern einen Platz, ich rufe dich dann, wenn deine Bestellung fertig ist.«

»Danke.« Ich lächelte ihn an und setzte mich auf einen freien Stuhl.

Himmel, wie peinlich, dass ich schon vor lauter Tagträumen die Realität aus den Augen verlor.

Ich überkreuzte die Beine und sah mich im Raum um. Pete's Wafflehouse war gemütlich eingerichtet – mit niedlichen Sitznischen und runden Lampen, die von der Decke hingen.

Die roten Sitzpolster und der schwarz-weiß marmorierte Boden gaben dem Raum einen amerikanischen Retro-Style.

In einer der Sitznischen saß eine ältere Dame, die mir irgendwie vage bekannt vorkam. Ich hatte sie schon einmal gesehen, konnte aber gerade nicht orten, wo das gewesen war.

»Hier, das ist für Sie.« Ein Teenager trat an den Tisch der Dame heran und reichte ihr einen Milchshake und einen Teller voller Waffeln.

Sie blickte auf. Als ich ihr Gesicht über die Entfernung sah, fiel es mir wieder ein. Das war die Dame, die in Rebeccas Laden gewesen war und nach der Spieluhr gefragt hatte!

»Ich habe das nicht bestellt«, hörte ich die Dame mit brüchiger Stimme sagen.

Der Teenager schüttelte den Kopf. »Das schenke ich Ihnen.«

Sie sah ihn ungläubig an. Nach kurzem Hin und Her griff sie nach seiner Hand und drückte sie. Gerührt beobachtete ich, wie sie sich mehrfach bei ihm bedankte. Ihr ganzes Gesicht strahlte, als sie auf das Essen vor sich blickte. Der Teenager ließ sich ihr gegenüber in die Sitznische fallen und begann, sich liebevoll mit ihr zu unterhalten. Mein Herz schmolz. Es war so schön zu sehen, dass es doch noch gute Menschen auf der Welt gab.

Lächelnd wandte ich meinen Blick ab.

Als ich meine Augen durch den Raum wandern ließ, entdeckte ich Larry, den Bürgermeister, am Nebentisch. Er hielt ein Handy in der Hand und tippte mit seinem Zeigefinger angestrengt darauf herum. Zu seinen Füßen lag ein niedlicher Dackel, der mit geschlossenen Augen leise schnarchte.

»Hallo, Larry!«

Bei meiner Begrüßung hob er den Kopf. Seine buschigen Augenbrauen wanderten erfreut nach oben. »Wie geht's dir, Lynn?« Er winkte mir über den Tisch hinweg zu. »Stell dir vor, ich glaube, es wird nicht mehr lange dauern, bis ich das Dackelmuseum eröffnen kann.«

»Tatsächlich?« Erfreut sah ich ihn an.

Der Bürgermeister nickte. »Ich kann noch keine Details verraten, aber es könnte sein, dass es pünktlich zum neuen Jahr klappt.« In seinen Augen funkelte es aufgeregt.

»Das hört sich super an!«

Er nickte und nippte an seinem Kaffee. »Finde ich auch.« Er blickte zurück auf sein Handy und eine Falte erschien auf seiner Stirn. Für einen kurzen Moment schwieg er. Dann holte er tief Luft. »Lynn, kennst du dich zufällig mit Dating-Apps aus?«

Überrascht legte ich den Kopf schief. »Ein bisschen, warum?«

Larry rieb sich über seinen Bart. Er wirkte auf einmal ganz unsicher, was ich gar nicht von ihm gewohnt war.

»Ich habe mich vor Kurzem bei einer angemeldet …« Er kratzte sich an der Nase und sah von seinem Handy auf. »Aber irgendwie klappt das nicht so richtig. Ich weiß nicht, was ich falsch mache.«

Ich stand auf und setzte mich an seinen Tisch. »Hattest du denn schon mit jemandem ein Match?«

Er nickte. »Zweimal, aber die beiden Frauen haben mich dann … ignoriert oder wie ihr jungen Leute das heutzutage nennt.«

»Geghostet meinst du? Ja, das kommt leider häufig vor auf solchen Apps.«

Larry seufzte. »Heute Morgen habe ich ein neues Match bekommen, mit meiner absoluten Traumfrau. Lydia. Auf ihrem Profilbild ist sie mit einem Dackel zu sehen.« In seinen Augen leuchtete es hoffnungsvoll. »Ist das nicht toll? Und sie hat in ihrer Beschreibung stehen, dass sie naturverbunden ist und sich sehr für vegane Ernährung interessiert.«

»Hey, das klingt ja perfekt für dich!«

»Sie hat aber bisher noch nicht geantwortet …« Er verstummte und tippte ein paarmal auf seinem Handy herum. »Irgendwie klappt das mit dem Online-Dating nicht.«

»Wie hast du sie denn angeschrieben?«, fragte ich.

»Warte, ich kann es dir vorlesen.« Larry öffnete den Chat auf seinem Handy. Er räusperte sich. »Hallo, ich liebe Dackel.«

Ich presste kurz die Lippen aufeinander. »Das war deine Begrüßung?«

Larry nickte. »Ich weiß, das war vielleicht etwas forsch. Vielleicht lieber so: *Hallo, wie geht's dir? Ich liebe Dackel.*«

Er sagte das so trocken und ernst, dass ich mir ein Lachen verkneifen musste. »Das mit dem Dackel würde ich vielleicht etwas anders formulieren. Du könntest ja erst mal schreiben, dass du findest, dass sie sehr sympathisch aussieht oder so. Oder dass dir ihr Hund auf dem Foto aufgefallen ist und du selbst auch einen hast.«

Larry fuhr nachdenklich durch seinen grauen Bart. »Okay, also dann vielleicht so: *Hallo, du siehst sehr sympathisch aus. Und dein Dackel auch.*«

Ich legte eine Hand auf seinen Arm. »Darf ich kurz dein Handy haben? Dann formuliere ich einen Text für dich, wenn du magst.«

»Gern.« Larry reichte mir sein Handy. Er sah so unbeholfen aus, dass sich etwas in meinem Inneren zusammenzog. Irgendwie wuchs er mir mit seiner verschrobenen Art ans Herz.

Nach kurzem Überlegen tippte ich ein paar Zeilen ein und gab es ihm zurück. »Vielleicht klappt es ja so mit einem Date.«

Larry las sich meinen Text durch und nickte. »Danke, Lynn, das ist perfekt.«

»Gern. Ich drücke dir fest die Daumen. Vielleicht geschieht ja ein Weihnachtswunder.«

Larry lachte heiser. »Ja, ein Wunder … das braucht es

wirklich bei mir. Ich und die Frauen … das ging noch nie gut.«

»Ach, was. Irgendwann klappt es schon. Halte mich auf dem Laufenden, ja?«

Er nickte dankbar.

»Lynn, deine Bestellung ist fertig!« Petes Stimme drang durch den Raum.

Ich sah mich um und entdeckte ihn hinter dem Tresen mit einer Papiertüte in der Hand.

Ich verabschiedete mich von Larry, bevor ich meine Erdbeerwaffeln bei Pete abholte und damit zurück in Rebeccas Laden ging. Wir wollten es uns heute noch mal zusammen gemütlich machen, bevor es für mich ab morgen in die Berge ging. Rebecca hatte sich sehr gefreut, als ich ihr von Ivys Einladung erzählt hatte. Sie war sofort Feuer und Flamme für mich gewesen und glücklich, dass ich in Starwood bereits Anschluss gefunden hatte. Sie meinte, dass sie die Tage auch ohne mich im Laden klarkommen würde.

Bei dem Gedanken an morgen begann es, in meiner Brust aufgeregt zu flattern. Ich freute mich mehr, als ich mir eingestehen wollte, noch mehr Zeit mit Miles zu verbringen.

Bei dem Gedanken an ihn breitete sich automatisch ein Lächeln auf meinen Lippen aus.

Beschwingt stapfte ich durch den Schnee und drückte die Tür zu Rebeccas Laden auf.

Kapitel 21

»So, einmal alle durchzählen.« Ivy zog die Fahrertür zu und blickte strahlend über die Schulter zu uns.

»Wir sind hier nicht im Kindergarten«, murrte Dylan, der auf dem Sitz hinter ihr saß.

»Eins«, rief Sam, der auf seiner rechten Seite Platz genommen hatte.

»Zwei«, trällerte Ivys Schwester vom Beifahrersitz aus.

»Drei.« Ich drehte meinen Kopf zu Miles, mit dem ich in der hintersten Reihe des Vans saß.

»Vier«, sagte Miles.

»Fünf«, rief Ivy vergnügt. »Und Dylan ist die Sechs, dann sind wir vollzählig. Das freut mich.« Sie drehte sich nach vorn und legte ihre Hände ums Lenkrad. »Dann kann es ja losgehen.«

»Willst du vielleicht auch noch mal fragen, ob wir alle auf dem Klo waren?« Dylan verschränkte die Arme.

»Ha, ha.« Ivy startete den Motor. »Noch ein blöder Kommentar, und du musst dir die ganze Fahrt über Taylor Swift anhören.«

»Das muss ich doch sowieso, oder?«

Ivy sah schmunzelnd in den Rückspiegel und zuckte nur mit den Schultern.

Ivy hatte mich heute Nachmittag pünktlich von zu Hause abgeholt. Ihre beiden Mitbewohner, Dylan und Sam, ihre Schwester Holly und Miles hatten bereits in ihrem Van gesessen. Ivys Auto war so groß, dass wir ohne Probleme unser Gepäck im Kofferraum hatten verstauen können.

Ich hatte schon befürchtet, dass wir uns auf mehrere Autos

aufteilen und ich den anderen mit Rebeccas Wagen hinterherkurven musste. Ich war nicht die beste oder sicherste Autofahrerin, da ich in Seattle hauptsächlich mit den öffentlichen Verkehrsmitteln unterwegs war. Da kam mir der geräumige Van von Ivy – und dass sie sich sofort als Fahrerin angeboten hatte – gerade recht.

»Darf ich einen ersten Musikwunsch äußern?« Holly drehte sich zu uns um. Sie hatte dieselben dunklen Locken wie ihre Schwester. Ihr Gesicht war herzförmig und ihre braunen Augen leuchteten voller Freude.

»Nur wenn es nicht die Swift ist«, murmelte Dylan und fuhr sich über seine kurzen schwarzen Haare. Er erinnerte mich äußerlich ein bisschen an Jackson Avery aus *Grey's Anatomy*.

»Hey!« Ivy warf ihm einen tadelnden Blick über den Rückspiegel zu.

»Ich hätte eher an One Direction gedacht«, sagte Holly und drehte sich wieder um. Sie griff nach ihrem Handy und verband es über Bluetooth mit dem Auto.

»Find ich gut«, sagte ich und erntete damit einen Seitenblick von Dylan.

Ivy startete den Motor. »Wir fahren nicht länger als zwei Stunden«, sagte sie und bog in die Hauptstraße ein.

Ich drehte mich zu Miles, der einen Arm lässig am Fenster aufgestützt hatte und nach draußen sah. »Ich bin schon echt gespannt auf die Hütte.«

Er drehte seinen Kopf zu mir. Ein Lächeln umspielte seine Lippen. »Das Haus wird dir gefallen.«

»Das Haus ist richtig krass«, kam es vom Sam, der im Sitz vor mir saß. »Wo kommst du eigentlich her, Lynn?«

»Ivy hat doch schon erzählt, dass sie aus Seattle ist.« Dylan streckte seinen Arm nach ihm aus und gab ihm einen Klaps gegen den Hinterkopf.

Ich schmunzelte. »Ja, ich bin aus Seattle.«

»Cool.« Sam streckte seinen Kopf zu mir nach hinten. Er hatte ein freundliches Gesicht mit wachen blauen Augen. Seine blonden Haare trug er in einem Mittelscheitel. »Wie gefällt es dir so in Starwood? Ist ja doch ein bisschen eine Umstellung zu Seattle.«

Ich nickte. »Starwood ist mir durch meine Besuche in meiner Kindheit ja schon vertraut. Aber jetzt für ein paar Wochen hier zu leben, das ist natürlich noch mal eine ganz andere Erfahrung. Ich genieße es sehr. Ihr habt es wirklich schön hier in Colorado.«

Sams Lächeln wurde breit. »Das freut mich zu hören. Gab es einen Grund, warum du hergekommen bist?« Er überlegte kurz. »Du wohnst gerade bei deiner Tante, richtig?«

»Ja, genau, Rebecca nimmt mich für ein paar Wochen bei sich auf. Ich habe einfach … einen Tapetenwechsel gebraucht.«

Sam sah mich mitfühlend an. »Das verstehe ich.«

Ich schob die Hände unter meine Oberschenkel, um ein Zittern zu unterdrücken. Hoffentlich bohrte Sam nicht nach.

»Hast du in Seattle studiert?«, fragte er.

Ich nickte.

»Und was? Warte, lass mich raten.« Sam ließ seine Augen über mich gleiten. »Irgendwas Soziales?«

Ich schüttelte den Kopf. »Ganz falsche Richtung.«

»Hm.« Überrascht hob er die Augenbrauen. »Normalerweise bin ich gut im Beruferaten. Was dann?«

»Wirtschaft.«

»Ah, cool, das habe ich auch mal kurzzeitig überlegt.«

Ich zwang mich zu einem unverkrampften Lächeln. Ich hasste dieses ungute Gefühl, das schon wieder in mir aufstieg, kaum dass sich das Gespräch in die Richtung meines Jobs bewegte.

»Bist du schon fertig mit deinem Studium?«, fragte Sam.

Ich nickte und presste meine Lippen aufeinander.

Bitte frag nicht nach meinem Job. Bitte frag nicht …

»Arbeitest du in Seattle?«

Shit.

Ich biss mir auf die Innenseite meiner Wange und starrte aus dem Fenster. Verschneite Bäume zogen verschwommen vor meinen Augen vorbei. Ich zwang mich zu gleichmäßigen Atemzügen, doch ich konnte nicht verhindern, dass mir das Atmen schwerfiel.

Ich rieb über meinen Brustkorb und versuchte, das Engegefühl zu lindern.

Miss Steward, wie schön, dass Sie bei uns sind.

Die heisere Bassstimme erklang in meinem Kopf, ohne dass ich es verhindern konnte.

Ein eiskalter Schauer lief durch mich hindurch. Nein, nein, nein. Ich wollte jetzt nicht an *ihn* denken. An seine Stimme, seine Worte … Ich holte zitternd Luft und presste mich tiefer in meinen Autositz.

»Lynn?« Ich hörte Sams Stimme wie durch Watte.

Erinnerungen an die Firma und an *ihn* holten mich unaufhaltsam ein. Ich hatte das Gefühl, völlig die Kontrolle über meine Gedanken zu verlieren. Gesprächsfetzen und Bilder zuckten durch meinen Kopf, ohne dass ich sie aufhalten konnte.

Miss Steward, darf ich sagen, wie gut Ihnen Ihre Bluse heute steht?

Ich presste eine Hand vor meinen Mund. Mir wurde schlecht.

Ich konnte das alles nicht mehr. Ich wollte raus. Raus aus meinem eigenen Kopf. Weg von den Gefühlen, die meinen Hals zuschnürten.

»Darf ich jetzt einen Musikwunsch äußern?«, hörte ich Dylan rufen.

Ich versuchte, mich zu konzentrieren, und sah zu ihm.

Dylan warf mir einen Blick zu, als schien er zu verstehen, dass ich Sams Frage gerade nicht beantworten konnte.

»Sam, kannst du mir mal helfen?«, sagte Dylan und holte sein Handy aus seiner Hosentasche.

Dankbar registrierte ich, wie Sam sich umdrehte und auf den Themenwechsel einging.

Plötzlich streiften warme Finger meine. Ich drehte den Kopf und bemerkte, wie Miles nach meiner Hand griff und unsere Finger miteinander verschränkte.

»Tief durchatmen«, flüsterte er.

Ich nickte und zwang mich, mich ganz auf ihn zu konzentrieren. Auf seine gleichmäßigen Atemzüge, an die ich mich versuchte anzupassen.

Sein rauer Daumen fuhr sanft über meinen Handrücken. Die Wärme seiner Haut, der leichte Druck seiner Finger in meiner Hand, sein Blick auf mir … Das alles holte mich nach und nach ins Hier und Jetzt zurück.

Ich spürte, wie mein Atem nach einigen Minuten ruhiger wurde. Ich rieb mir über den Brustkorb und merkte, dass das Engegefühl langsam von mir wich.

Ich schob alle Erinnerungen an Seattle in die hinterste Ecke meines Gehirns und versuchte, wieder ganz in der Gegenwart anzukommen. Ich lenkte den Fokus auf Miles' Hand, auf das Brummen des Autos und auf das sanfte Ruckeln meines Sitzes, wenn Ivy über eine unebene Stelle auf der Straße fuhr.

»Danke«, formte ich mit den Lippen.

Miles nickte und drückte meine Hand.

Während Sam und Dylan sich vor uns über irgendetwas unterhielten und Ivy und Holly zu einem One-Direction-Song mitsummten, hielten Miles und ich schweigend Händchen.

Miles gab mir den Raum, zur Ruhe zu kommen und alle aufkochenden Emotionen zurückzudrängen.

Es dauerte beinahe die gesamte Fahrt, bis ich mich wieder ganz gefangen hatte.

Kapitel 22

»Wow.« Meine Augen wurden groß, als Ivy den steilen Hang nach oben fuhr und um eine Ecke bog. Eine riesige Blockhütte tat sich vor uns auf. Die Abendsonne spiegelte sich in den hohen Panoramafenstern des zweistöckigen Holzhauses.

Ivy parkte den Wagen vor der Einfahrt.

»Warte, bis du es von innen siehst«, sagte Miles, der meinen bewundernden Blick bemerkt hatte.

Als ich aus dem Van stieg, füllte ein Schwall frischer Bergluft meine Lunge. Es roch angenehm nach Tannennadeln und Schnee. Ehrfürchtig ließ ich meinen Blick über die weißen Berge um uns herum wandern. Die Hütte von Ivys Familie strahlte eine Erhabenheit aus, die mir einen Schauer über den Rücken laufen ließ. Das Haus fügte sich perfekt in die Bergkulisse ein. Ich kannte solche Anwesen nur aus Filmen und brachte vor Staunen meinen Mund gar nicht mehr zu.

»Wie viele Räume hat dieses Haus denn?«, fragte ich und konnte mich kaum von dem idyllischen Anblick losreißen.

»Drei Schlafzimmer, zwei Bäder, ein Wohnzimmer und eine Küche«, sagte Ivy und stapfte durch den Schnee zu mir. »Holly und ich teilen uns ein Schlafzimmer, genauso wie Dylan und Sam. Wir haben uns gedacht, dass Miles und du euch darum streiten könnt, wer von euch das dritte Schlafzimmer bekommt und wer auf dem ausziehbaren Sofa im Wohnzimmer schläft. Ist beides sehr gemütlich.« Sie zwinkerte mir zu.

Nach kurzer Verzögerung half ich den anderen dabei, unser Gepäck aus dem Auto zu hieven und zum Haus zu schleppen. Das Holz knarzte unter unseren Füßen, als wir die ausladende Veranda betraten.

Mein Herz klopfte schneller, als wir durch die Tür ins Wohnzimmer traten. Mitten im Raum stand eine cremefarbene Couch mit zahlreichen flauschigen Kissen. Pendellampen hingen von der Decke und große Gemälde von verschneiten Berglandschaften zierten die holzverkleideten Wände. Nur mit Mühe konnte ich ein erneutes *Wow!* unterdrücken. Miles hatte nicht zu viel versprochen, auch von innen sah das Haus aus wie einem Magazin für Hüttenromantik entsprungen.

»Puh, hier ist es aber kalt.« Holly rieb sich über die Arme.

Auf Ivys Stirn erschien eine Falte. »Moment, das haben wir gleich.« Sie lief auf den Heizkörper zu, der am anderen Ende des Raums stand und hantierte daran herum.

»Mit Ivy befreundet zu sein hat auch seine Vorteile.« Sam sah mich verschmitzt an. »Dann kommt man in den Genuss dieser coolen Hütte.«

»Wart ihr schon öfter hier?«, fragte ich und sah zwischen ihm und Dylan hin und her.

Dylan nickte. »Ivy feiert meistens ihren Geburtstag in dem bescheidenen Häuschen.«

»Verstehe ich, das ist die perfekte Location dafür.«

»So, die Heizung müsste nun laufen.« Ivy drehte sich zu uns um. Ihre Augen strahlten vorfreudig. Ich kannte niemanden, der so viel Sonnenschein in sich trug wie sie. Sie war immer gut gelaunt und schenkte anderen so viel Wärme, dass es einem in ihrer Nähe einfach gut gehen musste.

Nach und nach schleppten wir unser Gepäck über die Wendeltreppe nach oben ins erste Stockwerk.

Ivy führte mich in das Zimmer, das Miles oder ich beziehen konnten. Das Schlafzimmer war riesig und sicher doppelt so groß wie das in meiner Wohnung in Seattle. Das Boxspringbett mit der weichen Tagesdecke und den zahlreichen Kissen lud dazu ein, sich einzukuscheln und von dem frischen Geruch nach Bettwäsche einhüllen zu lassen.

»Du kannst das Zimmer haben, ich schlafe unten im Wohnzimmer.«

Ich drehte mich um und entdeckte Miles, der im Türrahmen lehnte. Die Hände in den Hosentaschen sah er mich aus dunklen Augen an. Der frische Wind draußen hatte seine Locken durcheinandergewirbelt, sodass sie ihm nun zerwühlt in die Stirn fielen.

»Nein, nein, ich kann auch im Wohnzimmer schlafen. Das macht mir nichts aus.« Ich schüttelte den Kopf. Die People Pleaserin in mir sträubte sich dagegen, dass Miles mir einfach dieses wundervolle Bett überließ. Normalerweise war ich diejenige, die sich in solchen Dingen zurücknahm und den anderen die bessere Wahl überließ. Wobei das Sofa im Wohnzimmer ja nicht wirklich eine schlechtere Alternative zu dem Schlafzimmer darstellte.

Miles schüttelte schmunzelnd den Kopf und verschränkte die Arme. »Keine Diskussion, du bekommst das Zimmer.«

»Ich …«

»Lynn.«

Bei meinem Namen aus seinem Mund verstummte ich abrupt. Seine Stimme hatte einen rauen Ton angenommen und der Blick aus seinen Augen war so durchdringend, dass mir der Atem stockte.

»Okay.« Ich räusperte mich. »Danke.«

Miles lächelte. Ich konnte nicht umhin zu bemerken, wie sein Pulli sich an seine Oberarme schmiegte. Er sah wie immer unverschämt gut aus. Unwillkürlich fragte ich mich, wie ich das Wochenende überleben sollte, wenn ich wusste, dass er nur ein paar Meter von mir entfernt schlief.

Hastig sah ich weg und griff nach meinem Koffer. »Dann räume ich mal meine Sachen aus.«

Kapitel 23

In Decken eingekuschelt saßen wir auf der Veranda mit Blick auf die verschneiten Berge um uns herum. Neben der gemütlichen Sitzecke gab es eine Feuerstelle, die Holly vorhin mit Douglasienstämmen bestückt hatte. Das Feuer prasselte leise und gab eine angenehme Wärme ab. Die Abendsonne war mittlerweile fast hinter den Bergen versunken, sodass uns nur noch die Flammen und die Lichterkette, die über die gesamte Veranda gespannt war, Helligkeit schenkten.

»Ja, und deshalb schicke ich jetzt Dylan und Sam immer extra zum Einkaufen, wenn uns das Toilettenpapier ausgeht«, endete Ivy ihre Erzählung und strich sich eine lockige Strähne hinters Ohr.

Holly kicherte. »Ich kann nicht glauben, dass es euch zu peinlich ist, Klopapier zu kaufen.«

Sam hob die Arme. »Was denn? Da geht es doch sicher nicht nur uns so.«

»Ja, meine ehemalige Mitbewohnerin war tatsächlich auch so«, sagte sie und wickelte ihre Decke fester um sich. »Sie hat sich auch immer geschämt, eine neue Klobürste zu kaufen und sie durch die ganze Stadt zu tragen, da wir damals kein Auto hatten. Deshalb hatten wir einmal wochenlang keine Bürste im Bad …«

Dylan zog die Nase kraus. »Ich will gar nicht wissen, wie eure Toilette ausgeschaut hat.«

»Genau so, wie du sie dir vorstellst.« Holly lachte.

Ivy schüttelte den Kopf. »Leute, das wird mir jetzt zu eklig.« Sie wedelte mit ihrer Hand. »Themenwechsel: Was wollen wir heute eigentlich zu Abend essen?« Sie sah zwischen ihren beiden Mitbewohnern hin und her. »Ihr zwei wolltet euch darum kümmern, oder?«

Dylan nickte. »Wie wär's mit Spaghetti Napoli?«

»Klingt gut.« Ivy nickte. »Schon mal danke fürs Kochen.«

»Kein Problem.« Sam stemmte sich in seinem Sessel hoch. »Dann fangen wir schon mal an, oder?«

Dylan erhob sich ebenfalls.

»Ich helfe euch.« Miles schälte sich aus seiner Decke und verschwand mit den beiden Jungs im Haus.

Ivy sah mit funkelnden Augen zwischen Holly und mir hin und her. »Jetzt sind wir unter uns Mädels, das finde ich gut.«

Holly nickte schmunzelnd. »Wie findest du Ivys Mitbewohner bisher, Lynn?«

Ich zog ein Bein an und schlang meine Arme darum. »Sie sind genau so, wie ich sie durch Ivys Erzählungen kennengelernt habe. Chaotisch und liebenswert.«

Ivy lachte. »Das sind sie. Falls sie dich irgendwann nerven sollten oder so, dann sag Bescheid. Ich möchte, dass wir alle ein schönes Wochenende haben und uns wohlfühlen.«

»Das ist lieb von dir. Aber ich finde es wirklich super bisher.«

Ivys Gesichtszüge wurden weich. »Das freut mich. Man weiß ja nie, wie es ist, wenn verschiedene Leute aufeinandertreffen.«

Holly nickte zustimmend. Als sie eine Hand bewegte und diese auf ihren Schoß legte, bemerkte ich den silbernen Ring, der unter dem Schein der Lichterketten funkelte.

»Wow, der Ring ist ja traumhaft.« Ich deutete auf ihre Hand. »Sieht fast aus wie ein Verlobungsring.«

Ein verträumtes Lächeln erschien auf Hollys Gesicht. »Das ist er auch.«

Ich riss die Augen auf. »Oh, mein Gott, wirklich? Herzlichen Glückwunsch!«

»Danke.« Sie hob lächelnd die Schultern. »Wir sind erst seit drei Wochen verlobt.«

Ich legte eine Hand auf mein Herz. »Wer ist denn die glückliche Person?«

»Trish.« In ihre Augen trat ein zärtlicher Ausdruck. »Ich habe sie an der Uni kennengelernt und wusste sofort, dass sie die Eine ist.«

Ich stieß einen verzückten Laut aus. »Das ist so süß. Wisst ihr schon, wann der Termin ist?«

Sie schüttelte den Kopf. »Wir haben noch kein Datum festgelegt, aber am liebsten wäre es uns so schnell wie möglich.«

Ich nickte verständnisvoll.

Ivy lehnte sich in ihrem Sessel zurück. »Das ist alles so aufregend. Ich kann nicht glauben, dass meine Schwester heiratet, bevor ich überhaupt meinen ersten Freund habe.«

Holly lachte und stupste ihrer Schwester sanft gegen das Bein. »Dein Traummann kommt schon noch.«

»Glaube ich auch«, sagte ich. »Apropos Traummann … Wusstet ihr, dass euer Bürgermeister seine Traumfrau auch schon beinahe gefunden hat?«

Die beiden Schwestern rissen beinahe synchron die Augen auf.

»Ich habe ihn gestern im *Pete's* getroffen, und er war gerade auf einer Datingplattform aktiv«, erklärte ich.

»Was?«, entfuhr es Holly.

»Larry hat da ein Profil?« Ivy legte sich eine Hand auf die Wange. »Ist das aufregend! Das hätte ich gar nicht gedacht.«

Ich grinste. »Aber er war ein bisschen unbeholfen, das tat mir so leid. Ich habe ihm auf die Sprünge geholfen.«

Holly stieß einen verzückten Laut aus. »Ist das süß. Das wäre ja schön, wenn er seine Liebe finden würde. Was war das denn für eine Frau?«

»Anhand der Fotos und der Beschreibung scheint sie recht

ähnliche Interessen zu haben wie er. Mal schauen, ob sie sich bei ihm meldet.«

»Nachdem du ihm geholfen hast, bestimmt«, meinte Ivy. »Da bin ich ja gespannt …«

Holly nickte. »Und ich erst! Wie sieht es eigentlich bei dir aus, Lynn? Gibt es da jemanden?«

»Nope. Ich bin glücklicher Single.«

Sie legte den Kopf schief. In ihren Augen blitzte etwas auf. »Wie findest du Miles denn so? Irgendwie dachte ich, da wäre etwas zwischen euch.«

Bei der Erwähnung seines Namens begann mein Herz schneller zu schlagen. Betont gleichgültig hob ich die Schultern. »Nein, da ist nichts.«

Ivy schmunzelte. »Ich finde, dass ihr sehr süß zusammen wärt. Er sieht dich immer so an …«

»Ja, das ist mir auch schon aufgefallen!« Holly nickte aufgeregt.

Ich runzelte die Stirn. »Wie sieht er mich denn an?«

Sie zog ihre Beine in den Schneidersitz. »So, als wärst du das Schönste, was er jemals gesehen hat.«

»Quatsch.« Ich schüttelte den Kopf, während mich ein warmes Gefühl durchfloss.

Holly schmunzelte nur.

»Finde ich auch«, sagte Ivy. »Aber …« Ein nachdenklicher Ausdruck huschte über ihr Gesicht. »Ich weiß nicht, inwiefern er schon bereit ist für eine andere Frau.«

Bei ihren Worten stach etwas in meiner Brust. Wie meinte sie das?

Ich zog die Decke enger um mich und starrte auf den Holzboden der Veranda. »Hat das etwas mit dieser Olivia zu tun?« Meine Worte hingen zwischen uns in der Luft.

Die beiden Schwestern antworteten nicht gleich. Als ich den Kopf hob, bemerkte ich, wie die beiden einen Blick austauschten.

»Woher weißt du von Olivia?« Ivy sah mich angespannt an.

»Ich weiß nicht, wer sie ist. Ich habe nur ihren Namen mal aufgeschnappt und das Gefühl, dass sie Miles sehr wichtig war.« Ich zuckte mit den Schultern. »Mehr weiß ich nicht.«

Ivy biss sich auf die Unterlippe. »Das kann man so sagen ja. Sie war ihm sehr wichtig.«

Kurz herrschte Schweigen zwischen uns.

»War sie seine Freundin?«, fragte ich nach einer Weile.

Ivy tauschte erneut einen Blick mit Holly aus. Dann seufzte sie. »Ja, das war sie. Es war ziemlich ernst zwischen den beiden. Ich glaube sogar, er hatte vor, ihr einen Heiratsantrag zu machen.«

Oh.

Mein Mund wurde trocken. Das klang wirklich ernst. »Was ist dann passiert?«, fragte ich.

Ivy rieb sich über die Wange. »Ich weiß, wie es ist, wenn einen die Neugier umbringt, aber … mir steht es nicht zu, das zu erzählen. Das habe ich Miles versprochen.« Sie sah mich an. In ihren Augen spiegelte sich Mitgefühl. »Ich hoffe, du verstehst das. Ich bin mir sicher, dass er bald mit dir darüber spricht.«

Ich nickte, auch wenn in mir alles brannte.

Wer war diese Olivia? Wo war sie jetzt? Was war passiert? Hatte Miles immer noch Gefühle für sie?

In meinem Kopf drehten sich die Gedanken. Das Stechen in meiner Brust wurde schlimmer. Wenn Miles Olivia immer noch nachhing, dann …

Ich schluckte und senkte den Blick. Dann musste ich aufpassen, mein Herz nicht noch mehr an ihn zu verlieren.

Kapitel 24

»Schlechte Nachrichten.« Ivy tauchte nach dem Abendessen hinter dem Heizkörper im Wohnzimmer auf. »Irgendwie glaube ich, die Heizung ist kaputt.«

»Irgendwie glaubst du?« Dylan sah sie schmunzelnd an.

Sie stützte die Hände in ihre Hüften. »Die Heizung ist nicht angesprungen. Ihr könnt gern auch mal versuchen, sie zum Laufen zu bringen, aber irgendwas geht nicht.«

»Lass mich mal sehen.« Dylan trabte über den Dielenboden zu Ivy und beugte sich ebenfalls über den Heizkörper.

Ich pustete mir warme Luft in die Handflächen. Ohne Heizung war es hier im Wohnzimmer wirklich eiskalt.

»Das sieht nicht gut aus«, kam es gedämpft von Dylan. Er tauchte wieder auf. »Das Wohnzimmer können wir dieses Wochenende als Aufenthaltsraum vergessen. Dann müssen wir mit der Küche oder draußen auf der Veranda mit dem Feuer vorliebnehmen.«

Holly stieß ein Seufzen aus. »Mist. Ich habe mir eigentlich ausgemalt, wie wir dieses Wochenende hier gemütlich im Wohnzimmer chillen.«

Zwischen Ivys Augenbrauen erschien eine Falte. »Das ist echt ärgerlich. Vor allem schlafen geht hier absolut nicht. Miles …« Sie sah ihn an. »Ich befürchte, du kannst nicht auf dem Sofa übernachten.« Ihr Blick wanderte zu mir. »Ihr müsstet euch doch das Schlafzimmer teilen. Wäre das in Ordnung? Dort funktioniert die Heizung.«

Mit klopfendem Herzen sah ich zu Miles. Dieser zuckte entspannt mit den Schultern. »Klar, kein Problem.«

Ich schluckte. Super. So viel zum Thema mein Herz vor

Miles zu schützen. Jetzt schliefen wir auch noch in einem Bett. Als hätte es nicht schon gereicht zu wissen, dass er ein Stockwerk unter mir nächtigte. In welcher Rom-Com war ich denn hier gelandet?

Nachdem wir zu sechst noch eine Weile in der Küche zusammengesessen waren und das Geschirr abgespült hatten, gingen wir nach oben, um uns bettfertig zu machen.

Ich war gerade im Bad fertig und kam im Schlafanzug und mit meinem Kulturbeutel zurück ins Schlafzimmer, als ich bemerkte, wie Miles eine Decke auf dem Boden ausbreitete.

»Was machst du da?« Ich umrundete ihn und legte meinen Kulturbeutel auf der Kommode ab.

»Mein Lager herrichten.« Er ging auf die Knie und schüttelte das Kissen auf.

»Miles …« Ich strich mir eine Haarsträhne hinters Ohr. »Hör auf mit dem Quatsch.«

Er sah auf.

»Ich lasse dich ganz sicher nicht am Boden schlafen. Was meinst du, wie unbequem das ist?«

Er strich sein Kopfkissen glatt. »Das macht mir nichts aus, ich bin daran gewöhnt. Ich habe früher oft neben Theos Bett gelegen, wenn er nicht einschlafen konnte.«

»Trotzdem. Ich will nicht, dass du morgen mit blauen Flecken aufwachst.«

»Ich bin nicht die Prinzessin auf der Erbse.« Miles zwinkerte mir zu.

Erst jetzt fiel mir auf, dass er bereits seinen Pyjama anhatte. Er trug eine lange karierte Stoffhose und ein schwarzes T-Shirt, das für meinen Geschmack viel zu eng anlag. Wie sollte ich denn mein Herz vor ihm schützen, wenn ich durch den Stoff jeden einzelnen Muskel sehen konnte?

Ich seufzte. »Wie du willst.«

Ich würde ihn nicht dazu zwingen, sich zu mir ins Bett zu legen. Eigentlich war es mir ja ganz recht, wenn er nicht bei mir übernachtete. Ich tat wahrscheinlich sowieso kein Auge zu. Das würde nicht besser werden, wenn er direkt neben mir schlief.

Ich kroch unter die Bettdecke und zog sie bis unter mein Kinn. Hmm, war das himmlisch. Dieses Bett sah nicht nur gemütlich aus, es war auch unheimlich bequem. Die Matratze schmiegte sich an meinen Körper und die flauschigen Kissen drückten angenehm gegen meine Wange.

»Ich mache gleich das Licht aus«, kam es von Miles.

»Kein Stress. Ich kann auch bei Licht schlafen«, sagte ich und schloss die Augen.

Eigentlich war ich noch überhaupt nicht müde. In mir herrschte eine Unruhe, die mich total zappelig machte. Ich drehte mich auf die andere Seite und winkelte die Beine an. Ein paar Sekunden später streckte ich sie wieder aus. O Gott, ich würde hier niemals einschlafen können.

Ich hörte Miles' Schritte auf dem Holzboden. Kurz darauf wurde es dunkel. Er kam zurück ans Bett und ich hörte, wie sein Bettzeug raschelte, als er sich hinlegte.

»Gute Nacht, Lynnsie.« Seine raue Stimme schickte ein Kribbeln durch meinen Körper.

»Gute Nacht, Miles.«

Für die nächsten Minuten war nichts zu hören.

Es erstaunte mich immer wieder, dass manche Menschen sich hinlegen und sofort in der Position, in der sie waren, einschlafen konnten. Ich musste mich immer hundertmal herumwälzen, bis ich die perfekte Einschlafposition gefunden hatte. Da konnte das Bett noch so bequem sein.

Ich drehte mich nach rechts und bemühte mich, dabei so wenige Geräusche wie möglich zu machen. Ich wollte Miles nicht nerven oder wecken, wenn er bereits eingeschlafen war.

Ob er wohl schon schlief?

Ich spitzte die Ohren und lauschte seinen Atemzügen. Doch ich hörte nichts.

Ich drehte mich wieder herum und fluchte innerlich, weil das Bett dabei laut knarzte. Gott, ich würde hier kein Auge zutun. Außerdem waren meine Füße eiskalt. Ich sah mich morgen schon mit tiefen Augenringen beim Frühstück sitzen.

Die innerliche Unruhe wurde nicht besser. Im Gegenteil. Mit jeder Minute, in der ich hier lag und Miles' Präsenz im Raum spürte, wurde ich unruhiger. Auch wenn ich ihn nicht sehen konnte, war ich mir mit jeder Faser meines Körpers bewusst, dass er nur wenige Meter neben mir lag.

»Miles?«, flüsterte ich. »Schläfst du schon?«

Für ein paar Atemzüge war es still.

Dann hörte ich ein: »Ja.«

»Okay. Dann störe ich dich nicht länger«, wisperte ich und zog die Bettdecke enger um mich.

Ich hörte Miles leise lachen. »Bist du auch noch nicht müde?«

»Nein. Du?«

»Auch nicht.«

Wir schwiegen einen Augenblick. Die Dunkelheit verschluckte beinahe alle Geräusche. Hier in den Bergen hörte man nichts, keine Motoren oder anderen Lärm, der mir als Stadtkind in der Nacht normalerweise vertraut war. Es war beinahe beängstigend ruhig. Vielleicht konnte ich auch deshalb nicht einschlafen.

»Sind Dylan und Sam auch in Starwood aufgewachsen?«, fragte ich in die Dunkelheit hinein.

»Ja. Sie waren in meiner Klasse.«

»Ach, krass.« Es raschelte, als ich meine Liegeposition etwas änderte. »Cool, dass ihr euch schon so lange kennt.«

Miles gab einen zustimmenden Laut von sich.

»Ich kann es mir gar nicht vorstellen, in so einem kleinen Städtchen aufzuwachsen.«

Ein Rascheln erklang vom Boden aus. Miles musste sich in seinem Lager herumgedreht haben.

»Es ist nicht für jeden etwas, aber wir haben es alle sehr genossen, glaube ich. Sonst wären wir nicht mehr hier.« Seine tiefe Stimme erfüllte den Raum.

»Das stimmt.«

Wieder herrschte für kurze Zeit Stille.

Dann räusperte sich Miles. »Sorry übrigens, dass Sam dich heute auf der Autofahrt so bedrängt hat mit seinen Fragen über …« Er verstummte.

Ich schüttelte den Kopf. »Dafür musst du dich doch nicht entschuldigen. Sam hat es sicher nicht so gemeint.«

»Nein, bestimmt nicht. Er ist eigentlich ein sehr netter Kerl.«

»Ich weiß.« Ich schluckte. »Es ist ja nicht seine Schuld, dass ich so empfindlich auf dieses Thema reagiere.«

Kurz war es wieder still. Dann erklang Miles' sanfte Stimme: »Es tut mir leid, was du dort erlebt hast.«

Ich presste die Lippen aufeinander und spürte, wie ein Kloß in meinem Hals anschwoll. »Danke«, flüsterte ich. Auch wenn Miles nicht wusste, was genau passiert war, so reagierte er so verständnisvoll, dass es irgendetwas in mir heilte. Warum konnte nicht jeder Mensch so sein?

Ich fuhr mit meinem Daumen über das flauschige Kissen unter meinem Kopf, als könnte ich so die Unruhe in mir etwas lindern.

»Ich bin in meinem Job nur aus dem Grund so lange geblieben, weil ich meine Mom nicht enttäuschen wollte«, sagte ich. Meine Stimme klang seltsam dünn in der nächtlichen Stille des Zimmers.

»Hatte sie dir den Job besorgt?«

Ich schüttelte den Kopf. Dann merkte ich, dass Miles mich vom Boden aus ja gar nicht sehen konnte.

»Nein, die Stellenanzeige habe ich selbst gefunden, aber …« Ich räusperte mich. »Ich wusste, dass es eine der Firmen war, die sie sich für mich gewünscht hatte. Sie war so glücklich, dass ich nach dem Bewerbungsgespräch so schnell eine positive Antwort erhalten hatte.« Ich schwieg einen Augenblick. »Manchmal hasse ich mich für den Gedanken, dass es mir lieber gewesen wäre, sie hätte sich nicht so eingemischt. Dabei weiß ich, dass sie es ja nur gut meint. Ich will nicht undankbar wirken, aber …« Ich presste die Lippen aufeinander.

»Ich verstehe dich«, sagte Miles leise.

»Sie hat so viel für mich getan. Ich weiß, wie schwer es für sie war, sich ein neues Leben in Seattle aufzubauen. Meine Großeltern haben beide nicht studiert, deshalb war Mom die erste Akademikerin in unserer Familie. Das musste sie sich hart erkämpfen, denn sie bekam keine finanzielle Unterstützung von ihren Eltern … wie ich.« Ich machte eine Pause. »Ich bewundere sie total, wie sie das alles geschafft hat. Und dann hat sie mich auch noch relativ jung mit Anfang zwanzig bekommen und trotzdem ihre Karriere weiterverfolgt. Ich bin mir meiner Privilegien bewusst und so dankbar, dass mir meine Eltern mein Studium finanzieren konnten. Aber … die Arbeit in der Firma ist überhaupt nicht das, was ich mir für mein weiteres Leben vorstelle. Und das versteht meine Mom irgendwie nicht. Jedes Mal, wenn ich versucht habe, ihr zu erklären, dass ich mich dort unwohl fühle, hat sie meine Bedenken weggewischt und gemeint, dass ich mich da schon noch daran gewöhnen würde. Ihr ist es so wichtig, dass ich denselben Karriereweg wie sie verfolge. Manchmal …« Ich brach ab. Den nächsten Gedanken hatte ich noch nie laut ausgesprochen, aber gerade jetzt, in der Sicherheit der Nacht, kamen die folgenden Worte beinahe wie von selbst über meine Lippen. »Manchmal … da denke ich, dass Mom mich als ihren verlängerten Arm sieht oder als eine Art jüngere Version von sich selbst. Sie möchte, dass ich genau denselben Berufsweg einschlage wie sie und dass ich darin ebenso aufblühe. Aber … ich bin anders. Und es macht mich traurig, dass sie das nicht sieht. Ich habe ihr schon mal schonend zu sagen versucht, dass es mir etwas zu viel ist, wenn sie sich so in mein Leben einmischt, aber dann macht sie mir immer sofort ein schlechtes Gewissen und sagt so etwas wie: *Also bin ich eine schlechte Mutter oder was? Wofür habe ich mir denn den Arsch aufgerissen, um dir dieses Leben zu ermöglichen?* Sie tut dann immer so, als würde ich ihr ganzes Leben ruinieren, wenn ich mich anders entscheide, als sie es für richtig hält.« Meine Stimme versagte. Ich hatte gar nicht bemerkt, wie mir die Tränen in die Augen gestiegen waren. In meiner Brust verkrampfte sich etwas.

»Du bist nicht verantwortlich dafür, wie deine Mom auf deine Entscheidungen reagiert.« Miles' Stimme klang eindringlich und sanft zugleich.

»Aber …« Ich brach ab. »Ich fühle mich so schlecht. Ich liebe sie ja und möchte nicht, dass sie denkt, dass ich undankbar bin.«

»Wenn sie dir das Gefühl gibt, dass du ihr ganzes Leben ruinierst, nur weil du dich gegen etwas entscheidest, was sie gut findet, dann … ist das keine gesunde Beziehung, Lynn.«

Ich schluckte. Miles' Worte taten weh, auch wenn ich wusste, dass sie wahr waren.

»Du bist nicht verantwortlich für die Emotionen deiner Mutter. Sie ist eine erwachsene Frau, die für sich selbst verantwortlich ist. Wie sie sich dazu entscheidet, zu handeln und auf deine Art zu leben zu reagieren, ist ihre eigene Verantwortung. Nicht deine.«

Ich fuhr mir mit einer Hand über meine nassen Augen.

»Ich weiß«, wisperte ich. »Mom denkt, sie kann alles zu mir sagen, und wenn ich dann aber mal verärgert reagiere, wird sie laut und sagt: *Ich bin deine Mutter, wie kannst du es wagen, so mit mir zu sprechen?*«

Ich hörte, wie Miles mit seiner Bettdecke raschelte. »Deine Mom muss erkennen, dass du ein eigenständiger Mensch bist.

Mit eigenen Grenzen und Bedürfnissen. Das hat nichts damit zu tun, dass du sie als Mutter nicht respektierst, wenn du diese Grenzen äußerst.«

Er hatte recht. Der Kloß in meiner Kehle wuchs. Ich hasste es, dass mich das Verhältnis zu meiner Mom von Tag zu Tag mehr belastete. Dass ich so zerrissen war zwischen dem Wunsch, eigenständige Entscheidungen zu treffen, von denen ich wusste, dass sie mir guttun würden, und dem Wunsch, meiner Mutter zu gefallen und sie nicht zu verärgern.

»Miles?« Ich wischte eine Träne von meiner Wange.

»Lynn?«

»Komm ins Bett.«

Meine Worte hingen zwischen uns in der Luft. Für ein paar Sekunden füllte Stille den dunklen Raum.

»Lynn …« Miles räusperte sich. »Ich will nicht, dass du dich unwohl fühlst.«

»Ich fühle mich unwohl, wenn du weiterhin auf dem harten Boden liegst. Und ich hier im weichen Bett. Das ist nicht fair.«

»Es macht mir wirklich nichts aus«, beteuerte er.

»Miles … bitte komm ins Bett.« Ich schluckte. »Es fühlt sich komisch an, mit dir zu reden, während du auf dem Boden liegst.«

Zwei, drei Herzschläge lang war es still.

»Bist du dir sicher? Es stört mich wirklich nicht …«

»Das Bett ist groß genug für uns beide. Ich störe dich auch nicht beim Schlafen, falls das deine Sorge ist.« Ich rutschte ein Stück zur Seite. Das Bett war wirklich riesig, sodass wir beide locker darin Platz hatten, ohne uns zu berühren.

»Okay.« Es raschelte, als Miles sich aufsetzte.

Schemenhaft erkannte ich seinen Körper in der Dunkelheit, als er aufstand und auf das Bett zutrat.

Die Matratze senkte sich unter seinem Gewicht, als er sich

neben mich legte und seine Bettdecke über sich zog. Sofort stieg mir sein unverwechselbarer Geruch in die Nase.

Ich drehte mich auf die rechte Seite und legte meine Hände unter meinen Kopf. Auch wenn es dunkel war, erkannte ich schemenhaft Miles neben mir, der sich mir ebenfalls zuwandte.

»Du bist nicht verantwortlich für das Glück von anderen Menschen, Lynn.« Miles' raue Stimme sandte einen Schauer über meinen Rücken. »Es ist mir ganz wichtig, dass du das weißt«, fügte er flüsternd hinzu.

Etwas zog sich in meinem Herzen zusammen.

»Das ist aber wirklich schwer«, flüsterte ich zurück.

Miles verlagerte ein wenig sein Gewicht, und die Matratze bewegte sich dabei unter uns. Mein Körper war sich seiner Nähe mehr als bewusst. Auch wenn wir uns nicht berührten und einige Zentimeter zwischen uns lagen, spürte ich seine Körperwärme.

»Du bist so ein guter Mensch, Lynn«, sagte er rau. »Ich kenne kaum jemanden, der so ein reines Herz hat wie du. Aber du darfst auch mal für dich einstehen und solltest dich selbst nicht vergessen.«

Ich wusste nicht, was ich sagen sollte, also senkte ich den Blick. »Es ist …« Ich wählte meine Worte sorgfältig. »Es ist so schwer, sich aus diesen Mustern zu lösen, die sich in meiner Kindheit so eingeprägt haben. Das fängt schon damit an, dass ich bei gefühlt allem, was ich tue, Moms Stimme in meinem Kopf habe.«

»Wobei zum Beispiel?«

»Ich habe vor ein paar Tagen bei Rebecca Stricknadeln gefunden. Ich habe bei dem Anblick total Lust bekommen, das Stricken auszuprobieren. Doch dann habe ich sofort die Stimme meiner Mutter in meinem Kopf gehört, die mir sagte, was für eine Zeitverschwendung das sei.« Ich biss mir auf die Unterlippe. »Das hat sie früher immer zu mir gesagt, wenn ich irgendeinem kreativen Hobby nachgehen wollte. Ihr war es so wichtig, dass ich meine Zeit nur der Schule und meiner Bildung widmete.«

Miles gab einen brummenden Laut von sich. »Das ist nicht in Ordnung.«

Ich seufzte leise. »Ich kann mich von ihren Denkmustern einfach nicht lösen. Weil ich mein ganzes Leben lang versucht habe, das zu tun, was sie möchte. Und meine eigenen Wünsche zurückgedrängt habe.«

Miles schwieg einen Moment. »Hast du das Stricken bei Rebecca dann gar nicht ausprobiert?«

»Nein.«

»Das solltest du aber noch machen.«

»Ich weiß nicht … Wahrscheinlich kann ich das ja gar nicht.«

»Versuch es einfach mal. Und versuche dabei, die Stimme deiner Mom auszublenden. Du bist jetzt hier in Starwood, fernab von deinen Eltern, und kannst das ausprobieren, was du möchtest.«

Ich nickte langsam. »Ich weiß. Das war eigentlich auch ein Grund, weshalb ich hergekommen bin. Um herauszufinden, was ich eigentlich möchte. Was mir Spaß macht, worin meine Talente liegen … Denn das alles weiß ich überhaupt nicht. Ich hab das Gefühl, ich weiß nichts über mich.«

»Das kenne ich«, murmelte Miles.

Ich schwieg einen Augenblick und wartete darauf, dass er weitersprach. Als nichts kam, fragte ich sanft: »Du kennst das?«

Miles bewegte sich, sodass das Bett ein leises Knarzen von sich gab. Dann sagte er: »Das, was du gerade erzählt hast … Mir ging es ähnlich. Mit Olivia.«

Ich zuckte leicht zusammen.

Olivia.

»Sie ist …« Er räusperte sich. »Sie ist meine Ex-Freundin.

Oder besser gesagt … Sie war meine Jugendliebe. Ich habe in unserer Beziehung auch immer nur das gemacht, was sie wollte. Ich habe mich hintangestellt und mich ihren Wünschen gebeugt, weil ich zu dem Zeitpunkt dachte, dass es das ist, was ich selbst auch will. Erst viel zu spät habe ich gemerkt, dass ich mich selbst dabei verloren hatte. Dass ich mich nie kennengelernt hatte. Mich nicht und auch das nicht, was ich eigentlich wollte und was mir Spaß machte.«

Seine Worte lösten ein seltsames Gefühl in mir aus. Das, was er beschrieben hatte, kannte ich nur zu gut.

»Wie lange wart ihr zusammen?«, fragte ich.

»Drei Jahre. Wir kannten uns schon länger, und ich hatte, seit wir in der fünften Klasse waren, einen Crush auf sie. Als wir fünfzehn wurden, hat sie sich dann auch für mich interessiert. Ich konnte es kaum glauben.« Er machte eine kurze Pause. »Sie war für mich damals das schönste und klügste Mädchen auf der Welt, und es fühlte sich an wie ein Traum, als sie mein Interesse endlich erwiderte. Wir waren dann bis zum Schulabschluss zusammen. Eigentlich hatten wir vor, auf dasselbe College zu gehen. Ich hatte sogar vor …« Er räusperte sich verlegen. »Ich wollte ihr sogar einen Antrag machen. Am Abschlussball. Da wir uns schon so lange kannten und ich mir nicht vorstellen konnte, jemals wieder jemanden so zu lieben wie sie, dachte ich, ich müsste unsere Bindung für das ganze Leben bereits jetzt festhalten. Ich dachte, sie wäre meine Traumfrau. Die Liebe meines Lebens.«

In seinen Worten schwang ein unhörbares *Aber* mit.

Was war passiert?

Mit angehaltenem Atem wartete ich darauf, dass er weitersprach.

»Aber dann kam alles anders.« Seine Stimme klang belegt. »Während ich unsere glänzende Zukunft vor uns sah und dachte, dass es ihr genauso ging, habe ich kurz vor unserem Abschlussball erfahren, dass sie mich betrügt. Und das anscheinend schon länger. Ich habe sie natürlich gleich zur Rede gestellt, und sie hat sich dann erst ein bisschen herausgeredet und alles abgestritten … Doch dann kam heraus, dass sie mich schon seit Beginn unserer Beziehung betrogen hat. Ich kann gar nicht aufzählen, mit wie vielen Typen sie während unserer gemeinsamen Zeit fremdgegangen ist.«

»Oh, Miles …« Meine Stimme brach.

»Ich bin aus allen Wolken gefallen. Ich hatte nie das Gefühl, dass Olivia in unserer Beziehung unglücklich gewesen wäre oder dass ihr etwas gefehlt hätte. Ich habe alles für sie getan. Und trotzdem war ich ihr … nicht genug.«

Mein Herz brach bei seinen Worten. So was sollte er nicht über sich denken. Niemals. Nur weil eine Frau ihn nicht geschätzt hatte, durfte er nicht glauben, dass etwas an ihm falsch war.

»Du bist genug«, wisperte ich eindringlich. »Immer.«

Ich konnte in der Dunkelheit wahrnehmen, wie er die Schultern hob.

»Ich bin danach in ein tiefes Loch gefallen und konnte viele Monate kaum das Haus verlassen. Ich habe noch nie so einen tiefen Schmerz gespürt. Ich dachte, es würde nie besser. Meine Eltern wussten sich irgendwann auch nicht mehr zu helfen. Es war für sie eine ebenso schlimme Zeit wie für mich, da sie nicht wussten, wie sie mich aus dem Loch holen sollten. Sie haben sich total hilflos gefühlt, und jetzt im Nachhinein schäme ich mich dafür, dass ich ihnen so viel Kummer gemacht habe.«

»Dafür musst du dich nicht schämen«, wisperte ich. »Deine Eltern haben sicher verstanden, welchen Schmerz du durchlitten hast. So etwas überwindet man nicht so einfach, das ist doch klar.«

»Ich dachte lange, dass Olivia zu mir zurückkommen würde. Dass sie merken würde, dass sie mich doch noch liebte … Aber als ich dann verstanden habe, dass das niemals passieren würde, habe ich mich für ein Studium beworben und Starwood verlassen. Ich musste hier raus, da mich gefühlt jede Ecke an sie erinnert hat.«

»Wie war das Studium für dich?«

»Nicht so schön. Ich habe ständig den Studiengang gewechselt und war nie richtig glücklich. Ich habe auch kaum Anschluss gefunden, weil ich niemanden an mich rangelassen habe. Ich hatte das Gefühl, ein Roboter zu sein.«

Ich konnte mir kaum vorstellen, dass Miles tatsächlich bis vor Kurzem noch so gewesen war. Ich kannte ihn nur als herzensguten Menschen, der Lebensfreude und Ruhe ausstrahlte.

»Es hat viele Jahre gedauert, bis ich über sie hinweggekommen bin«, sagte Miles. »Und mir fällt es auch heute noch schwer, darüber zu sprechen. Die Narben sind einfach tief. Aber seit ein paar Monaten geht es mir deutlich besser. Besonders in den letzten Wochen hat sich einiges getan.«

»Dann müssen wir jetzt also beide herausfinden, wer wir eigentlich sind und was wir vom Leben wollen – unabhängig von Olivia und meiner Mutter.«

»Das stimmt.«

Ich konnte das Lächeln aus seiner Stimme heraushören.

Für ein paar Sekunden schwiegen wir.

»Danke, dass du mir das erzählt hast«, sagte ich leise.

»Danke, dass *du* dich mir geöffnet hast«, erwiderte er.

Irgendetwas hatte sich in den letzten Minuten zwischen uns verändert. Sich hier in der Dunkelheit dem anderen zu öffnen und tiefgründige Gespräche zu führen, war irgendwie unglaublich heilsam. Meine Zuneigung zu Miles war plötzlich noch viel größer als zuvor.

Miles verlagerte sein Gewicht und stieß dabei aus Versehen unter der Decke gegen meinen Fuß.

»Sorry.« Er zog sein Bein zurück. »Du bist ja total kalt. Frierst du?«

»Ich hab immer kalte Füße beim Einschlafen.«

Etwas Warmes streifte erneut meine Füße.

»O Gott, das sind ja Eisklötze. Du liegst doch schon so lange unter der Decke!«

»Ich weiß. Die werden einfach nicht warm.«

Ich spürte Miles' Blick auf mir. »Soll ich … soll ich sie dir wärmen?«

»Du musst nicht …«, fing ich an, doch da spürte ich bereits, wie Miles seine Beine öffnete und meine Füße dazwischen einklemmte. Sofort durchdrang mich seine Wärme.

Sämtliche Härchen an meinem Körper stellten sich auf, als Miles ein Stück dichter an mich heranrückte. Langsam hob er eine Hand und strich sanft über meine Wange.

»Schlaf gut, Lynn.« Seine tiefe Stimme vibrierte in meiner Brust.

»Du auch«, hauchte ich.

Einen Herzschlag lang verharrte seine Hand an meiner Wange. Dann ließ er sie sinken.

Seine leisen Atemzüge dicht an meinem Ohr waren beruhigend. Seine Brust hob und senkte sich in einem beständigen Rhythmus und ließ mich schläfrig werden.

Von seiner tröstlichen Wärme umfangen glitt ich langsam in den Schlaf.

Kapitel 25

Eine warme Hand lag auf meinem Bauch.

Das war das Erste, was ich wahrnahm, als ich am nächsten Morgen wach wurde.

Ein Arm lag schwer auf meiner Hüfte und ein Körper drückte fest und warm von hinten gegen meinen Rücken.

Blinzelnd öffnete ich die Augen, während mein Gehirn versuchte zu begreifen, wo ich mich gerade befand.

Miles.

Wir waren in Ivys Hütte. In den Bergen.

Und ich teilte mir mit Miles ein Bett.

Ich konnte mich nicht erinnern, wann wir gestern eingeschlafen waren.

Seine Wärme umhüllte mich, während die Schwere des Schlafs langsam von mir wich. Seit wann lagen wir schon so eng umschlungen da?

Sanftes Tageslicht drang durch das Fenster und erhellte das Schlafzimmer.

Miles' leise Atemzüge verrieten mir, dass er noch schlief. Ich wagte kaum, mich zu rühren. Seine Brust warm und fest an meinem Rücken … Seine Nähe, seine Berührungen trafen etwas so tief in mir, wie ich es noch nie zuvor empfunden hatte.

Plötzlich spürte ich, wie Miles seine Finger spreizte. Sein Daumen glitt träge zu dem Streifen Haut, den mein hochgerutschtes Oberteil freigab. Mein Atem stockte, als er sanft über meine glühende Haut strich.

Ich unterdrückte den Impuls, mich noch näher an ihn zu pressen.

Ich wusste nicht, dass ein anderer Mensch sich so gut anfühlen konnte. Seine Arme um mich. Diese Wärme, diese Vertrautheit … Ich wollte, dass dieser Moment nie endete. Dass sich die Zeit ausdehnte und ich noch länger in seiner Berührung verweilen konnte.

Ich unterdrückte ein wohliges Seufzen und schloss die Augen. Hier in Miles' Armen schien die Realität gerade meilenweit entfernt. In meinem Bauch flatterte es, als Miles weiterhin mit seinem rauen Daumen kleine Kreise auf meiner Haut zog. Die langsame, federleichte Berührung ließ meine Nervenenden vibrieren.

Ich spürte seinen heißen Atem an meinem Hals. Am liebsten hätte ich ihn noch näher an mich herangezogen. Ich wollte hier liegen bleiben, solange es ging. Den Moment in Miles' Armen auskosten.

Doch leider war das nicht möglich, denn meine Blase meldete sich.

Verdammt.

Ich wollte noch nicht aufstehen. Doch der Druck wurde immer stärker.

Ich presste die Lippen aufeinander. Nach ein paar Sekunden schälte ich mich vorsichtig aus Miles' Umarmung. Mit angehaltenem Atem schlüpfte ich aus dem Bett, fischte frische Klamotten aus meinem Koffer und tapste über den Boden zur Tür. Ich verharrte dort für einen Moment und warf einen Blick zurück aufs Bett.

Miles' Augen waren geschlossen, seine Lippen leicht geöffnet. Seine dunklen Locken hingen zerwühlt in seiner Stirn. Der Arm, der mich vorhin noch umschlungen hatte, lag nun angewinkelt auf der Matratze. Seine Brust hob und senkte sich gleichmäßig unter seinen Atemzügen.

Wärme durchflutete mich, als ich ihn betrachtete. Er sah so friedlich aus. Und so schön. In meinem Herzen zog es. Ich konnte nicht leugnen, dass meine Zuneigung zu diesem Mann mit jedem Tag wuchs. Jede Faser meines Körpers sehnte sich danach, sich zurück in seine Arme zu legen. Ohne seine Wärme um mich herum fröstelte es mich.

Ich wandte mich ab, öffnete lautlos die Tür und huschte ins Bad.

Nachdem ich auch gleich geduscht und Zähne geputzt hatte, kam ich eine Weile später zurück ins Schlafzimmer.

Miles beugte sich gerade über seinen Koffer und stand mit dem Rücken zu mir. Das Muskelspiel unter seinem T-Shirt war deutlich zu erkennen.

»Guten Morgen.«

Beim Klang meiner Stimme drehte Miles seinen Kopf und sah über die Schulter.

»Hey.« Bei seinem verschlafenen Morgenlächeln flatterte es in meiner Brust. »Mach mal die Augen zu.« Er drehte sich wieder um und holte etwas aus seinem Koffer. Er erhob sich aus der Hocke und versteckte es hinter seinem Rücken.

Überrascht sah ich ihn an.

»Streck deine Arme aus«, befahl er sanft.

Als er einen Schritt auf mich zutrat, fiel mir auf, wie tief seine karierte Schlafanzughose auf seinen Hüften saß. Meine Wangen wurden warm.

Hastig schloss ich die Augen und streckte ihm die Hände entgegen. Kurz darauf spürte ich etwas Weiches in meinen Händen.

»Du kannst die Augen wieder öffnen.« Miles' tiefe Stimme erklang dicht vor mir.

Als ich meine Lider blinzelnd hob, leuchtete mir die rote Nase eines Rentiers entgegen. Meine Augen wurden groß. Miles hatte mir einen knallroten Weihnachtspullover in die Hand gedrückt, in dessen Mitte ein großer Rentierkopf abgebildet war. Die Nase des Tiers ragte plastisch aus dem Stoff heraus. Am Kragen des Pullovers verlief ein weißes Schneeflockenmuster.

»Da wir das Wochenende miteinander verbringen, kann ich dir dein Adventskalender-Geschenk nicht vor die Tür legen. Deshalb bekommst du ihn heute persönlich.«

Ich sah auf und begegnete Miles' Lächeln.

»Du bist verrückt«, sagte ich und begann zu strahlen.

Er fuhr sich mit einer Hand durch die Haare. »Gern geschehen.«

Aus einem Impuls heraus trat ich auf ihn zu und schlang meine Arme um ihn. Miles legte ebenfalls die Arme um mich und drückte mich sanft an sich. Sofort drang seine Körperwärme in meine Haut. Ich schloss die Augen.

»Danke, Miles«, wisperte ich und strich mit meinen Händen über seinen Rücken. Durch den dünnen Stoff seines T-Shirts fühlte ich seine harten Muskeln. »Auch für gestern Abend.«

Ich spürte, wie Miles sein Kinn auf meinen Scheitel stützte und mich noch enger an sich zog. In meinem Bauch stoben die Schmetterlinge auf. Ich konnte mich nicht erinnern, wann ich jemals so innig von einem Mann gehalten worden war.

Obwohl Miles nichts sagte, spürte ich durch seine Umarmung, dass er das Dankeschön erwiderte. Wir hatten uns gestern Nacht von einer ganz neuen Seite kennengelernt, und es kam mir heute bei Tageslicht fast unwirklich vor, dass er mir von Olivia erzählt hatte. Dass ich nun Bescheid wusste.

»Du riechst gut«, murmelte Miles. Langsam glitt er mit einer Hand von meinem Rücken zu meinen langen Haaren und streifte sanft durch sie hindurch. Ich spürte die Berührung bis in meine Kopfhaut. Meine Haare waren von der Dusche noch leicht feucht und verströmten den Duft meines Pfirsichshampoos.

Sanft löste Miles sich von mir. Nur widerstrebend glitt ich

mit meinen Händen von seinem Rücken. Die Zuneigung in seinem Blick raubte mir für einen Moment den Atem.

Für den Bruchteil einer Sekunde flackerte sein Blick auf meine Lippen. Es war kaum wahrnehmbar, doch mir schoss sofort die Hitze in den Bauch.

»Ich sollte auch duschen gehen«, murmelte er.

Ich nickte langsam und war nicht in der Lage, meinen Blick von ihm abzuwenden.

Miles' Mundwinkel hoben sich leicht. Eine Sekunde lang sahen wir uns einfach nur an, dann schob er sich sanft an mir vorbei und verschwand im Bad.

***

»Seid ihr bereit fürs Schneeschuhwandern?« Ivy klatschte enthusiastisch in die Hände.

Dylan nickte. »Das wollte ich schon lange mal wieder machen.«

Wir standen zu sechst vor dem Haus, alle eingepackt in eine warme Winterjacke, Thermounterwäsche, Schneehose, Mütze und feste Schuhe.

»Also, dann machen wir einen kurzen Check, ob wir alles dabeihaben.« Ivy tippte gegen ihren Rucksack. »Hat jeder von euch etwas zu trinken? Verpflegung? Handy? Sonnenbrille?«

Wir nickten.

»Perfekt. Ich habe außerdem noch Verbandszeug, eine Schaufel und ein LVS-Gerät dabei, falls wir in eine Lawine kommen.«

Erschrocken sah ich sie an. »Lawine?«

Ivy winkte ab. »Das wird uns schon nicht passieren, aber wenn man im Winter in den Bergen unterwegs ist, dann sollte man so eine Notfallausrüstung dabeihaben. Ihr bräuchtet auch jeweils ein Lawinen-Verschütteten-Suchgerät. Neben Sonde und Schaufel gehört das zur Standard-Notfallausrüstung.« Sie ging zu ihrem Auto und öffnete den Kofferraum. »Hier, nehmt euch alle bitte auch so was mit.«

Wir folgten ihr und füllten unsere Rucksäcke ebenfalls mit dem Notfallequipment.

Während ich die Sachen in meinen Rucksack packte, begann es in mir nervös zu kribbeln. Ich war zwar sportlich, hatte jedoch kaum Erfahrung mit Wintersport. Das fing beim Schlittschuhlaufen an und hörte auf beim Skifahren. Schneeschuhwandern war ich auch noch nie gewesen, aber Ivy hatte mir versichert, dass das auch Anfänger nach ein paar Probeschritten sofort drauf hatten. An Gefahren wie Lawinenabgänge hatte ich jedoch nicht gedacht. Das löste, um ehrlich zu sein, ein mulmiges Gefühl in mir aus.

»Wir fahren etwa eine Viertelstunde mit dem Auto zu der Stelle, an der wir loswandern können«, sagte Ivy und zupfte ihre Mütze zurecht. »Dort werden wir mit den Schneeschuhen dann ein paar Probeschritte in der Ebene machen, bevor wir den Hang hinaufsteigen. Das wird supercool!«

»Wie lange wandern wir ungefähr?«, fragte Sam.

Ivy warf einen Blick auf ihr Handy. »Die Route bin ich schon oft gegangen, meistens brauchen wir circa eineinhalb bis zwei Stunden dafür.« Sie sah auf und blickte verschmitzt in die Runde. »Danach habe ich noch eine Überraschung für euch. Ganz in der Nähe gibt es nämlich eine natürliche heiße Quelle. Dort können wir baden und unsere beanspruchten Muskeln entspannen.«

Uh, das klang vielversprechend. Mit der Aussicht auf ein heißes Bad verging die Wanderung im Schnee bestimmt wie im Flug. Und hoffentlich ohne irgendwelche Zwischenfälle. Vor allem Ivy und Holly durfte nichts passieren. Ohne sie wusste ich nicht, ob jemand anderes von uns die Route kannte und durch den Schnee wieder zurückfand.

»Du bist ja ganz blass, Lynn.« Holly kam auf mich zu.

»Mach dir keine Sorgen wegen der Lawinen. Ivy und ich sind die Strecke schon oft gegangen.«

Ich nickte, auch wenn sich ein Teil des mulmigen Gefühls in mir festgesetzt hatte.

Als wir mit dem Auto an der Stelle ankamen, blieb mir vor Staunen der Mund offen stehen. Der Schnee glitzerte magisch in der Sonne. Die Berge erstreckten sich majestätisch nach oben in den blauen Himmel. Das Bild war so idyllisch und faszinierend, dass ich für einen Augenblick einfach nur stumm dastand.

Die kalte Bergluft füllte meine Lunge, als ich tief einatmete. Ein wehmütiges Gefühl zupfte plötzlich an meinem Herzen. Ich würde die Natur hier in Colorado so vermissen, wenn ich zurück in Seattle war. Die Leute hier lebten wirklich im Paradies.

»Hier, deine Schneeschuhe.« Ivy reichte mir die beiden Teile. »Damit vergrößert sich deine Fußfläche und du sinkst nicht so tief im Schnee ein«, erklärte sie und zeigte mir an ihren eigenen Schuhen, wie man in sie hineinschlüpfte und die Bindung festzog.

Ivy hatte recht. Es dauerte nur ein paar Schritte, bis ich mich an das Gefühl in den Schneeschuhen gewöhnt hatte. In der Ebene konnte ich mit ihnen beinahe genauso laufen wie ohne.

»Bergauf ist es auch nicht so schwer«, meinte sie und griff nach meinem Arm. »Achte einfach darauf, dass du dich nicht zu weit nach vorn oder hinten lehnst. Tu so, als würdest du eine Treppe hochsteigen.«

Ich nickte und bemühte mich, ihre Tipps umzusetzen. Nach ein paar Anläufen gelang es mir ganz gut, und ein euphorisches Kribbeln durchlief mich.

Auch Dylan, Sam, Holly und Miles hatten bereits einige Schritte in ihren Schuhen zurückgelegt, jedoch war ich mir sicher, dass niemand von ihnen diese Übungszeit wirklich nötig hatte. Sie waren in den Bergen aufgewachsen und sicher schon als Kind das erste Mal in Schneeschuhen gestanden.

»Fühlst du dich bereit?« Ivy sah mich an.

Ich nickte.

»Gut, dann kann es losgehen.« Sie zwinkerte mir zu und stapfte los.

Ich hielt meine beiden Wanderstöcke fest in der Hand und lief hinter ihr her.

Erstaunt stellte ich mit jedem Meter mehr fest, wie angenehm es war, auf den Schneeschuhen zu laufen. Es machte unglaublich Spaß.

Schon bald spürte ich jedoch auch, wie die Muskeln in meinen Oberschenkeln und in meinem Hintern zu brennen anfingen. Das würde morgen einen ordentlichen Muskelkater geben.

Mein Herz pochte heftig gegen meine Rippen, und meine Atemzüge wurden schneller, während ich mit den anderen den Berg hinaufstieg. Es tat gut, sich mal wieder körperlich zu bewegen. Die eisige Bergluft hinterließ ein brennendes Gefühl auf meinen Wangen und meiner Nase. Meine Haut war wahrscheinlich schon ganz rot, aber das war mir egal. Hier im Einklang mit der Natur zu sein, löste eine Blockade in mir, die die ganzen letzten Wochen meinen Geist besetzt hatte. Mein Kopf wurde frei, und alle Gedanken flogen davon. Ich war im Hier und Jetzt und dachte an nichts anderes als an den nächsten Schritt im pulvrigen Schnee und die traumhafte Landschaft um mich herum. Es war wundervoll.

Kapitel 26

»So, hier wären wir.« Ivy schaltete den Motor ab.

Nach unserer Schneeschuhwanderung, die Gott sei Dank ohne Notfälle verlaufen war, hatte Ivy uns mit ihrem Wagen zu der heißen Quelle kutschiert, von der sie gesprochen hatte. Da ich noch nie bei solchen heißen Quellen gewesen war, hatte ich mir anfangs gar nichts darunter vorstellen können. Doch als wir nun aus dem Auto stiegen, wurden meine Augen schon zum zweiten Mal an diesem Tag tellergroß.

»Wow«, hauchte ich. Vor uns erstreckte sich ein kleines rundes Becken, das die Natur aus eigener Kraft geschaffen hatte. Umrahmt von Felsbrocken fügte sich die Quelle harmonisch in die Bergkulisse ein. Verschneite Waldbäume vervollständigten das Bild.

»Ich hoffe, ihr habt alle eure Badesachen dabei?« Ivy öffnete schwungvoll den Kofferraum ihres Autos.

Nach der sportlichen Betätigung spürte ich jeden Muskel in meinem Körper. Der Gedanke, gleich in das vierzig Grad heiße Becken zu gleiten, löste einen wohligen Schauer in mir aus.

Mit steifen Beinen stapfte ich auf den Kofferraum zu und griff nach meiner Tasche, in der sich mein Bikini und ein Handtuch befanden.

Miles tauchte neben mir auf. Sein Arm streifte meinen, als er ebenfalls in den Kofferraum griff.

»Diese Thermalquelle ist der Himmel«, sagte er und schulterte seinen Rucksack.

»Ich bin schon so gespannt, ich war noch nie in einer natürlichen Quelle. Fühlt sich das an wie im Schwimmbad?« Ich sah zu ihm auf und begegnete seinen dunklen Augen.

»Besser«, meinte er und zwinkerte mir zu.

Mein Mund wurde trocken, als mir bewusst wurde, dass ich ihn gleich in Badehose sehen würde. Das hatte ich in den letzten Stunden irgendwie vollkommen verdrängt.

»Dylan, Sam, ich hoffe, ihr seid Gentlemen und haltet eure Augen zu, wenn wir uns umziehen.« Ivy warf ihren beiden Mitbewohnern einen strengen Blick zu. »Und du auch, Miles.«

Er hob die Hände. »Ich hatte nicht vor zu spannen.«

Zufrieden nickte Ivy und verschwand hinter dem Auto, um sich umzuziehen.

Auch ich schlüpfte aus meinen Klamotten und begann sofort zu frieren, als die eisige Luft über meine Haut fuhr. O Shit. Die wenigen Meter bis zum heißen Becken würden sich lang anfühlen.

Mit zitternden Fingern band ich mein blaues Bikinioberteil zu, griff nach meinem Rucksack und meinem Handtuch und lief hinter Ivy und Holly her, die auch bereits fertig umgezogen waren. Der steinige, durch die Wärme eisfreie Boden pikste schmerzhaft in meine Fußsohlen. Ich atmete zischend ein und hüpfte die letzten Meter bis zur Quelle.

»Fuck, ist das kalt.« Hollys Zähne klapperten aufeinander, und ich bemerkte die Gänsehaut auf ihrer nackten Haut, die auch Ivys und meinen Körper überzog.

Wir warfen fahrig unsere Taschen auf den Boden und stiegen in das Becken. Ich tauchte einen Fuß in das heiße Wasser und seufzte sofort genießerisch auf. Wow, war das angenehm! Ich stieg mit meinem zweiten Fuß hinein und ließ mich bis zum Hals in das dampfende Wasser gleiten.

»Oh, ist das herrlich«, seufzte Ivy und schloss die Augen.

»Das ist wirklich ein Geschenk der Natur.« Holly band

sich ihre Locken zu einem unordentlichen Dutt zusammen und glitt ebenfalls bis zu den Schlüsselbeinen ins Wasser.

Die Hitze kroch unter meine Haut und erwärmte meinen ausgekühlten Körper. Ich lehnte mich mit dem Rücken an einen Felsen und blickte über die verschneiten Bäume um uns herum. Dahinter ragten schneebedeckte Bergspitzen in den Himmel. Über uns strahlte die Sonne, und nur vereinzelt entdeckte ich weiße Wölkchen. Wir hatten uns heute den perfekten Tag für unsere Bergtour ausgesucht.

Ich genoss es, dass wir die Quelle ganz für uns hatten und keine fremden Wanderer vorbeikamen.

»Ist diese Quelle hier sehr bekannt?«, fragte ich und glitt mit meinen Fingern durch das glasklare Wasser.

Ivy schüttelte den Kopf. Ihre Augen waren nach wie vor geschlossen. »Das ist ein Geheimtipp. Die Einwohner von Starwood halten sich diesbezüglich sehr bedeckt. Diese seltenen Phänomene der Natur sind äußerst verletzlich, und es gibt leider zu viele ekelhafte Menschen auf dieser Welt, die rücksichtslos damit umgehen und beispielsweise ihren Müll hierlassen würden. Deshalb verraten wir nur den wenigsten Touristen den genauen Standort. Im Reiseführer findest du sie jedenfalls nicht.«

»Dann kann ich mich ja sehr geehrt fühlen, dass ihr mir diesen Ort zeigt.« Ich zog meine Beine unter Wasser an und schlang meine Arme darum.

»Du bist ja auch keine Touristin«, meinte Ivy und öffnete ihre Augen. Sie zwinkerte mir zu. »Du bist mittlerweile ja quasi schon eine von uns.«

Bei ihren Worten stiegen mir die Tränen in die Augen. Wie lieb, dass sie mich schon als einen Teil von Starwood sah. In den letzten Tagen hatte es sich für mich tatsächlich auch immer mehr so angefühlt, als würde ich hier leben und wäre nicht nur zu Besuch.

»Wusstest du, dass solche Thermalquellen auch therapeutischen Zwecken dienen?«, fragte Holly und lehnte ihren Kopf an einen Felsen hinter sich. Zwischen uns stiegen Dampfschwaden in die Luft.

Ich schüttelte den Kopf. »Wirklich?«

Sie nickte. »Oft sind diese Quellen sehr mineralreich und bieten daher ein heilendes, entspannendes Bad.«

»Da kann gechlortes Wasser aus dem Hahn nicht mithalten«, stimmte Ivy zu.

»Schon verrückt, was die Natur alles erschafft, oder?« Ich strich mir eine Haarsträhne aus der Stirn und spürte, wie dabei ein warmer Wassertropfen an meiner Wange herabrann.

Ivy nickte. »Quasi eine heiße Badewanne mitten in der Natur. Im Erdreich selbst erwärmt.«

»Da kommen die Jungs«, sagte Holly plötzlich.

Bei ihren Worten begann mein Herz unwillkürlich schneller zu schlagen. Wie von selbst drehte sich mein Kopf und entdeckte die drei, die nebeneinander auf uns zu geschlendert kamen. Ohne es bewusst zu steuern, wanderte mein Blick zu Miles. Mir war noch nie aufgefallen, welchen lässigen Gang er hatte. Er sah so attraktiv aus, dass mir kurzzeitig die Luft wegblieb. Mein Blick glitt wie von selbst von seiner dunkelblauen Badeshorts zu seinem Oberkörper. Von seinem flachen Bauch zu seiner trainierten Brust mit den dunklen Härchen. Er sah noch viel besser aus als in meiner Vorstellung. Also nicht, dass ich mir schon oft vorgestellt hätte, wie er … Ja okay, machen wir uns nichts vor. Vor allem seit wir letzte Nacht zusammen in einem Bett verbracht hatten und ich seinen definierten Oberkörper an mir hatte spüren können, waren meine Gedanken öfter, als mir lieb war, dorthin gewandert.

»Und, wie ist es?« Dylans Stimme holte mich aus meinen Betrachtungen.

Hastig riss ich den Blick los und starrte auf die glatte Wasseroberfläche. Das Wasser begann eine Sekunde später, auf und ab zu schwappen, als Dylan zu uns ins Becken stieg. Er glitt auf den Platz neben mich und streckte seine langen Beine aus.

»Das ist immer wieder herrlich, oder?« Er drehte seinen Kopf zu mir und lächelte. Seine Augen strahlten im Licht der Sonne heute besonders blau. Die Ähnlichkeit zu dem jungen Arzt aus *Grey's Anatomy* war wirklich verblüffend. Sein Oberkörper ragte ein Stück aus dem Wasser.

»Es ist wirklich angenehm«, sagte ich und räusperte mich.

Mein Blick huschte zur Seite, und ich sah, wie Sam und Miles ebenfalls zu uns in den natürlichen Pool glitten. Miles ließ sich mir gegenüber neben Holly nieder und Sam quetschte sich zwischen Dylan und Ivy. Nun, zu sechst merkte man, wie klein dieses Becken dann doch war. Noch zwei Personen mehr, und es wäre wirklich eng geworden.

»Könnt ihr euch vorstellen, wie viele Zufälle zusammenspielen müssen, damit solche natürlichen Quellen entstehen?« Sam streckte seine Arme links und rechts am Beckenrand aus und legte seinen Kopf in den Nacken. »Ich bin echt dankbar, dass wir diese Quelle hier bei uns in der Nähe haben und man nicht allzu weit dafür fahren muss.«

»Geht mir auch so«, meinte Dylan neben mir.

Ich warf einen unauffälligen Blick zu Miles …

… und traf direkt in seine Augen. Er sah mich ebenfalls an.

Ich schluckte und war kurz davor, wieder wegzuschauen, doch etwas in seinem Blick ließ mich innehalten. Die Art und Weise, wie er mich aus seinen braunen Augen betrachtete, verknotete etwas in meinem Bauch.

Ich biss mir auf die Unterlippe. Die Sehnsucht, durch das Becken zu ihm hinüberzurutschen, war riesig. Miles löste für keine Sekunde unseren Blickkontakt. Es war unglaublich anziehend, so von ihm angesehen zu werden.

Langsam hob sich einer seiner Mundwinkel nach oben. Er sah dabei so gut aus, dass ich am liebsten alle anderen um uns herum ignoriert und ihn geküsst hätte. Mein Blick fiel auf seine vollen Lippen. Selbst über die Entfernung hinweg sahen sie so einladend und weich aus …

»Du musst mal zu uns ins Diner kommen«, sagte Dylan und riss mich aus den Gedanken.

Ich löste meinen Blick von Miles und drehte meinen Kopf zu ihm. Meine Wangen brannten. »Hm?«

»Das Diner.« Dylan sah mich ebenfalls an. »Dort arbeite ich als Kellner.«

»Oh!« Überrascht sah ich ihn an. »Das wusste ich gar nicht. Welches Diner ist das denn?«

»Das Diner neben Pete's Wafflehouse. Bei uns gibt es die leckersten Chickenwings der Stadt.«

Ich verzog zerknirscht das Gesicht. »Ich bin Vegetarierin.«

»O Mist, bei vegetarischem Essen sieht es bei uns schlecht aus. Vegan auch, deshalb isst Ivy auch nie bei uns.« Er überlegte kurz. »Einen Salat hätten wir, glaube ich …«

Ich winkte ab. »Ist schon gut. Aber sag deinem Chef mal, dass heutzutage ein Salat als einziges Angebot für Vegetarier echt schwach ist.«

»Ich weiß.« Dylan zog eine Grimasse. »Er ist noch von der alten Schule. Leider.«

»Seit wann arbeitest du dort?«, fragte ich.

»Ich habe direkt nach der Highschool angefangen«, erzählte er und rieb sich über das Kinn. »Eigentlich sollte das erst nur ein Nebenjob sein, aber dann bin ich dort hängen geblieben, weil ich noch nicht so recht weiß, was ich sonst mit meinem Leben anfangen will.«

»Was macht Sam eigentlich?« Ich warf einen Blick zu seinem Mitbewohner, der gerade in ein Gespräch mit Ivy vertieft war.

»Er arbeitet in der IT-Branche«, sagte Dylan. »Er weiß aber auch noch nicht, ob das etwas für seine Zukunft ist. Deswegen haben wir auch unsere WG gegründet.«

»Die WG der suchenden Seelen also?«

Er grinste. »Kann man so sagen.«

»Ihr drei kennt euch schon seit der Schule, oder?«

»Jap. Wir sind ungefähr drei Jahre nach unserem Schulabschluss zusammengezogen, als Sam nach seinem Studium wieder nach Starwood zurückgekommen ist. Wir waren alle ein bisschen verloren. Ivy hat auf ihren Traum, ein eigenes Café zu eröffnen, hingearbeitet, deshalb war es für sie auch finanziell sicherer, in eine WG zu ziehen.«

»Eine WG macht sicher total Spaß. Da hat man immer jemanden zum Reden.«

Dylan nickte. »Wir sind alle drei sehr gesellig, deshalb klappt die WG ganz gut. Für andere wäre der Trubel auf Dauer wahrscheinlich nichts. Aber wir lieben und necken uns wie Geschwister, das ist immer sehr witzig.«

»Diese Dynamik zwischen euch ist mir auch schon aufgefallen.« Ich lachte.

»Ach ja?« Er sah mit funkelnden Augen zu mir herunter. »Möchtest du auch einziehen?«

Ich schüttelte grinsend den Kopf. »Danke für das Angebot, aber mir gefällt es bei meiner Tante ganz gut.«

Er zuckte mit den Schultern. »Wie du meinst. Aber wenn du es dir anders überlegst … Mein Zimmer steht jederzeit für dich offen.«

Ich schmunzelte und stieß unter Wasser spielerisch gegen sein Bein. »Träum weiter, Dylan.«

Ich sah wieder nach vorn, und mein Blick fiel auf Miles. Er hatte seine Arme links und rechts auf den Beckenrand gelegt und starrte mich aus dunklen Augen an. Seine schwarzen Locken klebten feucht an seiner Stirn. Ein Schauer rann über meinen Rücken. Hatte er Dylan und mich die ganze Zeit schon beobachtet?

Ich sah, wie ein Muskel an seinem Kiefer zuckte. Sein Blick war so intensiv, dass mir ganz schummrig wurde. Oder lag das an dem heißen Wasser, aus dem wir langsam mal wieder rausmussten, bevor wir alle einen Herzinfarkt bekamen?

Ich glitt mit meinen Fingern durch das Wasser und genoss die Wärme, die in meine Gelenke und meine beanspruchten Muskeln gedrungen war. Noch wollte ich eigentlich nicht raus. Dafür war die Quelle wirklich zu himmlisch.

Miles' Blick zuckte für eine Sekunde zu Dylan. Dann sah er zurück zu mir. Hitze kroch meinen Nacken hinauf. Seine Augen fielen für den Bruchteil einer Sekunde auf meine Lippen. Dann sah er zurück in meine Augen.

Diese verstohlenen Blicke über das Wasser hinweg lösten ein Ziehen in meinem Unterleib aus. Obwohl wir hier gemeinsam in einem Becken saßen, vermisste ich ihn. Ich wollte näher bei ihm sein. Ihn berühren. Über seine Brust streicheln, an der gerade ein paar Wassertropfen abperlten.

Miles' schien zu bemerken, dass mein Blick an seinem Oberkörper klebte, denn sein Kehlkopf hüpfte, als er schluckte. Ich sah wieder auf, und unsere Blicke trafen sich. Der dunkle Ausdruck in seinen Augen beschleunigte meinen Puls. Selbst über das Wasser hinweg spürte ich, wie die Spannung zwischen uns pulsierte. Jede Faser meines Körpers sehnte sich nach ihm. Nach seiner Nähe. Nach seinen Berührungen. Ich spürte noch immer seine warmen Finger auf meinem Bauch. Sein großer Körper an mir, unsere Beine ineinander verschlungen … Ich wollte das wieder. Und so, wie er mich gerade ansah, war ich mir fast sicher, dass er das auch wollte.

»Wollen wir langsam wieder raus?« Ivys Stimme drang an mein Ohr.

Nur widerstrebend löste ich meinen Blick von Miles und sah sie an.

»So heilsam und schmerzlindernd das heiße Wasser auch ist, zu lange sollte man hier nicht drinbleiben«, sagte sie und sah fragend in die Runde.

Ihre Schwester nickte. »Wir können ja bald noch mal herkommen.«

Dylan und Sam gaben ein zustimmendes Brummen von sich und erhoben sich langsam aus dem Wasser. Ich rutschte ebenfalls nach vorn und warf noch mal einen verstohlenen Blick zu Miles. Seine Mundwinkel hoben sich leicht. Ich erwiderte sein Lächeln und sah wieder nach vorn, um aus dem Wasser zu steigen. Seine brennenden Blicke spürte ich dabei deutlich auf mir.

Kapitel 27

»Wenn ihr in einem Raum wärt mit all den Menschen, denen ihr im Laufe eures Lebens begegnet seid, zu wem würdet ihr als Erstes hinlaufen?« Ivy nippte an ihrem Weinglas.

Da die Heizung im Wohnzimmer noch immer nicht lief, hatten wir es uns in der kleinen Küche um den Esstisch herum gemütlich gemacht.

»Oh, jetzt wird es aber deep.« Sam wackelte mit den Augenbrauen. Er lehnte sich in seinem Stuhl zurück und fuhr sich durch seine blonden Haare. »Hm, ich würde wahrscheinlich zu Megan Fox gehen.«

»Seit wann bist du Megan Fox schon mal begegnet?« Ivy warf ihm einen skeptischen Blick zu.

»Letztes Jahr. Bei *Madame Tussauds.*«

Ivy rollte mit den Augen. »Ich meine *reale* Menschen. Keine leblosen Wachsfiguren.«

»Ach so.« Sam grinste verschmitzt.

»Ich würde zu meiner verstorbenen Grandma gehen und ihr noch mal sagen, wie sehr ich sie liebe.« Holly tippte gedankenverloren gegen ihr Weinglas.

»Das ist schön«, wisperte ich. »Das würde ich auch gern machen.« Ich zog mir meine kuschelige Decke enger über den Schoß.

Es herrschte eine angenehme Stille hier in der Küche. Lediglich das sanfte Summen des Kühlschranks war zu hören. Ich fand es gar nicht schlimm, dass wir das große Wohnzimmer nicht nutzen konnten. Es hatte irgendwie einen ganz eigenen Charme, in der holzverkleideten Küche zusammenzusitzen und zu quatschen. Nach der wunderschönen, aber kräftezehrenden Wanderung und dem heißen Bad hatten wir uns in der Hütte nur noch schnell eine Fertigpizza in den Ofen geschoben und gegessen. Jetzt, während wir bei einem Glas Wein zusammensaßen, spürte ich, wie die Müdigkeit langsam in meine Knochen kroch.

Miles saß mir gegenüber am Tisch, und wir hatten über den Abend hinweg immer mal wieder verstohlene Blicke ausgetauscht.

Ivy fuhr nachdenklich über den Rand ihres Weinglases. »Ich würde zu meinem alten Mathelehrer gehen und ihm sagen, dass aus mir doch noch etwas geworden ist. Ich komme wunderbar in meinem Café klar und kann, o Wunder, sogar mit Rechnungen umgehen.« Wie um ihre Worte zu unterstreichen, stieß sie das Weinglas in die Luft und nahm einen großen Schluck.

»Na, siehst du.« Ich prostete ihr mit meinem Glas über die Luft zu. »Lass dich von solchen Idioten nicht unterkriegen.«

Ivy nickte und lächelte mich an.

»Miles, du würdest bestimmt zu Olivia gehen, oder?« Sam schmunzelte in die Runde.

Bei dem Wort *Olivia* zuckte Miles kaum merklich zusammen.

Auf einmal war es totenstill im Raum.

Dylan warf Sam einen scharfen Blick zu und schüttelte kaum merklich den Kopf.

»Würdest du doch, oder?«, fuhr Sam unbeirrt fort. »Ihr hättet sicher noch einiges zu klären.«

Himmel, Sam hatte ja gar keine Antennen dafür, wann er ein unsensibles Thema angeschnitten hatte. Die Schwingungen im Raum, die von einer Sekunde auf die andere aus der Balance gekippt waren, schien er nicht zu spüren.

Mit angehaltenem Atem beobachtete ich Miles.

Er senkte den Blick auf die Tischplatte und verschränkte

die Arme. Zwischen seinen dunklen Brauen erschien eine steile Falte.

»Sie hat sich ja seit allem gar nicht mehr in Starwood blicken lassen, oder?«

»Sam«, murmelte Ivy warnend und schüttelte den Kopf.

Ich nahm einen Schluck aus meinem Weinglas.

»Ja, ich würde tatsächlich zu ihr gehen.«

Mein Handgriff um mein Weinglas wurde bei Miles' Worten fester. Wie bitte? Nach allem, was Olivia ihm angetan und wie lange er gebraucht hatte, um von ihr loszukommen, würde er das wirklich tun?

»Würdest du zu ihr zurückgehen, wenn sie dich darum bitten würde?«, fragte Sam.

Miles presste die Lippen aufeinander.

Ein paar quälende Sekunden vergingen, in denen ich auf seine Antwort wartete.

Doch es kam nichts.

Ein drückendes Gefühl breitete sich in mir aus.

Ich stellte das Weinglas auf dem Esstisch ab, griff nach meinem Handy und schälte mich aus der Decke. Miles hing also doch noch an Olivia. Wie hatte ich so blöd sein können zu glauben, dass er über sie hinweg war? Sie war seine Jugendliebe gewesen, das hatte er mir selbst gesagt. Es war dumm von mir anzunehmen, dass ich etwas damit zu tun hatte, dass es ihm in den letzten Wochen wieder besser gegangen war. Das war alles Schwachsinn.

»Leute, ich glaube, ich gehe ins Bett.« Ich stand auf und nickte in die Runde. »Gute Nacht.«

Ein Gemurmel aus »Gute Nacht« und »Schlaf gut!« war zu hören. Ivy warf mir einen besorgten Blick zu, doch sie sagte nichts.

Ich schob mich aus der Sitzbank und umrundete den Tisch. Ich bemerkte, dass Miles mich ansah, doch ich wich seinem Blick aus und verschwand aus der Küche.

Ein seltsamer Knoten saß in meinem Bauch.

Ich hatte gedacht, dass Miles und ich uns angenähert hätten. Dass er das, was zwischen uns war, ebenso fühlte wie ich.

Aber da hatte ich mich anscheinend getäuscht.

Ich hätte mich in den letzten Tagen nicht dazu hinreißen lassen dürfen, ihm mein Herz zu öffnen.

Ein trauriges Gefühl breitete sich in meiner Brust aus. So hatte ich mir das Ende des heutigen Tages nicht vorgestellt. Hoffentlich kam Miles erst ins Schlafzimmer, wenn ich bereits eingeschlafen war. Ich ertrug es nicht, heute Nacht noch mal im gleichen Bett mit ihm zu schlafen, wohl wissend, dass er Olivia noch immer wollte.

Ich drückte die Tür zu unserem Schlafzimmer auf und blieb einen Moment etwas verloren im Raum stehen. Tränen sammelten sich hinter meinen Augen. Warum hatte er auf Sams Frage nicht geantwortet? Warum hatte er so lange geschwiegen?

»Lynn?« Schritte erklangen hinter mir. Dann hörte ich, wie Miles den Raum betrat.

Ich wich zurück und drehte mich zu ihm um. Ich schluckte die Tränen hinunter und erwiderte seinen Blick.

»Ist alles okay?« Seine Augenbrauen waren besorgt zusammengezogen.

Ich biss mir auf die Unterlippe. »Du würdest zu ihr zurückgehen?« Meine leise Stimme erfüllte das Schlafzimmer.

Miles sah mich an. »Nein.«

Ich schüttelte den Kopf und drehte mich um. »Warum konntest du das vorhin nicht sagen, als Sam dich gefragt hat?« Ich lief auf den Nachttisch zu und legte mein Handy darauf ab.

»Weil ich überfordert war von seiner Direktheit.«

Ich stützte die Hände in meine Hüften und sah zurück zu ihm. »Ach ja?« Mit gehobenen Augenbrauen erwiderte ich seinen Blick. »Dann scheinst du unterbewusst aber doch noch an ihr zu hängen. Gestern Nacht hat sich das ganz anders angehört.«

»Lynn …« Miles machte einen Schritt auf mich zu. »Ich will Olivia nicht mehr.« Er sah mir dabei fest in die Augen.

Mein Herz schlug heftig gegen meinen Brustkorb.

»Ich hätte nichts dagegen, noch mal mit ihr zu sprechen, um ein paar Dinge zu klären, aber ich würde niemals …«, er holte tief Luft und trat noch einen Schritt auf mich zu, »… *niemals* zu ihr zurückgehen. Das, was sie getan hat, ist unverzeihlich. Und meine Gefühle für sie sind nicht mehr da.« Seine dunklen Augen glitten über mein Gesicht. »Ich dachte, sie wäre die Liebe meines Lebens. Aber mittlerweile weiß ich, dass das nicht stimmt.«

Seine tiefe Stimme klang so eindringlich und aufrichtig, dass die Enttäuschung in mir langsam einem anderen Gefühl wich. Ihn so nah vor mir zu sehen, weckte wieder die Sehnsucht, die ich heute schon den ganzen Tag über so intensiv gespürt hatte.

»Wieso hast du das unten in der Küche nicht gesagt?«, fragte ich.

Miles schüttelte den Kopf. Eine Locke rutschte dabei in seine Stirn. »Weil es die anderen nichts angeht«, raunte er. »Ich wollte meine Gefühle nicht vor allen ausbreiten. Schon gar nicht, bevor ich mit dir gesprochen habe.«

Mein Atem stockte. »Was?«

Miles trat noch einen Schritt näher an mich heran. Sein herber Duft umhüllte mich. Uns trennten nun nur noch wenige Zentimeter.

Er sah zu mir herunter. »Seit du auf unserer Farm aufgekreuzt bist, habe ich keinen einzigen Gedanken mehr an Olivia verschwendet.« Seine dunklen Augen fuhren langsam über mein Gesicht, als würden sie jeden Millimeter aufsaugen wollen. »Seit ich dich gesehen habe und das strahlende Lächeln auf deinen Lippen … wollte ich wissen, wie sich diese Lippen anfühlen.« Langsam hob er eine Hand und legte sie auf meine Wange. Die Wärme seiner Finger drang in meine Haut. Bedächtig strich er mit seinem Daumen über meine Unterlippe. »Seit ich dich das erste Mal gesehen habe, gehst du mir nicht mehr aus dem Kopf«, raunte er.

Meine Unterlippe prickelte unter seiner Berührung.

Ich blickte von seinem rechten Auge zu seinem linken und wieder zurück. »Wenn sie plötzlich vor deiner Tür stehen würde, würdest du also nicht mehr zu ihr zurückgehen?«

Miles schüttelte ohne zu zögern den Kopf. »Niemals.«

»Warum nicht?«, flüsterte ich.

Er sah mich an. »Sie ist nicht du.«

Hitze prickelte bei seinen Worten durch meinen Bauch.

Seine Augen verdunkelten sich. »Weißt du, wie schwer es war, dich heute in der Quelle neben Dylan sitzen zu sehen?«

Mein Mund wurde trocken. Ich konnte nichts anderes tun, als meinen Kopf in den Nacken zu legen und mit hämmerndem Herzschlag seinen Blick einzufangen.

»Und zu sehen, wie ihr euch unter Wasser zufällig berührt habt?« Seine Stimme hatte einen rauen Klang angenommen. »Eigentlich hätte ich derjenige sein wollen, der neben dir sitzt.«

Ich schluckte.

Miles' Hand wanderte von meiner Wange zu meinen Haaren und strich mir eine Strähne hinters Ohr.

»Ich wollte auch die ganze Zeit zu dir«, wisperte ich.

Miles' Augenbrauen zuckten kaum merklich. »Wirklich?«

Ich nickte.

Er glitt mit seiner Hand zu meinem Nacken.

»Du bist wunderschön, Lynn, weißt du das?« Seine leisen Worte brachten etwas in mir zum Flattern.

Sein Blick fiel auf meine Lippen. Die Luft zwischen uns lud sich auf. Ich nahm nichts anderes mehr wahr als Miles dicht vor mir. Langsam glitt er mit seinen Fingern zurück zu meiner Wange. Die Berührung brannte sich in meine Haut und das Verlangen, endlich die Lücke zwischen uns zu schließen und ihn zu küssen, kribbelte auf meinen Lippen. Seine dunklen Augen wanderten über mein Gesicht. Ich fühlte mich so sehr zu ihm hingezogen.

Unbewusst lehnte ich mich ihm ein Stück entgegen.

Miles umfasste mein Gesicht mit seinen Händen und zog mich zu sich heran, bis meine Finger auf seiner Brust lagen. Ich spürte seinen trommelnden Herzschlag unter seinen Rippen. Mit angehaltenem Atem blickte ich auf seinen Mund.

»Lynn«, murmelte Miles und schloss endlich die Lücke zwischen uns.

Als er mich küsste, unterdrückte ich ein Seufzen. Ich glitt mit den Händen über seine Brust und schlang die Arme um seinen Nacken, um ihn noch näher zu mir herunterzuziehen.

Miles küsste mich so sanft und eindringlich, dass alles in mir glühte. Ich verlor mich vollkommen in unserem Kuss. Als ich mit meinen Fingern durch seine Haare glitt, entwich ihm ein leises Keuchen. Mit dem Daumen an meinem Kinn öffnete er meinen Mund und vertiefte unseren Kuss. Diese langsame, innige Art, mit der er mich küsste, brachte mich fast um den Verstand. Als hätte er seit Jahren darauf gewartet, genau das zu tun. Ich hatte so etwas noch nie gefühlt. Unsere Lippen schmiegten sich aneinander, als wären sie dafür gemacht worden. Mein Puls wurde immer schneller.

Der Kuss vereinte all die Emotionen, die sich in den letzten Tagen zwischen uns aufgestaut hatten. Die Sehnsucht, das Verlangen, die Zuneigung … Miles' Hände glitten zu meinem Rücken und wanderten zu meinen Oberschenkeln. Er hob mich hoch. Ich schlang die Beine um seine Taille und umfasste sein Gesicht mit meinen Händen. Unsere Lippen lösten sich für keine Sekunde voneinander. Ich drängte mich gegen ihn, als er mich zum Bett trug. Jede Faser meines Körpers stand in Flammen. Vorsichtig legte Miles mich mit dem Rücken auf dem Bett ab. Er presste seinen Oberkörper gegen meinen und küsste mich mit einer Intensität, die mir den Atem raubte.

»Miles«, wisperte ich zwischen zwei Küssen und schnappte nach Luft.

Er brummte und wanderte mit seinen Lippen über meinen Hals. Mein Körper reagierte so heftig auf seine Berührung, die mir völlig neu war. Sein Gewicht drückte mich in die Matratze und ich konnte keinen klaren Gedanken mehr fassen.

»Du weißt nicht, wie lange ich das schon tun wollte«, murmelte Miles an meinem Hals. Er atmete schwer, als er sich von mir löste und mich ansah. Seine Augen glänzten, und in ihnen spiegelte sich dieselbe Sehnsucht wie in meinen.

Die Luft zwischen uns knisterte. Die Spannung, die sich zwischen uns mit jedem Tag mehr aufgebaut hatte, schien sich jetzt endlich zu entladen. Und ich wollte nicht mehr aufhören, jetzt, wo ich wusste, wie sich Miles' Lippen an meinen anfühlten.

»Und ich erst«, flüsterte ich zurück. Ich strich durch seine weichen Locken. »Du bist mir auch nicht mehr aus dem Kopf gegangen.« Das Herz schlug mir bis zum Hals, als ich die Worte aussprach.

Miles' Blick wurde weich.

»Schläfst du heute wieder bei mir im Bett?«, wisperte ich.

Er hauchte einen Kuss auf meinen Kiefer. Träge glitt er mit seiner Hand zu meiner Hüfte und zog dort langsame Kreise, die ich selbst durch den Stoff meines Pullovers spürte.

»Nichts lieber als das«, raunte er, und seine tiefe Stimme vibrierte dabei in meiner Brust.

Als er mich ansah, bohrten sich seine dunklen Augen regelrecht in meine. Die Spannung zwischen uns pulsierte noch immer. Und ich war nicht stark genug, sie länger auszuhalten. Mein Herz donnerte in meiner Brust, als ich mit den Fingerkuppen unter Miles' Pullover fuhr und über seine warme Haut glitt. Er sog scharf die Luft ein.

»Deine Finger sind kalt«, flüsterte er.

»Ich glaube, du musst sie wärmen«, flüsterte ich zurück.

Sein Griff um meine Hüfte verstärkte sich. Er verharrte für einen kurzen Moment vor meinem Gesicht, dann senkte er seine Lippen wieder auf meine. Meine Augenlider fielen flatternd zu. Wir erkundeten uns gegenseitig, und ich wünschte mir, dass diese Nacht nie endete.

Kapitel 28

»Und wie war's?« Rebecca ließ sich neben mir aufs Sofa fallen und drückte mir eine Tasse Kaffee in die Hand.

Dankbar nahm ich das Getränk entgegen. Das Koffein konnte ich gut gebrauchen. Letzte Nacht hatte ich nicht wirklich viel Schlaf abbekommen … Vor meinem inneren Auge tauchte Miles' verdunkelter Blick auf, mit dem er mich angesehen hatte. Seine Berührungen hallten noch immer auf meiner Haut nach. Wir hatten uns beinahe die ganze Nacht geküsst, berührt und geredet, bis wir irgendwann im Arm des anderen eingeschlafen waren. Heute Morgen hatte ich unter den Blicken der anderen kaum mein Frühstück herunterbekommen. Irgendwie hatte ich das Gefühl, dass man Miles und mir angesehen hatte, das zwischen uns etwas gelaufen war. Früher als geplant hatten wir dann die Heimreise angetreten, und Ivy hatte mich gerade noch rechtzeitig zu Hause abgesetzt, bevor es heftig zu schneien begonnen hatte. So, wie es jetzt draußen stürmte, hätten wir Schwierigkeiten gehabt, unversehrt ins Tal zu kommen.

»Oh, dieses selige Lächeln ist neu.« Meine Tante nippte grinsend an ihrem Kaffee.

Ich versteckte meine roten Wangen hinter meiner Tasse. Sie hatte wirklich feine Antennen und kannte mich so gut, dass ich ihr nichts vormachen konnte.

»Das Wochenende war wunderschön«, seufzte ich und nahm einen Schluck.

Rebecca lächelte wortlos und ließ mich für keine Sekunde aus den Augen. Ihr Blick sagte eindeutig: *Und? Das ist alles?*

Ich räusperte mich. »Also die Heizung war kaputt und …

es gibt ja nur drei Schlafzimmer … Also … die Hütte von Ivys Familie ist ja gigantisch, aber ich meine … Also für uns sechs war es zu wenig, deshalb … Also Miles und ich mussten uns ein Zimmer teilen. Und … genau.« Ich brach mein Gestammel ab und setzte die Tasse an meine Lippen. Himmel, seit wann war ich denn so wenig eloquent?

Ein wissender Ausdruck legte sich auf Rebeccas Gesicht. »Verstehe.«

»Es ist nichts passiert«, schob ich hastig hinterher. »Also … nicht viel.«

Sie grinste. »Deine roten Wangen zeigen mir durchaus, was passiert ist.«

Ich gab ihr einen Klaps aufs Knie.

»Sorry, ich will dich nicht ausquetschen.« Sie strich sich eine Strähne hinters Ohr. Ihr Blick wurde sanft. »Es freut mich jedenfalls, dass du ein schönes Wochenende hattest. Miles scheint dir gutzutun.«

Ich lächelte in mich hinein. Das Wochenende war wirklich schön gewesen. Noch traumhafter, als ich es mir hätte ausmalen können. Die Verabschiedung von Miles war mir schwergefallen, und ich konnte es jetzt schon kaum erwarten, dass wir uns wiedersahen. Wir hatten nicht darüber gesprochen, was die letzte Nacht für uns bedeutete. Aber das würden wir sicher bald herausfinden.

»Hast du eigentlich schon etwas auf deiner Überwachungskamera entdeckt?«, wechselte ich das Thema. »Miles' Tante hat sie dir ja mittlerweile eingerichtet, oder?«

Rebecca nickte. »Sie war total lieb und hilfsbereit. Die Kameras stehen, aber bislang haben sie noch nichts Außergewöhnliches eingefangen. Im Laden war die Tage alles ruhig.«

»Schade.« Ich strich nachdenklich über das warme Porzellan meiner Tasse. »Hoffentlich zeigt sich der Dieb bald.«

»Das wird schon. Wir müssen uns nur noch ein wenig gedulden.« Mit einem Lächeln stellte sie ihre Tasse auf den

Wohnzimmertisch. »Lust auf ein veganes Curry? Ich habe auf Instagram ein neues Rezept entdeckt.«

»O ja, sehr gern!« Ich schälte mich aus meiner Decke und stemmte mich vom Sofa hoch.

»Vielleicht kannst du mir ja dann doch noch ein paar Details vom Wochenende erzählen.« Sie zwinkerte mir zu.

***

Vorsichtig ließ ich die Schlaufe der Wolle über die glatte Stricknadel gleiten. Konzentriert griff ich nach dem Faden und führte ihn durch eine weitere Schlaufe. Die Stricknadeln fühlten sich angenehm kühl unter meinen Fingern an.

»Das klappt schon richtig gut, oder?« Rebecca sah mich über den Rand ihres Buches hinweg an.

Nach dem Abendessen hatten wir es uns auf dem Sofa gemütlich gemacht, und während Rebecca in den Tiefen eines Liebesromans versank, versuchte ich mich am Stricken.

Versuch es einfach mal!

Miles' bestärkende Stimme erklang in meinem Kopf. Seine Worte hatten mich so beflügelt, dass ich es heute tatsächlich gewagt hatte, nach dem Körbchen mit der Wolle zu greifen. Mom hatte ich bisher erfolgreich aus meinen Gedanken verdrängt. Sie war nicht hier und würde mir nicht plötzlich tadelnd über die Schulter schauen. Das musste ich mir immer wieder vorsagen.

»Ich glaube, du hast deutlich mehr Talent als ich.« Meine Tante lachte. »Ich habe festgestellt, dass ich fürs Stricken absolut keine Geduld habe.«

Ich klemmte die Zunge zwischen die Zähne und schob konzentriert einen Faden auf die Stricknadel. Geduld benötigte man wirklich eine Menge, das hatte ich schon nach wenigen Minuten festgestellt. Aber ich merkte, dass es mit jedem Handgriff etwas leichter von der Hand ging. Anfangs waren mir die Maschen deutlich zu fest geraten, doch je länger ich strickte, desto leichter fiel es mir.

»Ich glaube, das könnte mir Spaß machen.« Ich sah auf und merkte, wie sich ein Lächeln auf meinem Gesicht ausbreitete.

Rebecca nickte bestätigend. »Ich finde es toll, dass du so neugierig und offen auf neue Dinge zugehst.«

»Ich bin froh, dass du das so siehst.« Ich senkte den Blick und konzentrierte mich wieder auf mein Strickprojekt. Was genau ich hier eigentlich fabrizierte und ob am Ende ein Schal oder etwas anderes herauskam, wusste ich noch nicht wirklich. Rebecca hatte mir ein einfaches, grundlegendes Strickmuster gezeigt und mir Tipps für YouTube-Videos gegeben, falls ich Hilfe brauchte. Es war ein schönes Gefühl, etwas mit seinen Händen zu erschaffen.

»Sehen deine Eltern das nicht so?«, fragte Rebecca zögerlich.

Ich hielt in meinen Handbewegungen inne. »Nicht wirklich. Mom wollte doch immer, dass ich meine freie Zeit für die Schule und die Uni nutze und nicht für *unwichtige* Dinge.« Ich malte mit einer Hand Anführungszeichen in die Luft.

»Stimmt.« Rebecca gab ein Brummen von sich, das deutlich machte, wie wenig sie von Moms Ansichten hielt.

Ich legte die Stricknadeln in meinen Schoß. »Es tut mir übrigens richtig leid, dass Mom dich so selten besuchen kommt. Ich sage ihr immer wieder, wie toll das ist, was du dir hier aufgebaut hast.«

»Das ist lieb von dir, aber das ist schon okay. Man kann die Leute nicht zu etwas zwingen.«

»Aber mir gefällt es nicht, wie sie über dich redet. Ihr seid doch eine Familie.«

Sie zuckte mit den Schultern. »Ich weiß, wie sie hinter meinem Rücken über meinen Laden spricht. Aber von ihrer Meinung habe ich mich schon lange gelöst. Ich bin glücklich hier, und wenn sie mit ihrem Leben glücklich in Seattle ist, dann ist das doch das Wichtigste.«

Wie konnte Rebecca nur so gelassen damit umgehen? Wenn ich eine Schwester hätte, die mich so im Stich lassen würde, wäre ich bestimmt viel wütender.

Rebecca seufzte und schloss ihr Buch. »Natürlich finde ich es traurig und würde mir wünschen, dass es anders ist. Aber anstatt wütend auf sie zu sein, denke ich mir … Deine Mom lebt wie wir alle zum ersten Mal auf dieser Welt und muss sich zurechtfinden. Da ist es menschlich, dass man sich nicht immer korrekt verhält.«

Ich starrte meine Tante an. Manchmal konnte ich nicht glauben, wie weise und gutherzig sie war. Ich hatte sie noch nie schlecht über irgendjemanden sprechen hören. Sie hatte Verständnis für so viele Menschen und schaffte es immer wieder, mich zu erstaunen.

»Wenn ich groß bin, will ich so sein wie du«, sagte ich.

»O Liebes.« Rebecca beugte sich ein Stück vor und legte eine Hand auf mein Knie. »Du bist jetzt schon so viel besser als ich.«

Für ein paar Sekunden lächelten wir uns schweigend an.

Dann erklang plötzlich ein Brummen neben mir.

Ich warf einen Blick auf mein Handy und sah eine neue Nachricht aufleuchten.

Vorsichtig, damit die Maschen nicht von meiner Stricknadel rutschten, griff ich neben mich und tippte auf den Bildschirm.

Miles: *Ich vermisse dich jetzt schon.*

Mein Herz klopfte schneller, als ich Miles' Nachricht las. Ich biss mir auf die Unterlippe, um ein Grinsen zu unterdrücken.

Eine weitere Nachricht blinkte auf.

Miles: *Das Wochenende mit dir war so schön.*

Ich musste mich zusammenreißen, um nicht aufgeregt zu quieken.

»Uh, wer hat dir denn da geschrieben?«

Als ich aufblickte, sah ich, wie Rebecca mit den Augenbrauen wackelte. Ein breites Grinsen lag auf ihrem Gesicht. »Ich glaube, es gibt nur einen, der diesen Gesichtsausdruck bei dir hervorruft«, sagte sie und lehnte sich zurück ins Sofa.

Ich sah zurück auf mein Handy, während das Herz in meinem Brustkorb trommelte.

Miles: *Ich möchte dich wiedersehen.*

Oh, mein Gott.

Erleichterung durchfloss mich. Miles schien es also genauso zu gehen wie mir. Noch hatte ich nicht gewusst, wie das zwischen uns nach der letzten Nacht weitergehen würde.

Ich begann zu tippen und schickte eine Antwort ab.

Lynn: *ich vermisse dich auch*

Die Häkchen meiner Nachricht wurden sofort blau. Kurz darauf erschienen drei Punkte, die anzeigten, dass er schrieb.

Miles: *Hast du Lust, morgen nach der Arbeit mit mir auf den Weihnachtsmarkt in Starwood zu gehen? Der hat dieses Wochenende erst eröffnet.* 😊

Aufgeregt tippte ich zurück.

Lynn: *sehr gern ich freue mich schon*

Kapitel 29

Mein Herz hüpfte, als ich Miles' breite Schultern in der Menschenmenge entdeckte.

Er stand mit dem Rücken zu mir und trug eine schwarze Winterjacke. Es wehte ein sanfter Wind, der seine dunklen Locken am Hinterkopf verwuschelte. Ich konnte es kaum glauben, dass ich mittlerweile wusste, wie sie sich zwischen meinen Fingern anfühlten.

Der Schnee knirschte unter meinen Füßen, als ich auf ihn zuging. Die Menschen um mich herum verschwammen, lediglich Miles stach gestochen scharf aus der Masse. Es war, als würde mein Gehirn nur noch ihn wahrnehmen und den gesamten Fokus auf diesen Mann lenken.

Miles stand unter einem großen Torbogen, auf dem goldene Buchstaben leuchteten: *Willkommen auf Starwoods Weihnachtsmarkt!*

Um das Schild herum glänzten zahlreiche Sterne.

»Hey.« Ich blieb hinter ihm stehen und legte eine Hand auf seinen Rücken.

Er drehte sich um und sah zu mir herunter. Sofort erschien ein breites Lächeln auf seinem Gesicht. »Hey, Lynnsie.« Er umfasste meine Hüfte und zog mich zu sich heran. Langsam beugte er sich zu mir herunter und küsste mich. Er küsste mich so sehnsüchtig, als hätten wir uns seit Wochen nicht gesehen. Ich glitt mit meinen Händen zu seiner Brust und erwiderte den Kuss.

»Schön, dass du heute Zeit hast«, flüsterte Miles und legte seine Stirn gegen meine.

Als wir uns voneinander lösten, griff er wie selbstverständlich nach meiner Hand und verschränkte unsere Finger ineinander.

Ich blickte nach vorn und entdeckte zahlreiche wunderschön geschmückte Stände. Der ganze Stadtplatz war voll davon. Lichterketten funkelten in den verschneiten Bäumen um uns herum. Der Markt verströmte bereits hier am Eingang einen weihnachtlichen Charme, den ich unglaublich genoss.

»Hast du Lust auf gebrannte Mandeln?« Miles drückte meine Hand.

»O ja.«

Wir steuerten einen Stand auf der linken Seite an, an der sich bereits einige Menschen versammelt hatten, die sich ausgelassen miteinander unterhielten. Der süße Duft gebrannter Mandeln stieg mir in die Nase. Miles bestellte für uns eine riesige Tüte.

»Die sind noch ganz frisch und warm.« Er drehte sich zu mir und hielt sie mir entgegen. Dankbar griff ich in die Tüte.

Mit einem Knacken zerbiss ich eine Mandel, und das süße Karamell eroberte meine Zunge. »Oh, mein Gott, die sind wirklich gut«, murmelte ich mit vollem Mund.

Miles schmunzelte und griff ebenfalls in die Tüte.

Während wir die Köstlichkeit verspeisten, schlenderten wir durch den Weihnachtsmarkt und sahen uns die verschiedenen Stände an. Alle waren wunderschön dekoriert. Es gab viele Essstände, aber auch solche, die selbst gemachte Weihnachtsdekoration, Krippenfiguren oder Kerzen verkauften. Am anderen Ende des Stadtplatzes stand eine kleine Bühne, auf der ein Chor gerade ein traditionelles Weihnachtslied sang. Die Stimmen harmonierten so wunderschön zusammen, dass mir unwillkürlich eine Gänsehaut über den Rücken lief.

Wir blieben zwischen all den anderen Leuten stehen und lauschten den Liedern. Der schwarze Nachthimmel spannte sich über uns, und nur noch die Lichterketten an den Ständen und die Scheinwerfer der Bühne erhellten den Platz. Ich war absolut in dem Moment gefangen. Es war eine einzigartige Atmosphäre, die ich tief in mir aufsog und abspeicherte, sodass ich sie in Zukunft immer wieder hervorrufen konnte. Ich bemerkte kaum, wie Miles sich hinter mich stellte. Erst als seine großen Hände meine Hüfte umfassten, warf er mich zurück in die Gegenwart. Ich genoss die Wärme, die von ihm ausging.

Sein Atem strich sanft über meinen Nacken, als er seinen Kopf zu mir beugte. Seine raue Stimme erklang dicht an meinem Ohr. »Ich bin so froh, dass du nach Starwood gekommen bist.«

Langsam drehte ich mich um. Miles hatte seine Hände immer noch auf meiner Hüfte und hielt mich sanft. Der Ausdruck in seinen Augen war so aufrichtig und ernsthaft, dass ich erschauderte. Alle meine Sinne waren auf den Mann vor mir gerichtet, der mich ansah, als wäre ich der einzige Mensch auf diesem Platz.

»Und ich erst«, erwiderte ich. »Ich bin so glücklich, dass wir uns begegnet sind.«

Seine vollen Lippen verzogen sich zu einem Lächeln.

Die Art, wie er mich ansah, entfachte eine Sehnsucht in mir, die ich noch nie in diesem Ausmaß gespürt hatte. Keine Ahnung, was Miles mit mir machte. Aber die Gefühle, die er in mir auslöste, waren neu. »Euer Weihnachtsmarkt ist wirklich schön«, sagte ich. Ich drehte mich um und lehnte mich mit dem Rücken an ihn, während Miles seine Arme um mich schlang und sein Kinn auf meinem Kopf aufstützte. So von seiner Wärme und seinem Duft umfangen zu sein war wundervoll.

»Die Leute hier sind auch ziemlich stolz auf ihren Markt«, sagte Miles. »Er geht zwar nur ein paar Tage, aber an diesen Tagen ist es hier immer brechend voll.«

»Das sehe ich.« Ich ließ meinen Blick über die zahlreichen

Menschen um uns herum wandern. Es wirkte, als wäre ganz Starwood heute auf den Beinen.

»Mom hat in manchen Jahren auch einen Stand.«

»Oh, wie cool! Was verkauft sie?«

»Meistens etwas zu essen und Glühwein oder Früchtepunsch. Dieses Jahr hat sie es zeitlich wegen der Farm nicht geschafft.«

Ich nickte verständnisvoll und legte meine Hände über seine, die auf meinem Bauch ruhten.

Der Chor stimmte einen neuen Song an. Nach ein paar Tönen erkannte ich, dass es *Wonderful Dream* von Melanie Thornton war. Ein Song, der mich schon immer sehr berührt hatte, doch jetzt, in dieser mehrstimmigen Version kroch eine Gänsehaut über meine Arme. »*To celebrate a life where all are free*«, sang ich leise mit.

»Der Song hat mich schon oft zum Nachdenken gebracht«, murmelte Miles. »Frei zu sein … das wünscht sich jeder, oder?«

Ich nickte. »O ja.«

Kurz schwieg er. Dann sagte er: »Ich wäre in Zukunft auch gern frei und würde gern das machen, was ich wirklich will. Ohne darüber nachdenken zu müssen, ob es sich finanziell lohnt oder nicht.«

Ich drehte den Kopf und sah zu ihm hoch. »Meinst du die Farm?«

Er nickte. »Ich habe ja einige Jahre studiert, aber nichts gefunden, was zu mir gepasst hat. Meine Eltern wollten zwar, dass ich studiere, da sie mir eine finanziell sichere Zukunft bieten wollten. Schon seit Jahren reden sie davon, dass sich die Farm kaum noch lohnt. Im Sommer kümmern sich meine Eltern um ihre Apfelfarm und im Winter um die Weihnachtsbäume. Bisher reicht es noch, aber sie wissen nicht, wie es in Zukunft weitergeht. Dabei würde ich so gern in Starwood bleiben und die Farm übernehmen. Ich bin dort aufgewachsen.«

»Das verstehe ich gut.« Ich drückte mitfühlend seinen Arm.

»Meine Eltern freuen sich zwar, dass ich wieder mehr in ihrer Nähe bin. Und sie können meine unterstützende Hand gut gebrauchen. Aber gleichzeitig sorgen sie sich, was ich natürlich verstehen kann.« Er stieß einen Seufzer aus. »Na ja, mal sehen, was die Zukunft bringt.«

»Ein Schritt nach dem anderen.«

Miles' Blick begegnete meinem. Ein kleines Lächeln kehrte zurück auf seine Lippen. »Genau.«

Ich drehte mich um und umarmte ihn. »Wir beide werden schon noch herausfinden, was die Zukunft für uns bereithält. Da bin ich mir sicher.«

Miles glitt mit seinem Daumen zu meinem Kinn. »Ich liebe deine Zuversicht.« Er strich sanft über meine Wange und küsste mich.

»Rebecca ist heute übrigens nicht zu Hause.« Ich strich mit meinen Händen über seine Schultern.

»Wo ist sie denn?«

»Mit ihren Freundinnen unterwegs.« Ich legte den Kopf schief. »Wir hätten sturmfrei.«

In seinen Augen blitzte etwas auf.

»Wollen wir zu mir gehen?«, fragte ich.

»Gern.«

Ich griff nach seiner Hand und zog ihn mit mir.

Starwood war nicht groß, sodass es nicht lange dauerte, bis wir den Stadtplatz hinter uns gelassen und Rebeccas Haus erreicht hatten.

Die Tür fiel hinter uns ins Schloss und wir streiften uns die schneenassen Stiefel von den Füßen.

»Fühl dich wie zu Hause.« Ich drehte mich im Wohnzimmer zu ihm um und deutete einladend auf die Couch. »Ich hol uns was zu trinken«, sagte ich und verschwand in der Küche.

Als ich kurz darauf mit zwei Tassen Punsch wiederkam, saß Miles bereits auf der Couch. Seine dunklen Augen verfolgten jede meiner Bewegungen, während ich auf ihn zuging. Der bloße Anblick seines Körpers, der abwartend auf mich ausgerichtet war, sorgte dafür, dass sich Hitze in meinem Bauch sammelte.

Ich stellte den Punsch auf dem Wohnzimmertisch ab. Das weiche Sofa gab unter mir nach, als ich mich mit etwas Abstand neben Miles setzte.

Seine Mundwinkel hoben sich leicht und in seinem Blick flackerte etwas auf, das ich nicht deuten konnte.

»Komm her«, raunte er unvermittelt.

Ich rutschte näher an ihn heran. Als ich ihn ansah und seinen offenen, zärtlichen Blick bemerkte, traf mich die Erkenntnis mit voller Wucht. Hatte ich bis vor Kurzem noch geglaubt, ich würde mein Herz vor ihm schützen können, so hatte ich mich gewaltig getäuscht. Er hatte sich immer mehr in mein Herz geschlichen und füllte es nun komplett aus. Ich hatte Miles kennengelernt. Kannte seine Träume, seine Ängste. Er gab mir das Gefühl, geschätzt zu werden, und tat mir so gut.

»Wollen wir einen Film schauen?«, fragte ich.

»Gern.« Er schlang seine Arme um mich und zog mich zu sich heran. »Einen Weihnachtsfilm?«

»Unbedingt.« Ich streckte mich ein Stück, um an die Fernbedienung auf dem Wohnzimmertisch zu kommen, dann kuschelte ich mich wieder eng an Miles. Sein warmer, großer Körper umfing mich. Er zog eine Decke über uns und eine wohlige Wärme breitete sich in mir aus.

Ich legte meinen Kopf auf seiner Brust ab und sah nach vorn auf den Fernseher. In gleichmäßigen Bewegungen strich Miles über meinen Rücken. Er roch so gut. So warm und vertraut. Wie konnte es sein, dass ein Mensch einem in so kurzer

Zeit so vertraut werden konnte? Wie konnte es sein, dass er bis vor ein paar Wochen noch kein Teil meines Lebens gewesen war?

Ich zappte durch ein paar Streaming-Programme, bis ich bei *Liebe braucht keine Ferien* hängen blieb.

»Ist der Film okay?«

»Perfekt.« Seine Brust vibrierte unter meinem Ohr, als er antwortete. Er gab mir einen Kuss auf den Scheitel.

Ich startete den Film und drückte mich an ihn.

In einvernehmlichem Schweigen tauchten wir in den Film ein. Egal, wie oft ich ihn schon gesehen hatte, die beiden Handlungsstränge berührten und fesselten mich jedes Mal aufs Neue. Ich liebte vor allem die weihnachtliche Atmosphäre in dem kleinen englischen Ort.

»Irgendwann in meinem Leben möchte ich mal nach England«, sagte ich, als der Abspann lief.

Miles zog träge Kreise auf meinem Rücken. Seine Berührungen sandten eine Gänsehaut durch meinen Körper.

»Bei mir steht England auch ganz oben auf meiner Bucketlist, insbesondere London.«

Ich legte den Kopf in den Nacken, um ihn besser ansehen zu können. »London stelle ich mir auch toll vor.«

Miles lächelte. »Vielleicht reisen wir ja mal zusammen dorthin.«

Bei seinen Worten hüpfte mein Herz. »Vielleicht.« Ich erwiderte sein Lächeln und reckte mich ihm entgegen, um ihn zu küssen.

»Lynn«, murmelte er und glitt mit seinen Händen meinen Rücken hinauf zu meinen Haaren. »Wenn du wüsstest, was du mit mir machst.«

Mein Herz pulsierte in meiner Brust. Ich erschrak mich beinahe darüber, wie sehr ich ihn wollte.

Ich glitt mit meinen Händen von seiner Brust zu seinem Bauch. Vorsichtig strich ich am Saum seines Pullovers entlang. Miles gab ein tiefes Brummen von sich, als ich mit meinen Fingern unter seinen Hoodie fuhr. Seine Haut war warm.

Ich küsste seine Wange und wanderte mit meinen Fingerkuppen von seinem Bauch wieder nach oben zu seiner Brust. Seine Muskeln zogen sich unter meiner Berührung zusammen.

Miles löste sich mit einem Ruck von mir. Ich rutschte ein Stück weg, sodass er sich aufsetzen und seinen Pullover über den Kopf ziehen konnte. Mit einem leisen Rascheln fiel er neben dem Sofa zu Boden.

Mir stockte der Atem.

Er war so wunderschön. Von innen wie von außen. Ich saugte den Anblick in mich auf und glitt langsam mit den Fingerspitzen von seinen starken Schultern zu seinen Brustmuskeln.

Als ich für einen Moment den Blick hob, begegnete ich Miles' dunklen Augen. Ich konnte es kaum glauben, dass ich diejenige war, die ihm gerade dieses Keuchen entlockte.

Seine Bauchmuskeln zuckten, als ich weiter nach unten strich.

»Lynn«, stieß er hervor.

Er glitt mit seinen Händen zu meiner Taille und zog mich enger an sich. Seine Nähe machte mich beinahe schwindelig.

Er verteilte Küsse auf meinem Hals bis zu meinem Schlüsselbein. Ich warf den Kopf in den Nacken, während ein anhaltendes Zittern durch meinen Körper raste.

»Ich glaube, wir sollten das besser in mein Zimmer verlagern«, murmelte ich. Ich wollte nicht mehr warten. Mein ganzer Körper verlangte danach, ihm noch näher zu sein.

»Gute Idee«, raunte er.

Als wir uns voneinander lösten, flatterte es in meiner Brust. Ich betrachtete sein wunderschönes Gesicht, seine Augen, die mich aus gesenkten Lidern betrachteten, und seine

Locken, die ihm wild in die Stirn hingen … Jede Faser meines Körpers sehnte sich nach ihm.

Ich schlang meine Arme um ihn, während wir die Treppenstufen nach oben in mein Schlafzimmer stolperten und dort weitermachten, wo wir aufgehört hatten.

Kapitel 30

Das Leben konnte so schön sein.

Das wurde mir wieder bewusst, als ich bei Miles auf der Weihnachtsbaum-Farm saß und ihn dabei beobachtete, wie er Geschäfte abwickelte. Die Art, wie er mit der Kundschaft umging, sein offenes Lächeln, das er jedem schenkte, seine freundlichen Worte … Wenn jeder so nett wäre wie er, wäre diese Welt ein wunderbarer Ort.

Die letzten zwei Tage hatten wir beinahe ununterbrochen miteinander verbracht. Rebecca hatte mich regelrecht aus ihrem Laden verscheucht, weil sie mir angesehen hatte, wie sehr ich mich nach Miles sehnte und mit ihm Zeit verbringen wollte. Deshalb hatte ich ihn gestern und heute bei der Arbeit besucht, ihm zugesehen, wie er Kundschaft beriet und die Tannen verpackte, oder ich hatte mich mit seiner Mom unterhalten und eine Tasse heißen Kakao getrunken. Das Leben war schön. Noch vor wenigen Wochen hätte ich nicht geglaubt, dass ich diesen Satz aus vollem Herzen je wieder würde sagen können. Doch es war so. Ich war glücklich und fühlte mich so gelöst wie lange nicht mehr.

Rebecca hatte recht gehabt. Starwood verfügte tatsächlich über einen besonderen Zauber, der alle Probleme etwas leichter machen konnte.

»So einen unperfekten Baum wie du und Rebecca wollte bisher niemand.« Miles trat auf mich zu und legte die Hände auf meine Oberschenkel. Ich saß auf einem Mauervorsprung, der sich am Rand des Feldes befand, und ließ meine Beine baumeln. Das hier war in den letzten Tagen mein Lieblingsplatz gewesen, denn ich hatte von hier den perfekten Blick auf Miles und die Farm.

»Wundert mich ehrlich gesagt nicht wirklich.« Grinsend legte ich meine Hände auf seine Schultern und spreizte die Beine etwas, sodass er sich zwischen meine Knie stellen konnte.

Miles rückte an mich heran und wanderte mit seinen Händen von meinen Oberschenkeln zu meiner Taille. Seine Augen funkelten.

»Aber es ist ja schön, dass eure perfekten Bäume auch ein Zuhause finden«, sagte ich und streichelte über Miles' breite Schultern.

»Wie sagt deine Tante immer?« Er legte den Kopf leicht schief. »Jeder Baum hat Liebe verdient.«

»Genau.« Ich beugte mich vor und gab ihm einen Kuss. Sein vertrauter Duft stieg mir in die Nase, und am liebsten hätte ich mein Gesicht in seiner Halsbeuge vergraben.

Miles schlang seine Arme um mich. »Ich muss noch oft an vorletzte Nacht denken«, raunte er. Seine Lippen verharrten dicht vor meinen.

Bei seinen Worten lief ein Schauer über meinen Rücken. »Und ich erst«, murmelte ich an seinen Lippen. »Ich hoffe, das können wir bald wiederholen.«

Miles' Griff um meine Hüfte verstärkte sich. Er drängte sich an mich und küsste mich so hungrig, wie ich mich selbst fühlte. Ich vergrub meine Hände in seinen Haaren und erwiderte den Kuss. Seine Nähe machte mich nach wie vor schwindelig.

»Willst du morgen wieder zu mir kommen?«, fragte ich atemlos, als wir uns voneinander lösten.

Miles schob seine Hände unter meine Winterjacke. »Klingt perfekt.« Seine großen Hände, die meine Taille umfassten, brachten sofort mein Kopfkino in Gang. In den letzten Tagen waren immer wieder Bilder vor meinem inneren Auge aufgestiegen, die definitiv nicht jugendfrei waren.

Unsere Lippen landeten wieder aufeinander. Ich blendete alles um mich herum aus und vergaß für einen Moment, dass wir uns auf der Weihnachtsbaum-Farm seiner Eltern befanden. Ich wölbte mich ihm entgegen und schlang instinktiv meine Beine um seine Taille.

»Wenn wir so weitermachen, weiß ich nicht, wie ich meine Arbeit heute zu Ende bringen soll«, murmelte er atemlos an meinen Lippen.

Seine Worte holten mich mit voller Wucht zurück ins Hier und Jetzt.

Ich löste mich von ihm und spürte, wie mir die Hitze in die Wangen schoss. »Mit dir vergesse ich wirklich alles um mich herum.« Ich schlang meine Arme um seinen Hals und warf einen verstohlenen Blick über seine Schulter. Gott sei Dank war gerade keine Kundschaft zu sehen. »Sorry.« Leise lachend vergrub ich mein Gesicht in seiner Halskuhle.

»Du musst dich nicht entschuldigen.« Miles schob mich sanft von sich. »Wenn du wüsstest, was das mit mir macht, dass es dir genauso geht wie mir …«

Ich lächelte und ließ meinen Blick über sein Gesicht wandern. »Ich will nicht schuld daran sein, dass du deine Arbeit nicht richtig machen kannst.«

Er drückte mir einen letzten Kuss auf die Lippen, dann löste er sich von mir. Er zwinkerte mir zu. »So lasse ich mich gern von der Arbeit abhalten.«

Ich grinste. »Ich sollte langsam auch aufbrechen. Ich wollte für Rebecca etwas kochen, bevor sie von der Arbeit heimkommt.«

»Das klingt gut.« Bei seinem Lächeln wurde mein Herz ganz weit.

Ich hüpfte von dem Mauervorsprung und zupfte meine

Winterjacke zurecht. »Ich sag deiner Mom noch schnell Tschüss.«

Miles nickte und griff nach meiner Hand. Mit ineinander verschränkten Fingern liefen wir zur Kasse, hinter der seine Mutter stand. Es gefiel mir, dass er keine Scheu hatte, vor seiner Familie seine Zuneigung zu mir zu zeigen. Schon in den letzten Tagen hatte ich gemerkt, dass er seiner Mom von uns erzählt hatte. Das freut mich mehr als alles andere. Daran merkte ich, wie ernst es ihm mit mir war.

»Lynn!« Erfreut sah Mrs. Montgomery uns entgegen. Ein verzückter Ausdruck erschien auf ihrem Gesicht, als sie unsere verschränkten Hände bemerkte. »Möchtest du noch eine heiße Schokolade?«

»Danke für das Angebot, aber ich bin schon auf dem Sprung nach Hause zu Rebecca.« Ich legte eine Hand auf mein Herz. »Morgen nehme ich das Angebot gern wieder an.«

Mrs. Montgomery nickte lächelnd. »Schön, dass du da warst.«

Ich erwiderte ihr Lächeln.

»Lynn!« Eine Kinderstimme ließ mich herumfahren.

Theo kam auf uns zugelaufen. Er trug einen Schneeanzug und eine Mütze mit einem großen Bommel.

»Hi, Theo.« Ich ging in die Hocke und gab ihm ein High Five. Gestern hatten wir uns auch auf der Farm gesehen, und er hatte mir ganz stolz von seinem Schneemann erzählt, den er in der Pause auf dem Schulhof gebaut hatte. Es erwärmte jedes Mal mein Herz, wenn ich sah, wie er mich anstrahlte.

»Gehst du schon?« Er zog eine Schnute. »Ich wollte dir noch meine Pokémon-Sammelkarten zeigen.«

»Ja, ich muss leider schon nach Hause.« Ich zog die Mundwinkel nach unten. »Aber morgen bin ich wieder da, da kannst du sie mir zeigen. Ich freue mich schon!«

»Okay.« Theo nickte.

Ich lächelte ihn an und erhob mich aus meiner Hocke.

»Bis morgen, Lynn!« Damit drehte er sich um und rannte davon.

Ich verabschiedete mich von Mrs. Montgomery, bevor Miles mich zum Ausgang der Farm begleitete.

»Ich freue mich auf morgen.« Miles küsste mich sanft.

»Ich mich auch. Ich werde gegen Mittag zu euch auf die Farm kommen.«

»Perfekt.« Er drückte meine Hand. Nur widerstrebend ließ er sie los, als ich einen Schritt nach hinten ging.

»Bis morgen.« Ich lächelte ihn an, bevor ich mich umdrehte und durch den Schnee davonstapfte.

Schon jetzt zog es in meinem Herzen, und ich wäre am liebsten sofort wieder zurück zu Miles gerannt und hätte mich in seinen Armen vergraben. Was machte dieser Mann nur mit mir?

Während ich in Gedanken versunken über die Straße lief, vibrierte es in meiner Jackentasche. Hatte Miles mir etwa schon geschrieben?

Ich fischte mein Handy heraus.

Nein, es war nicht Miles.

Eine Nachricht von meiner Mom blinkte auf dem Bildschirm auf.

In meinem Magen zog sich etwas zusammen. Ich hatte sie seit unserem letzten Telefonat nicht mehr angerufen. Der Abstand zu ihr hatte mir gutgetan, doch jetzt regte sich wieder ein schlechtes Gewissen in meinem Kopf. Hätte ich mich doch melden sollen?

Mom: *Lynn, bitte ruf mich an. Ich habe Neuigkeiten wegen deines Jobs.*

Ich las ihre Nachricht zwei Mal, bevor ich das Handy zurück in meine Jackentasche schob. Was sollte das denn heißen? *Neuigkeiten wegen meines Jobs?* Wehe, sie hatte sich wieder in irgendetwas eingemischt. Ich wollte allein herausfinden, wie es beruflich für mich in Zukunft weiterging. Ich brauchte ihre Hilfe nicht. Vor allem, da sie nicht dasselbe für mich wollte wie ich.

Ich presste die Lippen aufeinander und stapfte über die Straße. Ich hasste es, dass ich mich so schlecht dabei fühlte, ihre Nachricht zu ignorieren. Aber ich konnte sie heute nicht anrufen. Mir ging es gerade so gut, und das wollte ich mir von ihr nicht vermiesen lassen.

Ich atmete tief durch. Morgen. Ich nahm mir fest vor, sie morgen anzurufen. Aber heute wollte ich das wolkig-weiche Gefühl in mir behalten, das Miles in mir ausgelöst hatte.

Während ich durch Starwood lief, wurde es immer dunkler. Der Nachthimmel spannte sich schwarz über mir, und nur vereinzelt funkelten Sterne zu mir herunter. Es war angenehm still, und die kalte Luft roch nach Winter und Holzfeuer. Ich liebte diese Ruhe hier in Starwood. Es war nichts zu hören außer meinen Schritten, die in der Gasse widerhallten, durch die ich lief.

Es war unglaublich, wie sehr ich mich hier mittlerweile zu Hause fühlte. Die verschneiten Häuser, die fantastische Bergkulisse, die Menschen hier … Alles war mir mittlerweile so vertraut. Ich fühlte mich unendlich wohl hier, und das hatte nicht nur mit Miles zu tun. Starwood hatte eine Magie, die mich mittlerweile vollständig umhüllte. Ich wünschte, meine Großeltern würden noch leben. Sie würden es lieben, wenn sie wüssten, wie sehr ich mich in ihrer Heimat eingelebt hatte. Genau wie Rebecca hatten Grandma und Grandpa sich hier wohlgefühlt und sich nicht vorstellen können, jemals an einem anderen Ort auf der Welt zu wohnen.

Ein Lächeln breitete sich unbewusst auf meinem Gesicht aus. Wer hätte das gedacht, dass ich mein Herz mal so sehr an Starwood verlieren würde? Ich hatte das Städtchen schon immer geliebt. Aber so wohl und sicher wie jetzt … so hatte ich mich hier noch nie gefühlt.

Beschwingt bog ich in die Straße ein, die zu Rebeccas Haus führte. In den Häusern der Nachbarschaft brannte vereinzelt Licht.

Gerade als ich bei Rebeccas Haus ankam und auf die Haustür zutreten wollte, bemerkte ich eine dunkle Gestalt.

Die Person stand im Schatten, sodass ich sie nicht sofort erkannte. Erst als der Mann in das Licht der Straßenlaterne trat, offenbarte sich sein Gesicht. Ein schmieriges, gefährliches Lächeln lag auf seinen Lippen. Mir lief es eiskalt den Rücken hinunter.

»Miss Steward. Wie schön, Sie wiederzusehen.«

Kapitel 31

Nein.

Ein eiskalter Schauer erfasste mich.

Mein Herz blieb stehen, nur um in der nächsten Sekunde doppelt so schnell weiterzuschlagen.

Das konnte nicht sein. *Er* durfte nicht hier sein. Wie konnte er …? Woher wusste er …?

Schock umfing meinen Körper.

»Warum sehen Sie denn so verschreckt aus?« Er kam auf mich zu. Er trug seinen Wintermantel offen. Darunter zeigte sich sein eleganter Anzug, den er auch während der Arbeit täglich getragen hatte. Schwarzes Sakko, weißes Hemd, blaue Krawatte. »Freuen Sie sich nicht, mich zu sehen?«

Ich wich zurück.

Panik kroch durch jede Faser meines Körpers.

In all den letzten Wochen hatte ich nicht ein Mal darüber nachgedacht, wie es sein würde, *ihn* wiederzusehen. Nach allem, was er getan hatte. Ich hatte gedacht, mit meiner Kündigung hätte ich dem ein Ende gesetzt. Niemals hatte ich *ihm* wieder in die Augen blicken wollen.

Woher wusste er, dass ich hier war?

Mein Körper gefror zu Eis.

Er blieb einen Meter vor mir stehen und legte den Kopf schief. Seine blonden Haare waren zur Seite gegelt, sein kantiger Kiefer glatt rasiert. Er sah genauso aus wie in meiner Erinnerung. Sogar sein Geruch war gleich. Dieses süßliche Aftershave hatte sich tief in mein Gedächtnis eingegraben. Mir wurde schlagartig schlecht. Diesen Geruch hatte ich nie wieder riechen wollen. Nie, nie wieder.

Objektiv betrachtet hätte man sagen können, dass er gut aussah. Das hatte ich mir bei meinem Vorstellungsgespräch sogar gedacht. Er war Mitte dreißig und entsprach dem konventionellen Schönheitsideal. Groß und breit gebaut, ein markantes Gesicht und ausdrucksstarke Augen. Doch je näher ich ihn kennengelernt hatte, desto mehr hatte er von seiner Attraktivität eingebüßt.

»Ich fand es sehr bedauerlich, als ich von Ihrer Kündigung erfahren habe«, sagte er und näherte sich mir ein Stück. Seine Anzugschuhe glänzten im Licht der Straßenlaterne. »Ich dachte, Sie haben sich bei uns wohlgefühlt?« Seine heisere Stimme jagte einen unangenehmen Schauer über meinen Rücken.

»Ich … bitte … ich«, stammelte ich. Endlich schaffte ich es, meine Füße vom Boden zu lösen, und rannte auf die Haustür zu. Mit zitternden Fingern suchte ich in meiner Jackentasche nach dem Schlüssel und betete, dass er mir nicht folgte und mich von hinten überwältigte.

Panik breitete sich in mir aus.

Erst nach mehreren Anläufen schaffte ich es, den Schlüssel ins Schloss zu stecken und die Tür zu öffnen. Ich hastete ins Haus und schloss atemlos die Tür. Mit rasendem Herzen sperrte ich zu und rannte in die Küche, um einen Stuhl zu holen. In meiner Panik dachte ich nicht nach, sondern schob den Stuhl vor die Tür, um sie möglichst doppelt zu sichern, damit niemand hereinkommen konnte. Ich sprintete ins Wohnzimmer und kontrollierte alle Fenster und Türen, ob sie verriegelt waren. Ich zog alle Vorhänge zu und schaltete das Licht aus.

Mit hämmerndem Herzen blieb ich mitten im Wohnzimmer stehen. Die Angst saß mir eiskalt in den Gliedern.

Bitte verschwinde von hier, flehte ich innerlich.

Tränen schossen mir in die Augen, während mein ganzer Körper zitterte. Das Wissen, dass er sich höchstwahrscheinlich immer noch vor dem Haus befand, versetzte mich in Panik. Er durfte hier nicht reinkommen. Er durfte nie wieder in meine Nähe kommen.

Ich schlug mir vor lauter Panik die Hände vors Gesicht und fing an zu schluchzen. Weshalb war Rebecca nicht schon hier? Wie sollte ich es so lange alleine schutzlos in diesem Haus aushalten?

Miles.

Ich musste ihn anrufen.

Mit zitternden Fingern griff ich nach meinem Handy und tippte seine Nummer an.

Bitte, bitte geh ran.

Mit angehaltenem Atem lauschte ich dem gleichmäßigen Tuten. Dann sprang die Mailbox an.

Shit.

Das Zittern meines Körpers wurde immer heftiger.

Ich hatte das nicht kommen sehen. Ich dachte, hier in Starwood, weitab von Seattle und der Firma Tremblay & Friends war ich sicher. Hier würde ich *ihm* nicht in die Arme laufen.

Doch da hatte ich mich gewaltig getäuscht.

Er fand immer einen Weg.

Er.

Ruben Tremblay.

Mein Ex-Chef.

Kapitel 32

In der Nacht bekam ich kein Auge zu.

Der Schock saß tief.

War es naiv von mir gewesen zu glauben, dass ich *ihm* nie wieder begegnen würde? Wahrscheinlich. War es dumm von mir gewesen, nicht daran zu denken, dass *er* nach Starwood kommen könnte? Nein. Das war definitiv nicht dumm gewesen, denn die Wahrscheinlichkeit, ihn hier anzutreffen, ging eigentlich gegen null. Woher wusste er überhaupt, dass ich hier war? Warum machte er sich die Mühe, extra hierherzufliegen? Das war doch absurd.

Rebecca hatte angeboten, dass ich in der Nacht bei ihr im Zimmer schlafen konnte. Doch ich war so unruhig gewesen, dass ich ihr ihren Schlaf nicht auch noch rauben wollte, weshalb ich doch wieder in mein Schlafzimmer gegangen war. Rebecca hatte mehrmals vor dem Haus alles abgesucht und nachgeschaut, ob er noch da war. Doch er war fort gewesen.

Obwohl ich doch gehört hatte, dass er nicht mehr vor dem Haus war, hatte mein Puls nicht aufgehört zu rasen.

Auch jetzt, am nächsten Morgen, zitterten meine Hände, als ich mir eine Tasse Kaffee einschenkte. Ich hatte Miles eine Nachricht geschrieben, dass ich ihn unbedingt sehen musste. Es war an der Zeit, ihm von Ruben Tremblay zu erzählen. Ich hätte das eigentlich schon längst tun sollen.

Miles hatte meine Nachricht leider noch nicht gelesen, aber ich würde mich trotzdem sofort auf den Weg zur Farm machen, um mit ihm zu sprechen. Ich konnte nicht länger warten. Auch wenn ich mir gern einbildete, eine unabhängige Frau zu sein, die auf sich selbst aufpassen konnte, so sehnte ich mich jetzt nach seiner Nähe und seinen starken Armen. Ich brauchte ihn, um mir zu sagen, dass alles gut werden würde.

»Ich kann den Laden heute auch geschlossen lassen, wenn du möchtest.« Rebecca sah mich über den Rand ihrer Kaffeetasse hinweg besorgt an.

Ich schüttelte den Kopf. »Ich will nicht, dass du wegen mir finanzielle Verluste hast. Ich komme schon klar.«

Ihre Augenbrauen zogen sich sorgenvoll zusammen. »Du musst nicht immer stark sein, Lynn. Das weißt du, oder? Ich bin jederzeit da für dich, wenn du dich einfach nur auf dem Sofa einrollen und das Haus nicht verlassen möchtest.«

»Ich weiß.« Ich stellte meine Tasse auf dem Küchentisch ab und lief auf sie zu. »Und dafür bin ich dir so dankbar.« Ich schlang meine Arme um sie.

Sie drückte mich an sich. Ihr vertrauter Duft umhüllte mich, und ich spürte, wie Tränen hinter meinen Lidern brannten.

»Danke, dass du da bist«, murmelte ich erstickt.

»Immer.«

Wir hielten uns noch eine Weile fest umschlungen, dann ließ sie mich los. Ihre Augen musterten mich. »Ich bin jederzeit am Handy erreichbar, okay?«

Ich nickte und drückte ihren Arm.

Wir machten uns fertig und verließen kurz darauf das Haus.

Als wir die verschneite Straße hinuntergingen, spürte ich, wie sich mein Puls beschleunigte. Ich hatte mich bei Rebecca untergehakt und scannte unruhig die Umgebung. Wo war Ruben Tremblay? War er die Nacht über in Starwood geblieben oder in einen Nachbarort gefahren? Oder war er vielleicht schon wieder zurück nach Seattle geflogen?

Mit Rebecca an meiner Seite fühlte ich mich etwas stärker als gestern Abend. Es tat gut, diesmal nicht allein zu sein. Und ich wusste, dass er mir nichts tun würde, wenn sie in meiner Nähe war.

Als wir am Stadtplatz ankamen, registrierte ich erleichtert die vielen Menschen, die geschäftig umherliefen. Ich war auch hier nicht allein.

»Und du bist sicher, dass ich dich nicht noch bis zur Farm begleiten soll?«, fragte Rebecca, als wir vor ihrem Laden stehen blieben.

Ich schüttelte den Kopf. »Bis zur Farm ist es ja nicht mehr weit. Da werde ich ihm schon nicht in die Arme laufen.«

Der sorgenvolle Ausdruck auf ihrem Gesicht blieb. »Ich weiß nicht so recht … ich fühle mich nicht wohl dabei. Kann Miles nicht herkommen?«

Ich warf einen Blick auf mein Handy. »Er hat meine Nachricht noch nicht gelesen. Aber ich muss ihn jetzt sofort sehen, sonst drehe ich durch.«

Rebecca nickte. »Das verstehe ich.« Sie strich sanft über meinen Arm. »Schreib mir bitte, wenn du bei Miles angekommen bist, ja?«

»Mach ich.« Ich umarmte sie fest.

Sie sah mir nach, während ich über den Stadtplatz lief. Der Schneeräumer war bereits unterwegs gewesen und hatte den frischen Schnee beiseitegeschafft. Dennoch war es an einigen Stellen ziemlich glatt, und ich musste mich konzentrieren, mit meinen Stiefeln nicht auszurutschen.

Ich machte schnellere Schritte als gewöhnlich und hoffte, dass ich bald bei der Farm ankam.

Ich bog in eine Seitengasse ein und zückte noch mal mein Handy, um zu sehen, ob Miles mir schon geschrieben hatte.

Tatsächlich leuchtete eine Nachricht von ihm auf.

Ich setzte gerade an, sie zu lesen, als mich jemand am Rücken berührte.

»So sieht man sich wieder.«

Eine eiskalte Welle rollte über meinen Körper.

Nein!

Ich drehte mich um und ließ mein Handy zurück in meine Jackentasche fallen. Vor mir stand *er*. Ruben Tremblay.

Ich wich zurück.

»Warum sind Sie denn so schreckhaft, Miss Steward? Oder soll ich *du* sagen? Eigentlich waren wir ja schon beim Du angekommen, auch wenn ich mich erinnere, dass du mich lieber Mr. Tremblay genannt hast.« Er grinste mich an.

»Was machen Sie hier?«, presste ich hervor. Geistesgegenwärtig griff ich noch mal in meine Jackentasche zu meinem Handy.

»Ja, das fragst du dich, nicht wahr?« Er schob seine Hände in seine Manteltaschen. In seinen Augen blitzte es. »Das wollte ich dir gestern schon erzählen, aber dann bist du einfach abgehauen.« Der tadelnde Blick, mit dem er mich bedachte, ließ mir das Blut in den Adern gefrieren.

Ich musste hier weg. Ohne ein weiteres Wort drehte ich mich um und wollte davonstapfen, als er mich an der Schulter festhielt.

»Bleib bitte einen Moment.«

Bei seinen Worten verkrampfte sich mein Magen. Da war wieder dasselbe beklemmende Gefühl, das mich immer in seiner Nähe überkommen hatte.

Ich spürte, wie er meine Haare über die Schulter strich und seine Lippen meinen Nacken streiften. »Ich habe dich vermisst«, murmelte er.

Für ein paar Sekunden war ich wie erstarrt und konnte mich nicht bewegen. Ich fühlte mich in all die Situationen zurückversetzt, in denen ich mich nicht wehren konnte, weil mein Körper mir seinen Dienst versagte. In denen er mich angefasst hatte.

Doch nicht jetzt. Nicht schon wieder.

Ich holte zitternd Luft und drehte mich um. »Fassen Sie

mich nicht an. Nie wieder!« Ich schlug seine Hände fort und funkelte ihn an.

Er hob die Arme. »Was bist du denn so kratzbürstig?«

Gott, diesen herablassenden Tonfall konnte er sich so was von sparen.

Ich kratzte allen Mut zusammen, den ich hatte, und trat einen Schritt auf ihn zu. Ich legte den Kopf in den Nacken und sah ihm fest in die Augen. »Wenn Sie mich noch einmal ohne meine Erlaubnis anfassen, dann werden Sie es bereuen.«

Belustigung spiegelte sich in seinem Gesicht. »Das war doch alles nicht so gemeint. Hast du etwa deswegen gekündigt?« Er machte mit der Hand eine wegwerfende Bewegung. »Wenn ich das gewusst hätte, dann hätte ich dich in der Firma anders behandelt. Ich dachte, dir gefällt unser freundschaftliches Klima.«

Freundschaftliches Klima?

Beinahe wäre mir die Kinnlade heruntergeklappt.

»Wir hatten doch eine gute Zeit zusammen, oder? Ich weiß, dass ich ein Mensch bin, der nach Körperkontakt sucht. Aber ich dachte, wir zwei verstehen uns gut und du wüsstest, dass ich das nicht böse meine. Da hast du sicher einiges falsch interpretiert.« Obwohl ein selbstgefälliges Grinsen auf seinen Lippen lag, meinte ich, einen kleinen Funken Unsicherheit in seinen Augen aufblitzen zu sehen. Er wirkte abwartend. Lauernd. So, als wollte er ergründen, ob ich ihm die Bemühung, seine »Suche nach Körperkontakt« herunterzuspielen, abkaufte. Er wusste ganz genau, welche Grenzen er überschritten hatte.

»Was soll ich denn da falsch interpretiert haben?«

Er rieb sich mit dem Daumen über sein Kinn. »Die paar Klapse auf den Po? Hier und da eine Berührung? Das war alles rein freundschaftlich gemeint, ich hoffe, das weißt du. Ich wollte die Arbeitszeit für uns alle einfach nur angenehmer gestalten.«

War das gerade sein verdammter Ernst? Meinte er wirklich, dass ich ihm seine Worte mit diesem selbstgefälligen Grinsen abkaufte? Dass ich ihm glaubte, dass er all das nur *freundschaftlich* gemeint hatte? Das, was er getan hatte, waren keine flüchtigen, zufälligen Berührungen gewesen. Er hatte in purer Absicht gehandelt und so viele Grenzen überschritten, die ich gar nicht mehr zählen konnte.

»Ich bin hergekommen, um mich zu versichern, dass wir gut miteinander sind. Das ist mir nämlich wirklich wichtig. Auch wenn du nicht mehr bei uns arbeitest.« Er lächelte leicht.

Diese ganze Begegnung wurde immer skurriler. Als wäre er nur deshalb nach Starwood gekommen, um mir das zu sagen? Da steckte doch mehr dahinter.

Er trat einen Schritt näher auf mich zu. Sofort jagte ein eisiger Schauer über meinen Rücken. Je länger ich so dicht vor ihm stand, desto mehr kroch die Panik in meine Glieder, doch ich bemühte mich, sie zurückzudrängen. Nach allem, was ich mir hatte gefallen lassen, wollte ich ein Mal stark genug sein. Ich konnte jedoch nicht verhindern, dass Erinnerungsfetzen von seinen Händen an mir durch meinen Kopf schossen. Das Gefühl seines Körpers dicht an meinem, sein ekelhaft penetranter Geruch in meiner Nase … All das hatte sich bildlich in mein Gehirn eingegraben.

Ich zwang mich dazu, die Kontrolle zu behalten, und sammelte jede Kraft zusammen, die ich aufbringen konnte.

»Das, was Sie mir während meiner Zeit in Ihrer Firma angetan haben, ist unverzeihlich, Mr. Tremblay«, zischte ich zwischen meinen zusammengebissenen Zähnen hervor. »Sie können mir nicht weismachen, dass das nur freundschaftlich gemeint war. Sie haben mich unerlaubt angefasst. Mehrmals. Und sexistische, anzügliche Kommentare abgegeben, die am Arbeitsplatz so was von unangebracht sind. Und das im Kopierraum war …«

Sein Lachen unterbrach mich. »Du hast dich im Kopierraum doch regelrecht auf mich geworfen.«

»Wie bitte?« Ich keuchte fassungslos. »Ich habe Sie nicht darum gebeten, mich anzufassen. Ich habe Ihnen keinerlei Signale in diese Richtung gegeben, sondern immer wieder gesagt, dass sie mich loslassen sollen. Sie wussten ganz genau, dass ich das *nicht* wollte. Sie sind ein mieses Schwein, das seine Mitarbeiterinnen ausnutzt. Ich hätte Sie schon längst anzeigen sollen.«

Die Belustigung verschwand bei meinen Worten aus seinem Gesicht. Stattdessen verhärteten sich seine Züge. Er schien zu merken, dass er mit der freundschaftlichen Tour bei mir nicht durchkam. Und dass sein Versuch, die sexuelle Belästigung herunterzuspielen, bei mir auf Granit stieß. Er schien seine Taktik zu wechseln und wurde wütend.

»Sag das noch mal«, knurrte er warnend und trat einen Schritt auf mich zu. »Du miese Schlampe, ich bin so froh, dass die anderen damals in den Raum gekommen sind, bevor ich es dir richtig besorgen konnte. Du bist ein nutzloses Stück Dreck.«

Ich biss die Zähne zusammen.

Er baute sich bedrohlich vor mir auf. »Du kannst froh sein, dass ich dich überhaupt in die Firma aufgenommen habe. Dein hübsches Gesicht war deutlich mehr wert als deine Qualifikationen. An deiner Stelle würde ich von einer Anzeige absehen.«

Ich ballte die Hände zu Fäusten. »Ach ja?«

»Erstens würdest du mit einer Anzeige sowieso nicht durchkommen. Dafür hast du keine Beweise.« Selbstgefällig beugte er sich noch ein Stück näher zu mir. »Und zweitens wirst du es bitter bereuen, wenn du dich gegen mich stellst.« Er senkte seine Stimme. »Du weißt, wie viel Macht ich in der Branche habe. Ein Fingerschnippen, und du setzt nie wieder einen Fuß in die Businesswelt. Du wirst bei allen Firmen auf der Roten Liste stehen und nie wieder einen Job ergattern.«

»Das ist mir so was von egal«, zischte ich. In dieser Scheißbranche wollte ich sowieso nie wieder arbeiten. Langsam dämmerte es mir, weshalb er nach Starwood gekommen war. Er hatte Angst, dass ich ihn anzeigte, und versuchte, mich jetzt zu erpressen.

»Ich bin noch nicht fertig.« Bedrohlich baute er sich vor mir auf. »Ich kann außerdem dafür sorgen, dass deine Eltern ihren Job verlieren. Ich weiß genau, wie wichtig deiner Mom ihre Arbeit ist. Wie, denkst du, wird es für sie sein, wenn sie auf einmal arbeitslos ist? Und sie niemand mehr einstellen möchte?« In seinen Augen blitzte es böse.

So ein mieses Arschloch. Dass er meine Eltern da jetzt auch noch mit hineinzog.

Ich biss die Backenzähne so fest aufeinander, dass es wehtat. »Verschwinden Sie aus Starwood, und lassen Sie sich hier nie wieder blicken.« Ich hielt seinem Blick stand und funkelte ihn an. Den rasenden Puls in meiner Brust ignorierte ich.

Seine Kiefermuskeln zuckten. »Wenn du irgendetwas erzählst, dann bist du fällig. Dann mache ich dir das Leben zur Hölle. Dir und deinen Eltern.«

Bei seinen Worten wurde mir eiskalt. Doch ich zwang mich dazu, nicht einzuknicken. Nicht jetzt. Für ein paar Sekunden lieferten wir uns ein Blickduell.

Dann straffte er die Schultern und warf mir einen bitterbösen Blick zu. »Denk an meine Worte. Auf Wiedersehen, Miss Steward.« Damit drehte er sich um und stapfte davon.

Als er aus meinem Sichtfeld verschwunden war, gaben meine Knie unter mir nach, und ich sackte zu Boden. Tränen liefen mir über die Wangen, während mich ein Schluchzer nach dem anderen durchschüttelte.

Kapitel 33

Ich hatte keine Ahnung, wie Rebecca mich gefunden und wie sie mich nach Hause gebracht hatte. Das Erste, was ich wieder wahrnahm, war das sanfte Licht des Weihnachtsbaums, das ihr Wohnzimmer erhellte. Sie hatte eine warme Decke über meinen zitternden Körper ausgebreitet und sich neben mich aufs Sofa gesetzt. Sie schlang beide Arme um mich und drückte mich an sich.

Tränen liefen noch immer unaufhaltsam über meine Wangen. Ich weinte so heftig, dass ich mittlerweile diesen Schluchzer-Schluckauf bekommen hatte und kaum noch Luft holen konnte.

Rebecca wiegte mich wortlos in ihren Armen und hielt mich fest. Ich klammerte mich an sie, um nicht zu zerbrechen.

Es dauerte eine ganze Weile, bis sich mein Atem beruhigt hatte und meine Schluchzer langsam abebbten.

Meine Augen waren verquollen, als ich mich irgendwann vorsichtig aufsetzte. Rebecca reichte mir eine Packung Taschentücher. Ich fühlte mich vollkommen ausgelaugt.

»Ich glaube, es ist an der Zeit, Big Paul rauszuholen«, sagte sie und stand auf. Sie lief in die Küche und kam kurz darauf mit ihrem riesigen Weinglas und einer Flasche wieder. Während des Gehens schenkte sie schwungvoll Rotwein ein. Sie stellte die Flasche auf den Wohnzimmertisch und überreichte mir Big Paul.

»Danke«, schniefte ich und legte meine Hände um das bauchige Glas. Meine Muskeln zitterten, als ich die Arme hob, um mir das Glas an die Lippen zu führen. Der samtige, vollmundige Geschmack des Rotweins breitete sich auf meiner Zunge aus.

Ich ließ das Weinglas in meinem Schoß sinken und lehnte mich zurück an die Sofalehne.

Während Rebecca eine Hand auf mein Knie legte und beruhigend darüberstrich, begann ich zu erzählen. Von meiner Arbeit in der Firma, wie sich die Sache mit Ruben Tremblay dort entwickelt hatte, wie er mich immer öfter angefasst und mein Nein völlig ignoriert hatte. Wie es von Woche zu Woche schlimmer für mich geworden war, in die Arbeit zu gehen, aus Angst, was er als Nächstes mit mir tun würde.

Rebeccas Gesicht verfinsterte sich mit jedem Wort, und ich spürte, wie es in ihr brodelte.

Als meine Erzählung bei der Konfrontation, die ich heute mit *ihm* gehabt hatte, angelangt war, musste sich Rebecca noch mehr beherrschen, um ruhig zu bleiben. Das erkannte ich an ihrem auf und ab wippendem Bein und ihren zusammengekniffenen Lippen.

»Ich hoffe, dass das heute das letzte Mal war, dass ich ihn gesehen habe«, endete ich und senkte den Blick.

Für einen Moment herrschte Stille.

»So ein …« Rebecca gab einen zischenden Laut von sich. »Ich habe keine Worte dafür, was ich diesem Arschloch am liebsten antun würde.«

Ich sah auf. In ihren Augen spiegelten sich Wut und Sorge gleichermaßen.

»Es tut mir so leid, dass du das durchmachen musstest«, sagte sie und nahm mich erneut in die Arme.

Ich schloss die Augen und spürte, wie es in meiner Kehle eng wurde. Ich hatte gedacht, dass ich bereits alle Tränen rausgeweint hatte, doch anscheinend waren doch noch welche übrig.

»Dieser Kerl muss dringend zur Rechenschaft gezogen werden«, murmelte sie.

Ich löste mich sanft aus ihrer Umarmung. »Ich will einfach nur, dass alles ein Ende hat.«

Ihre Augen huschten sorgenvoll über mein Gesicht. »Darf ich dich was fragen?«

Ich nickte. »Klar.«

Sie nahm eine meiner Hände zwischen ihre. »Warum …?« Sie brach ab und räusperte sich. »Warum hast du ihn nicht schon längst angezeigt?«

Ich senkte den Blick. »Gute Frage.« Ich schluckte. »Ich … ich wollte einfach nur weg und mit allem abschließen. Ich hatte keine Kraft mehr, mich noch mal mit ihm auseinanderzusetzen. Aber vor allem hatte ich Angst, dass mir keiner glauben würde.«

Rebecca fuhr sanft über meinen Handrücken. »Wie kommst du zu der Annahme?«

Kraftlos hob ich die Schultern. »Wenn selbst die eigene Mutter einem nicht glaubt … da dachte ich, wieso sollten es dann fremde Menschen tun? Bei unserem Rechtssystem? Ruben Tremblay kommt aus einer so einflussreichen und mächtigen Familie. Da ist es doch klar, wem von uns sie eher glauben würden.«

Sie hielt in ihren Bewegungen inne. »Deine Mom hat dir nicht geglaubt? Wusste sie von alldem?«

»Nicht von allem«, sagte ich zögerlich. »Aber … ich habe ihr erzählt, dass er mich belästigt hat und wie unwohl ich mich in der Firma fühle. Aber sie hat meine Angst überhaupt nicht ernst genommen und dachte, ich übertreibe. Sie meinte, dass ich mir das wahrscheinlich nur einbilden würde, denn der *tolle, großartige* Ruben Tremblay würde so was doch nie tun.«

Rebecca stieß ein fassungsloses Schnauben aus. »Das ist nicht ihr Ernst.«

Ich zuckte mit den Schultern. »Wenn sie dem Ruf eines

einflussreichen Unternehmers eher glaubt als ihrer eigenen Tochter … was soll ich da schon machen?«

»Bist du deshalb so lange in der Firma geblieben?«, fragte Rebecca.

Ich nickte. »Mom hat mir immer wieder eingetrichtert, wie wertvoll mein Job dort sei. Und dass man, wenn man in der Arbeitswelt Fuß fassen wolle, einen Job nicht so leichtfertig hinwerfen könnte.«

»Ich fasse es nicht.« Meine Tante knirschte mit den Zähnen.

»Apropos Mom, sie hat mir vorhin eine Nachricht geschrieben, glaube ich.« Ich griff nach meinem Handy und tippte auf den Bildschirm. Tatsächlich leuchtete ihr Name auf.

Mom: *Hast du dich schon mit Mr. Tremblay unterhalten? Er ist so nett und würde dir deinen Job zurückgeben. Ist das nicht großartig? Er meinte am Telefon, dass du sofort wieder anfangen könntest.*

Mir blieb die Spucke weg, als ich ihre Nachricht las.

»O Gott.« Ich schlug mir eine Hand vor den Mund. »Warum habe ich daran nicht früher gedacht?« In meinem Bauch brodelte es, als ich zu meiner Tante sah. »Jetzt ist klar, woher er wusste, dass ich in Starwood bin.«

Rebecca erwiderte meinen Blick. »Deine Mom?«

Ich nickte.

Sie stieß einen Fluch aus.

Heiße Wut sammelte sich in meinem Magen. Ich konnte nicht fassen, dass Mom sich schon wieder derartig in mein Leben eingemischt hatte. Dass sie dem Mann, wegen dem ich nachts nicht ruhig schlafen konnte, willentlich meinen Aufenthaltsort verraten und ihn zu mir geschickt hatte. Und das nur, damit sie vor ihren Freundinnen angeben konnte, was für einen renommierten Job ihre Tochter doch hatte. War das ihr fucking Ernst? Ruben Tremblay hatte sie so offensichtlich angelogen, dass mir schlecht wurde. Er hatte genau gewusst, dass meine Mutter ihm meinen Aufenthaltsort verraten würde, wenn er vor ihr so tat, als wollte er mir meinen Job zurückgeben.

Mit bebenden Händen griff ich nach meinem Handy und begann zu tippen. »Vielleicht glaubt sie mir dieses Mal«, sagte ich mit zusammengebissenen Zähnen.

»Wieso sollte sie das tun?«

Ich sah von meinem Bildschirm auf. »Weil ich diesmal einen Beweis habe.«

Rebecca hob die Augenbrauen.

Ich wedelte mit meinem Handy. »Ich habe vorhin geistesgegenwärtig das Diktiergerät meines Handys gestartet, Keine Ahnung, ob man auf der Aufnahme überhaupt etwas hören kann, aber …« Mit zitternden Fingern öffnete ich die Datei. Mein Daumen verharrte über dem Abspielbutton. »Kannst du vielleicht …« Ich streckte ihr das Handy entgegen. »Kannst du vielleicht schauen, ob man etwas versteht? Ich kann mir das Gespräch nicht noch mal anhören.«

»Natürlich.«

Ich hielt mir die Ohren zu.

Rebecca griff nach meinem Handy. Sie drückte auf Abspielen und drückte es sich ans Ohr. Schon nach ein paar Sekunden nickte sie. »Man versteht alles wunderbar.« Ihr Gesicht verdüsterte sich, als sie die Audiodatei bis zum Ende angehört hatte.

Mit mahlendem Kiefer gab sie mir das Handy zurück. »Ich könnte gerade alles kurz und klein schlagen«, sagte sie.

Diesen harten Gesichtsausdruck hatte ich noch nie an ihr gesehen. Die Rebecca, die normalerweise die Ruhe und Freundlichkeit in Person war.

»Lynn, ich bin so stolz auf dich.« Sie rückte ein Stück an mich heran. »Wie du dich heute ihm gegenüber behauptet hast, ist der Wahnsinn. Ich weiß nicht, ob ich das geschafft hätte, wenn er mir dasselbe angetan hätte wie dir.«

Ein Kloß wuchs in meiner Kehle.

Ich bin stolz auf dich.

Wie selten ich diese Worte bisher gehört hatte. Egal, wie oft ich versucht hatte, alles dafür zu tun, dass meine Eltern stolz auf mich waren … nie hatte ich es geschafft, dass sie diese Worte einmal aussprachen.

»Du bist so viel stärker, als du denkst, Lynn.« Rebecca drückte meine Hand. »Und ich werde dir helfen, den Weg bis zum Ende zu gehen, wenn du das möchtest. Ab jetzt musst du da nicht mehr allein durch.«

Tränen brannten in meinen Augen. »Danke, Rebecca«, flüsterte ich erstickt.

Wir hielten uns eine Weile fest im Arm. Ich war so dankbar, dass ich sie hatte. Das wenigstens sie mir glaubte und zu mir hielt, wenn es schon meine eigenen Eltern nicht taten.

»Hast du schon mit Miles gesprochen?«, fragte Rebecca und löste sich von mir.

Ich schüttelte den Kopf. »Ich habe ihm vorhin eine Nachricht geschrieben, aber er hat nicht geantwortet.«

Ich wischte mir eine Träne von der Wange und sah auf mein Handy. Mein Blick fiel auf den einzelnen grauen Haken neben meiner letzten Nachricht an Miles. Ich runzelte die Stirn.

»Meine Nachricht wurde noch nicht zugestellt.« Verwirrt blickte ich zu Rebecca. »Das ist völlig neu.«

Ihre Stirn legte sich in Falten. »Vielleicht hat er während der Arbeit gerade sein Handy aus oder kein Netz oder so.«

Ich nickte langsam. Das konnte sein, aber … irgendetwas kam mir komisch vor. Miles hatte sein Handy während der Arbeit normalerweise nie aus.

Ich blickte auf unseren Nachrichtenverlauf. Die letzte Nachricht, die er mir geschickt hatte, war darauf bezogen gewesen, als ich ihm geschrieben hatte, dass ich ihn unbedingt sehen musste. Er hatte geantwortet, dass er sich schon sehr auf mich freue.

Ich sah auf meine letzte Nachricht.

Lynn: *Es tut mir leid, dass ich noch nicht da bin. Es ist etwas dazwischengekommen. Ich muss dringend mit dir reden. Kannst du zu Rebeccas Haus kommen?*

Ich hatte mich dieses Mal sogar um Groß- und Kleinschreibung und Satzzeichen bemüht. Hoffentlich wurde die Nachricht bald zugestellt.

Auf einmal spürte ich, wie sich bleierne Müdigkeit über meinen Körper legte. Meine Augenlider wurden schwer.

Die Begegnung mit Ruben Tremblay, das viele Weinen, das aufwühlende Gespräch mit Rebecca, die schlaflose letzte Nacht … all das brach nun über mir zusammen, und Erschöpfung nistete sich in jede Zelle meines Körpers ein.

»Leg dich ein bisschen hin«, sagte Rebecca sanft, die bemerkte, wie ich in mich zusammensackte. »Ich bleibe in deiner Nähe und bin da, wenn du etwas brauchst, ja? Später klären wir dann das mit deiner Mom und mit Miles.«

Ich nickte, während meine tonnenschweren Augenlider zufielen. Ich sank rücklings in die weichen Sofakissen und spürte noch, wie Rebecca eine Decke bis unter mein Kinn zog, bevor ich langsam wegdämmerte.

Kapitel 34

»So, abgeschickt.« Ich legte mein Handy zurück in meinen Schoß.

Nachdem ich aus meinem tiefen Nachmittagsschläfchen erwacht war, hatte ich sofort eine lange Nachricht an Mom getippt und die Audiodatei angehängt. Mal sehen, was sie damit anfing und wie sie mir antworten würde. Hoffentlich erkannte sie endlich, dass Ruben Tremblay nicht der Heilige war, für den sie ihn hielt.

Ich griff noch mal nach meinem Handy und öffnete den Chat mit Miles. Der einzelne Haken stach mir höhnisch entgegen. Es waren schon Stunden vergangen, seit ich ihm geschrieben hatte. So lange würde Miles niemals sein Handy auf Flugmodus stellen.

War ihm etwas passiert?

In meinem Magen grummelte es unangenehm. Das sah ihm alles gar nicht ähnlich.

»Möchtest du etwas essen?« Rebecca kam zu mir ans Sofa und sah mich besorgt an.

Ihre Frage erinnerte mich daran, dass ich heute noch gar nichts zu mir genommen hatte.

»Ich habe keinen Hunger«, sagte ich und starrte auf den einzelnen Haken an meiner Nachricht, in der Hoffnung, dass er endlich blau wurde.

»Du solltest trotzdem eine Kleinigkeit essen«, sagte Rebecca sanft. »Ich schneide dir einen Apfel auf, ja?« Sie lief in die Küche und kam kurze Zeit später mit einer Schüssel wieder.

Da ich wusste, dass sie recht hatte, zwang ich ein paar Stücke hinein.

»Meine Nachricht wurde immer noch nicht zugestellt«, sagte ich und stellte die halb volle Schüssel mit den Äpfeln zurück auf den Wohnzimmertisch.

Rebecca runzelte die Stirn. »Okay, das ist wirklich seltsam.«

»Ich habe irgendwie Angst, dass ihm etwas passiert ist.« Unruhig drehte ich das Handy in meinen Händen hin und her. »Er müsste eigentlich schon längst mit der Arbeit fertig sein.«

Sie gab einen nachdenklichen Laut von sich.

»Ich glaube, ich schaue mal bei ihm zu Hause vorbei.« Ich stemmte mich vom Sofa hoch.

»Meinst du, dass das so eine gute Idee ist?«, fragte Rebecca besorgt. »Ich habe die Telefonnummer von seiner Familie, wir könnten vielleicht erst mal anrufen.«

Unschlüssig stand ich im Raum herum.

Eigentlich hatte ich keine große Lust, in der Dunkelheit draußen herumzulaufen, mit der Angst, *ihm* noch mal zu begegnen.

Vielleicht war ein Anruf wirklich erst mal die bessere Alternative.

»Okay. Kannst du mir die Nummer geben?«

Meine Tante nickte und sah in ihrem Handy nach, bevor sie mir die Zahlen diktierte.

Ich hielt mir mein Handy ans Ohr und lauschte dem Tuten. Draußen war es mittlerweile stockfinster. Die Montgomerys hatten um diese Zeit ihre Farm schon geschlossen und waren hoffentlich daheim.

Nach ein paar Sekunden klickte es in der Leitung, und die warme Stimme von Mrs. Montgomery erklang. »Montgomery, hallo?«

»Hallo, Mrs. Montgomery, entschuldigen Sie die Störung. Hier ist Lynn.«

»Oh, hallo Lynn! Wie kann ich dir helfen?«

Ich zupfte unruhig an dem Saum meines Pullovers herum. »Ist Miles zufällig zu Hause?«

Für einen Augenblick herrschte Schweigen. Dann sagte sie: »Nein, er ist gerade unterwegs. Kann ich ihm etwas ausrichten?«

»Ihm geht es also gut?«, fragte ich.

»Ja, er war bis vor Kurzem noch bei uns auf der Farm. Als mein Mann und ich nach Hause gegangen sind, meinte er, er müsse noch kurz weg. Wohin er wollte, hat er nicht gesagt.« Sie machte eine Pause. »Wieso denkst du, es könnte ihm nicht gut gehen?«

Ich schluckte. »Ich … ich habe seit ein paar Stunden nichts mehr von ihm gehört, deshalb habe ich mir ein bisschen Sorgen gemacht. Aber dann ist ja alles gut. Tut mir leid wegen der Störung.«

»Ich sage ihm später, dass er sich bei dir melden soll.«

»Vielen Dank, Mrs. Montgomery. Ich wünsche Ihnen noch einen schönen Abend!«

»Dir auch, Liebes.«

Damit beendete ich unseren Anruf. Ich ließ das Handy in meinen Schoß sinken.

»Was hat sie gesagt?« Rebeccas Augen huschten besorgt über mein Gesicht.

»Sie meinte, er ist gerade nicht zu Hause, da er nach der Arbeit noch wohin wollte.« Ich presste die Lippen aufeinander. Das erklärte aber immer noch nicht, weshalb er sein Handy aushatte. Warum las er meine Nachrichten nicht?

»Ich schreibe ihm noch mal«, sagte ich und tippte eine neue Nachricht an ihn ein.

Lynn: *Miles, bitte melde dich. Ich mache mir Sorgen.*

»Er wird bestimmt schreiben«, sagte Rebecca und strich mir über den Arm.

Ich lehnte mich ins Sofa zurück und setzte gerade an, etwas zu sagen, als mein Handy klingelte.

Sofort schoss mein Puls in die Höhe.

Miles?

Oh bitte, lass das Miles sein!

Hektisch nahm ich den Anruf an. »Hallo?«

»Hi, hier ist Alicia.«

Ich sackte in mich zusammen, als ich statt Miles' tiefer Stimme eine junge Frauenstimme hörte. Ernüchtert schloss ich für einen Moment die Augen.

»Hey«, sagte ich mit ein paar Sekunden Verspätung und bemühte mich, nicht allzu enttäuscht zu klingen.

»Wie geht's dir?«, fragte Alicia. »Wir haben uns seit deiner Kündigung ja gar nicht mehr gehört. Ich dachte, ich melde mich mal bei dir.«

Während meiner Zeit bei Tremblay & Friends hatten Alicia und ich uns ein Büro geteilt. Wir hatten uns recht gut verstanden, auch wenn aus unserer kollegialen Beziehung nie eine echte Freundschaft entstanden war.

»Ganz gut«, sagte ich. »Ich bin gerade bei meiner Tante in Starwood. Schön, dass du anrufst!«

»Oh Starwood, wie schön! Die Weihnachtszeit dort ist sicher toll, oder?«

»Ja, ich genieße es sehr. Es tut gut, mal von allem wegzukommen und ein bisschen runterzufahren.«

»Das glaube ich dir. Das klingt wundervoll«, sagte sie. »Apropos wegkommen …« Sie räusperte sich kurz. »Du hast mir nie verraten, weshalb du gekündigt hast. Ich wollte einfach mal nachfragen, ob … also was genau der Grund war. Und ob vielleicht … ich etwas damit zu tun habe? Ich weiß, dass ich manchmal sehr viel quatsche und ein gemeinsames Büro mit mir bestimmt eine Zumutung ist.« Sie stieß ein hohes Lachen aus. »Also falls ich der Grund war, möchte ich mich hiermit von ganzem Herzen entschuldigen. Ich weiß, dass es mit mir nicht immer einfach ist und –«

»Alicia«, unterbrach ich sie. »Dass du so etwas denkst! Du warst ganz und gar nicht der Grund, warum ich gegangen bin. Im Gegenteil. Wegen dir bin ich sogar noch länger geblieben, als ich eigentlich wollte. Ich habe es sehr genossen, mir mit dir ein Büro zu teilen.«

»Oh.« Alicia stieß erleichtert Luft aus. »Da bin ich froh. Das lag mir schon die ganzen letzten Wochen im Magen und … also dachte ich, ich frag mal nach. Das hätte mir sonst keine Ruhe gelassen. Tut mir leid, dass ich dich damit störe.«

»Kein Grund sich zu entschuldigen.« Ich strich mir eine Haarsträhne hinters Ohr. »Eigentlich sollte ich mich entschuldigen. Dafür, dass ich so plötzlich aus der Firma verschwunden bin. Ohne richtige Verabschiedung. Kein Wunder, dass du dir Gedanken gemacht hast. Tut mir leid, dass ich mich noch nicht bei dir gemeldet habe.«

»Schon gut«, sagte sie.

»Es ist nur …« Ich schluckte. »Es ist mir einfach alles zu viel geworden. In der Firma … und … mit …« Ich brach ab.

Für einen kurzen Moment herrschte Schweigen.

»Darf ich dich etwas fragen, Lynn?« Alicias Stimme klang auf einmal ganz ernst. Und es schwang ein Unterton mit, den ich nicht ganz deuten konnte.

»Klar«, sagte ich.

»Wie … also … wie bist du eigentlich mit unserem Chef klargekommen? Mit Mr. Tremblay?«

Ihre Frage erwischte mich eiskalt. Ich krallte meine Finger in meinen Pullover.

»Ähm … wieso fragst du?«

Alicia schwieg einen Moment. »Weil … also …«

Ihr Stammeln ließ auf einmal alle Alarmglocken in mir schrillen.

»Alicia«, sagte ich langsam.

Konnte es sein, dass sie …

Sie schien nun ebenfalls in meiner Stimme etwas zu hören. Für ein paar Sekunden herrschte angespannte Stille. Ich hörte nur ihren zittrigen Atem durch mein Handy.

»Sag nicht, dir ging es genauso«, flüsterte sie nach einer Weile erstickt.

Scheiße.

»Oh, Alicia.« Ich presste mir eine Hand vor den Mund. Das durfte nicht sein. »Du musst auch kündigen. Sofort. Lass dich nicht länger so behandeln.«

»Also hat er es mit dir auch getan?«, wisperte sie. Ein paar Sekunden später ertönte ein Fluch aus meinem Hörer. »Hast du deshalb gekündigt?«

»Was hast du erlebt, Alicia?« Ich tauschte einen Blick mit Rebecca aus, die unser Telefonat mitanhörte. Ihre Augen wurden groß, als ich nickte. Sie schien aus den Bruchstücken, die sie von mir hörte, einen Verdacht zu schöpfen, worum es bei unserem Gespräch ging.

Plötzlich ertönte ein Schluchzen aus meinem Handy. »Lynn, es ist so furchtbar. Ich halte das nicht länger aus.«

Bei ihrer tränenerstickten Stimme zog sich mein Herz schmerzhaft zusammen. Verdammt. Was hatte dieses Arschloch getan?

»Er hat mich erst diese Woche wieder angefasst«, schluchzte sie. »Als wir alleine im Kopierraum waren, hat er mir einfach von hinten unter den Rock gegriffen. Es war ihm völlig egal, dass ich wiederholt Nein gesagt habe. Er hat nur gelacht und immer wieder gemeint: *Du willst es doch auch. Sei doch nicht so prüde.*«

Mir wurde kotzübel. Das, was Alicia mir erzählte, ähnelte viel zu sehr meinen eigenen Erlebnissen.

»Scheiße, Alicia. Das tut mir so leid.« Ich spürte, wie mir Tränen in die Augen stiegen. Das durfte nicht wahr sein, dass er die anderen Mitarbeiterinnen ebenso ausnutzte wie mich.

Verdammt, warum hatte ich nicht schon viel früher mit jemandem aus der Firma gesprochen?

»Weiß jemand außer mir davon?«, fragte ich.

Ich hörte, wie Alicia sich die Nase putzte, bevor sie antwortete. »Ja, ich stehe tatsächlich mit ein paar anderen Mitarbeiterinnen in Kontakt. Ihnen … ihnen geht es genauso.«

Ich fluchte laut. »Das darf nicht wahr sein.«

»Und dir … hat er auch so was angetan?«, fragte sie.

»Ja«, krächzte ich. »Das, was du erzählt hast, habe ich auch erlebt. Und noch so viel mehr.«

»Ich auch. Es geht schon seit Monaten so. Aber jetzt in den letzten Wochen wurde es besonders schlimm. Am Anfang habe ich es mir noch schöngeredet, aber seit Kurzem … da merke ich selbst, wie sehr ich mich zuvor belogen habe. Dass so ein Verhalten nicht normal ist. Dass er sich nicht alles erlauben kann, nur weil er der Chef ist.«

Ihre Worte trafen mich mit voller Wucht. Sie sprach genau das aus, so wie es mir ebenfalls ergangen war.

»Du musst weg, Alicia. Und die anderen, von denen du es weißt, auch. Sofort, bevor etwas noch Schlimmeres passiert.«

Alicia schluchzte auf. »Erinnerst du dich noch an Blair?«

»Ja?«

»Er hat … er ist bei ihr anscheinend noch viel weiter gegangen als bei uns. Er hat sie wohl tatsächlich …« Sie schluchzte.

Ich presste mir eine Hand vor den Mund und schloss die Augen. Dieses Schwein.

»Wir haben … Also ein paar Kolleginnen und ich wollen gegen ihn vorgehen«, schniefte sie. »Wenn du möchtest, kannst du dich uns anschließen. Dann haben wir noch eine Stimme mehr gegen ihn.«

Ich wischte mir die Tränen von den Wangen. »Ich bin dabei. Wir dürfen ihn damit nicht durchkommen lassen. Nicht, wenn anscheinend keine Frau in seiner Firma sicher ist.«

Plötzlich schossen mir seine Worte wieder in den Kopf.

Wenn du irgendetwas erzählst, dann bist du fällig. Dann mache ich dir das Leben zur Hölle. Dir und deinen Eltern.

Ich holte tief Luft und erzählte Alicia von meiner Begegnung mit ihm. Wie er auf einmal in Starwood aufgetaucht war und mich bedroht hatte. Und von meiner Angst, dass er seine Drohung wahrmachen könnte.

»Dieser Mistkerl«, sagte Alicia, nachdem ich geendet hatte. »Er hat mich und die anderen Kolleginnen auch schon bedroht. Aber bitte nimm seine Drohung nicht ernst, wir haben alle genug Beweise in der Hand, sodass er nichts gegen eine Anzeige tun kann. Mach dir keine Sorgen, du musst nicht um die Jobs deiner Eltern fürchten. Scheiße, ich kann nicht glauben, dass er dich damit erpressen wollte.«

Ich verspürte einen Anflug an Erleichterung. Ihre Worte gaben mir Kraft. Und Mut.

»Danke, Alicia. Es tut so gut mit dir zu reden.«

»Klar. So schlimm es ist, dass wir alle dieses Arschloch erleiden mussten, so gut tut es, dass wir nicht alleine sind. Du musst da jetzt nicht mehr alleine durch, Lynn. Wir schaffen das zusammen.«

Ich nickte. Ihre Worte bestärkten mich und gaben mir einen letzten Funken Hoffnung zurück.

»Ich melde mich bald noch mal bei dir. Dann müssen wir unbedingt ausführlich darüber sprechen, was er getan hat … also nur wenn du darüber sprechen kannst. Und willst.«

»Auf jeden Fall.« Ich schluckte. Es war an der Zeit, sich nicht mehr zu verstecken oder alles verdrängen zu wollen. Ich wusste, wie wichtig es war, alles aufzuarbeiten und mit jemandem darüber zu sprechen.

»Danke, dass du mich angerufen hast«, sagte ich. »Und dass du mutig genug warst, mich darauf anzusprechen. Ich war viel zu feige und bin einfach abgehauen, anstatt nachzuforschen, wie es euch geht. Das war nicht richtig von mir.«

»Mach dir keine Vorwürfe, Lynn. Ich verstehe das.«

»Danke, dass du mutiger warst als ich.«

»Nichts zu danken. Zusammen schaffen wir das.«

Wir tauschten noch kurz ein paar Worte aus, dann verabschiedeten wir uns und legten auf.

Ich ließ das Handy in meinen Schoß sinken und starrte Rebecca aus verquollenen Augen an.

»Wer war das?«, fragte sie besorgt.

»Eine ehemalige Kollegin von mir.«

Rebeccas Augenbrauen zogen sich zusammen. »Hab ich das richtig gehört? Dass er ihr auch …«

Ich nickte, noch bevor sie zu Ende gesprochen hatte. »Wir möchten eine Anzeige gegen ihn stellen. Mir ist zwar eiskalt bei dem Gedanken, was er meinen Eltern antun könnte. Egal, wie angespannt unser Verhältnis ist … ich würde mir das nie verzeihen, wenn sie meinetwegen ihren Job verlieren. Aber Alicia meinte, dass ich mir keine Sorgen machen muss. Er hat sie wohl auch schon bedroht, aber sie hat genug Beweise in der Hand, sodass er nichts gegen eine Anzeige tun kann. Sie denkt nicht, dass ich um die Jobs meiner Eltern fürchten muss.«

Rebecca legte eine Hand auf mein Knie. »Hat sie dir erzählt, was sie erlebt hat?«

Ich nickte. »Es war erschreckend, wie ähnlich ihre Erlebnisse zu meinen sind. Und sie meinte, dass sie schon mit anderen Mitarbeiterinnen in Kontakt stehe, die dasselbe erzählen. Ich …« Ich brach ab, weil es in meinem Magen ganz flau wurde. »Ich will gar nicht wissen, wie vielen Frauen er im Laufe seiner Karriere bereits etwas angetan hat. Es haut mich fast um, dass das mit mir kein Einzelfall war.«

Rebecca war ganz blass geworden. »Mir wird schlecht bei dem Gedanken, dass er andere Frauen in der Firma ebenso ausgenutzt hat.«

»Mir auch.« Ich holte zitternd Luft. »Anscheinend ging er bei einigen Kolleginnen noch viel weiter als bei mir.«

Das Gesicht meiner Tante verdunkelte sich. »Das ist furchtbar.« Sie schüttelte den Kopf. »Ich finde es toll, dass ihr euch zusammenschließt. Und du kannst mit deiner Audioaufnahme von eurem Gespräch ja auch einen Beweis beisteuern. Vielleicht bringt eure Anzeige ja etwas ins Rollen, sodass sich noch mehr Frauen melden, die davor vielleicht auch nicht mutig genug waren, um etwas gegen ihn zu tun. Man darf diesen Kerl damit nicht durchkommen lassen. Ich hätte dir sowieso geraten, nicht auf seine Drohung zu hören. Das hätten wir schon hinbekommen, dass deine Eltern ihren Job nicht verlieren und er die Strafe erhält, die er verdient.«

Ich nickte.

»Wir schaffen das schon.« Sie drückte meine Hand. »Ich bin immer für dich da, wenn du meine Hilfe brauchst.«

»Danke«, wisperte ich und drückte ihre Hand zurück.

Plötzlich vibrierte es in meinem Schoß.

Hektisch griff ich nach meinem Handy.

War das noch mal Alicia? Oder endlich Miles?

Mein Puls beschleunigte sich, als ich tatsächlich seinen Namen auf dem Bildschirm aufleuchten sah.

»Es ist Miles!«, rief ich.

Aufgeregt öffnete ich unseren Chat.

Miles: *Ich habe euch gesehen.*

Verwirrung raste durch meinen Körper. Was meinte er?

Eine neue Nachricht blinkte auf.

Miles: *Ihr habt sehr vertraut gewirkt.*

Ich stieß ein Keuchen aus. Bitte *was?*

Ein heißer Blitz durchzuckte mich. Hatte er Ruben Tremblay und mich in der Stadt beobachtet? Hatte er …?

»O nein, nein, nein«, wisperte ich.

Wenn er nur den Teil mitbekommen hatte, bei dem *er* sich mir genähert, meine Haare zur Seite gestrichen, meinen Nacken geküsst und ich mich nicht gerührt hatte, dann … dann hatte er bestimmt falsche Schlüsse gezogen. Ich wollte gar nicht wissen, wie das in diesem Moment für ihn ausgesehen haben musste.

Hektisch begann ich zu tippen.

Lynn: *nein miles das war nicht so wie es aussah*

Sofort erschienen drei Punkte, die anzeigten, dass Miles etwas zurückschrieb.

Miles: *Das hat sie auch gesagt.*

Mir wurde eiskalt. Nein, nein, nein. Eine weitere Nachricht erschien.

Miles: *Ich brauche kurz Abstand, Lynn.*

»Miles, nein.« Mit zitternden Fingern schrieb ich zurück. Ich musste mehrmals neu anfangen, weil ich mich so oft vertippte.

Lynn: *Das war der Chef von der Firma, in der ich früher gearbeitet habe. Ich muss dringend mit dir reden!!*

Ein Haken.

Mit schockgeweiteten Augen starrte ich darauf.

Nicht zugestellt.

Miles hatte sein Handy schon wieder aus.

Fuck.

Tränen schossen mir in die Augen.

»Was ist los?« Rebeccas besorgte Stimme erklang. »Was hat er geschrieben?«

Tränenverschleiert hob ich den Blick. »Miles hat Ruben Tremblay und mich gesehen und falsche Schlüsse gezogen. Er denkt …« Ich schluchzte auf. »Er denkt, ich bin wie Olivia.«

»Oh, Liebes.«

Ich weinte, während sie mich fest in die Arme nahm. Schon wieder.

Kapitel 35

So hatte ich mir die letzten Tage vor Weihnachten nicht vorgestellt. War ich seit meiner Ankunft in Starwood mit jedem Tag mehr in Weihnachtsstimmung gekommen, so war jetzt im Moment nichts mehr davon übrig. Anstatt Vorfreude auf das besinnliche Fest zu verspüren, war da nichts als Schmerz.

Die Sache mit Miles lag mir schwer im Magen. Miles, der bewusst sein Handy ausgestellt hatte, um nicht mit mir schreiben zu müssen. Er schien es ernst zu meinen, als er mir geschrieben hatte, dass er Abstand brauchte. Er wollte mich nicht sehen und schien alles dafür zu tun, dass wir uns nicht über den Weg liefen.

Ich hatte keine Ahnung, wie ich ihn kontaktieren sollte, um ihm zu erklären, was wirklich los war. Ob ich einfach zur Farm laufen sollte, um dort auf ihn zu warten? Aber was, wenn ich auf dem Weg Ruben Tremblay wieder in die Arme lief? Bei dem Gedanken wurde mir eiskalt.

Es brach mir das Herz, dass Miles dachte, ich wäre wie Olivia. Das war das Allerschlimmste. Dass er sich nach all den Jahren auf mich eingelassen und endlich wieder Vertrauen zu jemandem gefasst hatte, nur um dann zu glauben, dass ich ihn ebenfalls fallen gelassen hatte wie seine Ex. Wenn er wüsste, wie weit entfernt er von der Wahrheit lag. Wenn er wüsste, dass ich nie, nie, nie etwas tun würde, um ihn zu verletzen.

Ich verbrachte den restlichen Abend im Bett, weinte, bis ich mich völlig ausgelaugt fühlte, und würgte schließlich mit Rebecca beim Abendessen ein paar Kartoffeln herunter. Ich fühlte mich elend. Rebecca hatte noch mal bei den Montgomerys angerufen, doch es war niemand mehr ans Telefon gegangen.

Wenn Miles wirklich Abstand brauchte, dann wollte ich ihm diesen natürlich geben. Aber es enttäuschte mich, dass er mir nicht mal die Chance gab, mich zu erklären. Dass er sofort falsche Schlüsse gezogen hatte, anstatt sich erst mal meine Version der Geschichte anzuhören. Dass er mir so wenig vertraute und mir gleich das Schlimmste unterstellte. Das war es eigentlich, was mich am meisten verletzte. Dass er sich nicht vorstellen konnte, dass die Situation vielleicht anders war, als er glaubte. Ich dachte, dass er mich mittlerweile kannte …

Aber vielleicht konnte ich seine Reaktion nicht nachvollziehen, da ich nicht dasselbe erlebt hatte wie er. Wenn man so oft betrogen worden war … dann war es vermutlich kein Wunder, wenn man Vertrauensprobleme hatte. Und bei dem Anblick, den Ruben Tremblay und ich abgegeben haben mussten, waren ihm wahrscheinlich einfach die Sicherungen durchgebrannt.

Ich wusste, dass die Sache mit Olivia tiefe Wunden in ihm hinterlassen hatte. Das hatte er mir selbst gesagt. Aber dennoch … wir waren doch so vertraut miteinander gewesen, weshalb schottetet er sich so ab, anstatt erst mal mit mir zu sprechen?

Mein Herz schmerzte.

Es dauerte eine ganze Weile, bis ich in den Schlaf fand.

***

Am nächsten Morgen stach mir eine bleiche, verquollene Version meiner selbst im Spiegel entgegen. Die letzten Tage waren viel zu viel gewesen.

Erst der Schock wegen Ruben Tremblay. Dann das Gespräch mit Rebecca, bei dem mich noch mal alle Erinnerungen eingeholt hatten. Das aufwühlende Telefonat mit Alicia.

Und dann die Sache mit Miles. Die Funkstille. Die Missverständnisse.

Ich wusch mir das Gesicht, doch die rötlichen Flecken auf meiner Haut und die verquollenen Augen, die durch das viele Weinen entstanden waren, gingen nicht weg.

Ich schlüpfte in einen Weihnachtspullover, den Miles mir geschenkt hatte, und in eine schwarze Leggings. Dann band ich meine Haare nachlässig zu einem Dutt.

Ich musste mit ihm sprechen. Hoffentlich fand ich heute einen Weg, um ihn zu kontaktieren.

Als ich in die Küche kam, saß Rebecca bereits bei einer Tasse Kaffee am Tisch.

»Hey!« Sie erhob sich. »Ich habe heute Morgen noch mal die Montgomerys angerufen, aber sie waren wohl gerade unterwegs. Es tut mir leid, dass ich noch nicht mehr in Erfahrung gebracht habe.«

Sie kam auf mich zu und umarmte mich. Ihr vertrauter Geruch stieg mir in die Nase. Ich liebte sie dafür, dass sie alles tat, um mir zu helfen. Ihre bedingungslose Unterstützung und Liebe tat so gut.

»Danke für deine Hilfe«, murmelte ich und löste mich von ihr. »Ich habe Miles vorhin wieder ein paar Nachrichten geschrieben und versucht, ihn anzurufen, aber die Nachrichten werden immer noch nicht zugestellt.«

»So ein Mist.« Rebecca drückte meinen Arm. »Möchtest du einen Kaffee? Oder etwas zu essen?«

Ich fühlte mich innerlich immer noch leer und verspürte absolut keinen Appetit. »Ich nehme nur ein Glas Wasser, glaube ich.«

»Und einen kleinen Buttertoast.« Meine Tante nickte lächelnd, füllte mir einen Becher auf und schob mir den Toast entgegen.

Ich stürzte das kühle Wasser hinunter und genoss es, wie

es meinen ausgetrockneten Rachen benetzte. Dann griff ich nach einem Taschentuch und putzte mir die Nase.

»Weißt du, was mir gerade noch einfällt?«, sagte Rebecca und lehnte sich mit dem Rücken gegen den Kühlschrank.

Ich sah sie fragend an und biss zögernd ein Stück Toast ab.

»Ich weiß, dass Miles früher oft in einer Sitznische in Luigis Pizzeria saß, wenn er über etwas nachdenken musste.« Sie tippte sich gegen das Kinn. »Und seit Ivy ihr Café eröffnet hat und Miles wieder in der Stadt ist, findet man ihn oft dort, wenn er über etwas brütet.« Sie sah mich an. »Vielleicht schaust du mal an den beiden Orten nach, ob du ihn antriffst. Irgendwo muss er ja sein.«

Ein kleiner Hoffnungsschimmer regte sich bei ihren Worten in mir. »Danke, Rebecca.« Ich umarmte sie fest.

»Ach ja, und noch was.« Rebecca löste sich sanft von mir. »Du musst dir keine Sorgen mehr machen, Ruben Tremblay in die Arme zu laufen. Mir wurde vom Personal am Flughafen gesagt, dass er gestern wieder nach Seattle geflogen ist. Du weißt doch, meine Freundin Trudy arbeitet dort.«

Erleichtert sackten meine Schultern nach unten.

»Das ist gut zu wissen. Danke.« Ich gab ihr einen Kuss auf die Wange und nahm noch einen Bissen Toast und einen Schluck aus dem Wasserglas, dann lief ich in den Gang und zog mich an, bevor ich nach draußen in die Kälte trat.

Meine erste Anlaufstelle war Luigi, doch in seinem Lokal war Miles nirgends zu sehen.

Nun ging es zu Ivy … Hoffentlich befand er sich wirklich dort, so, wie Rebecca es gesagt hatte. Auch wenn das an sich kein guter Ort war, wenn er sich wirklich vor mir verstecken wollte. Er wusste doch, dass Ivy und ich befreundet waren. Ivy hatte auf meine Nachrichten bisher übrigens auch nicht reagiert.

Mit klopfendem Herzen betrat ich das Café. Warme, süß duftende Luft begrüßte mich. Ich ließ die Tür hinter mir zufallen und sah mich im Raum um. Es war niemand da. Außer einer Person, die in einer der Hängeschaukeln am Rand des Cafés saß. Die Person hatte sich so herumgedreht, dass sie mir den Rücken zuwendete und ich nur die Füße sehen konnte, die unter der Schaukel hervorschauten.

Diese Schuhe … kannte ich!

»Miles«, wisperte ich.

Er war tatsächlich hier!

Mein Puls beschleunigte sich, als ich auf ihn zuging.

Ivy war nirgends zu sehen. Wahrscheinlich war sie gerade in der Personalkammer oder in der Küche.

»Miles?«

Meine Stimme klang dünn in der Stille des Cafés.

Ein Ruck ging durch ihn hindurch. Langsam drehte sich die Hängeschaukel in meine Richtung.

Der Blick, mit dem Miles mich ansah, ging mir durch und durch.

Ich schluckte und krallte meine Finger unruhig in den Saum meiner Jacke. »Ich bin so froh, dass ich dich hier treffe.«

Die Muskeln an seinem Kiefer spannten sich an. In seinen Augen spiegelten sich Schmerz, Enttäuschung und noch etwas anderes, das ich nicht ganz deuten konnte.

Er löste seinen Blick von mir und drehte sich in seiner Hängeschaukel wieder weg.

Ein Kloß bildete sich in meinem Hals.

»Miles, ich muss mit dir reden.« Ich umrundete die Hängeschaukel, bis ich wieder vor ihm stand. »Darf ich mich zu dir setzen?«

Miles presste die Lippen aufeinander. Nach ein paar Sekunden nickte er.

Ich zog einen Stuhl heran.

»Ich glaube, es gibt hier ein ganz, ganz großes Missverständnis«, sagte ich und legte die Hände in meinen Schoß.

»Sicher?«

Das war Miles' erstes Wort, seit ich hier war. Seine Stimme war so unterkühlt, wie ich sie noch nie an ihm gehört hatte.

Ich nickte. »Ganz sicher. Ich …« Ich atmete tief durch. »Was auch immer du gesehen hast, es war wirklich nicht das, was du meinst.«

»Das sah für mich ziemlich eindeutig aus.«

Ich knetete meine Hände. »Was genau hast du gesehen?«

Er schnaubte. »Muss ich dir das jetzt wirklich beschreiben?« Er hob den Kopf und sah mich an. Der Schmerz in seinen Augen haute mich beinahe um. »Wie dieser Mann sich dir genähert hat? Dich berührt und auf den Nacken geküsst hat?« Er rieb sich über die Stirn. »Lynn, ich hatte doch gesagt, dass ich gerade Abstand brauche.«

»Miles.« Mit fester Stimme rutschte ich ein Stück an ihn heran. »Hör mir bitte zu und unterstelle mir nicht irgendwas.«

Für einen Moment flackerte so etwas wie Unsicherheit über sein Gesicht. Kurz darauf verhärteten sich seine Gesichtszüge wieder. »Ich will keine Ausflüchte hören, Lynn. Das habe ich schon alles hinter mir.«

»Du hast nur einen kleinen Ausschnitt aus einer viel längeren Unterhaltung mitbekommen, Miles. Wenn du uns noch länger beobachtet hättest, dann wüsstest du, dass ich diesen Mann von mir gestoßen habe.« Ich machte eine Pause. »Dieser Typ war der Chef in der Firma, in der ich gearbeitet hatte, bevor ich nach Starwood gekommen bin. Er ist der Mann, wegen dem ich nicht über meine Arbeit sprechen konnte … wegen dem ich gekündigt habe. Und er ist derjenige, der für meine Panikattacken verantwortlich ist.«

Miles' Mund öffnete sich leicht. Die Härte wich nur langsam aus seinem Gesicht.

»Er heißt Ruben Tremblay und ist der Chef der Firma Tremblay & Friends in Seattle«, sprach ich weiter. Meine Stimme zitterte leicht. »Die Kurzfassung ist, dass er mich während der Arbeit immer wieder unerlaubt angefasst und anzügliche, unangebrachte Kommentare von sich gegeben hat. Es war sexuelle Belästigung am Arbeitsplatz. Deshalb musste ich aus Seattle weg. Ich hätte nie gedacht, ihn hier in Starwood anzutreffen, aber meine Mom muss ihm wohl meinen Aufenthaltsort verraten haben, denn er stand plötzlich im Dunkeln vor Rebeccas Haus, als ich von der Farm kam.« Ich schluckte. »Du weißt ja, dass Mom nach großem Erfolg für mich strebt und sich wünscht, dass ich in einer renommierten Firma arbeite. Deshalb hat sie meine Kündigung gar nicht gut aufgefasst und Ruben Tremblay nun verraten, wo ich bin, weil sie dachte, er könnte mich für seine Firma zurückgewinnen. Dabei ist er nur nach Starwood gekommen, um mir zu drohen. Er hatte Angst, dass ich ihn anzeige.«

Ich schwieg einen Augenblick und senkte den Kopf. »Es war so schlimm für mich, ihn wiederzusehen, Miles. Ich hatte solche Angst.« Ich starrte auf den Boden. »Er … ich konnte ihn abwimmeln, und er hat Starwood mittlerweile wieder verlassen. Und ich möchte trotz seiner Drohung, gegen mich und meine Eltern vorzugehen, Anzeige wegen sexueller Belästigung gegen ihn erstatten. Zusammen mit den anderen Mitarbeiterinnen, denen es ebenso ergangen ist. Ich glaube nicht, dass er zurückkommt und mir etwas antut. Aber … ja. Das ist die Geschichte.« Ich hob den Blick und sah Miles an. »Ich habe keine Affäre, Miles. Das würde ich nie, nie tun. Ich dachte, du wüsstest das. Ich … ich habe mich in dich verliebt. In meinem Herzen hat kein anderer Mann Platz außer dir.«

Miles starrte mich an. Jede Farbe war aus seinem Gesicht gewichen.

»Mich enttäuscht es, dass du mir nicht die Chance gegeben hast, alles zu erklären, sondern dich gleich von mir abgewendet hast«, sagte ich und erhob mich. »Jetzt bekommst du deinen Abstand, wenn du ihn brauchst.« Ich schob den Stuhl zurück und wandte mich in Richtung Ausgang, als Miles' Stimme erklang.

»Warte!«

Ich drehte mich um. Er hievte sich aus der Hängeschaukel und war in zwei großen Schritten bei mir.

Der Schock und die Sorge in seinen Augen traf mich unvorbereitet.

»Lynn, es tut mir so leid.« Seine Stimme brach. »Ich weiß nicht, was … Ich bin …« Er fuhr sich durch die Haare und schüttelte den Kopf. »Ich bin so ein Idiot.«

Ich vergrub die Hände in meinen Manteltaschen.

»Ich war völlig überfordert.« Eine verzweifelte Falte stand zwischen Miles' Augenbrauen. »Ich … als ich in der Stadt war und dich zufällig in dieser Gasse gesehen habe, wollte ich winkend auf dich zugehen, als dieser Typ dir plötzlich so die Haare aus dem Nacken gestrichen hat. Diese Geste …« Seine Unterlippe bebte. »Sie sah so vertraut aus, und ich dachte … ich habe dann gehört, wie er zu dir gesagt hat, dass er dich vermisst hat. Ich dachte, es wäre jemand aus Seattle, den du … mit dem du hinter meinem Rücken noch Kontakt hast oder so. Ich bin sofort abgehauen, weil ich den Anblick nicht länger ertragen habe. Das hat mich in meine Vergangenheit zurückgestoßen. Ich habe gedacht, ich ziehe Frauen an, die es mit mir nicht aushalten und die Nähe von anderen Männern suchen.«

»Miles, nein …« Ich ging einen Schritt auf ihn zu. »Das hast du völlig falsch interpretiert.«

»Das sehe ich jetzt auch.« In seinen Augen schimmerte es. »Hat dieser Kerl dich … hat er etwas mit dir gemacht? Dort in der Gasse?«

Ich schüttelte den Kopf. »Ich konnte ihn abwehren, und er ist dann Gott sei Dank abgehauen.«

Miles stieß einen Schwall Luft aus. »O Gott, wenn ich mir vorstelle, dir wäre etwas passiert und ich hätte nicht eingegriffen, weil ich dachte …« Er brach ab und fuhr sich verzweifelt durch die Haare, bis sie in alle Richtungen abstanden. »Das hätte ich mir nie verziehen.«

»Es ist nichts passiert«, sagte ich leise.

Er schüttelte den Kopf. »Es tut mir so, so leid. Das war absolut falsch von mir. Die Sache mit Olivia hat mich anscheinend so geprägt, dass ich … Bei mir sind alle Sicherungen durchgebrannt und ich habe nicht mehr rational gedacht.«

»Ich würde dir so etwas niemals antun.« Ich sah ihn eindringlich an. »Da darfst du sicher sein. Ich dachte, du weißt, dass ich anders bin als sie.«

»Eigentlich weiß ich das auch.« Er trat einen Schritt auf mich zu. »Aber bei Olivia hätte ich auch nie gedacht, dass sie mich betrügt.«

Ich nickte. »Ich verstehe das.« Ich legte eine Hand auf seinen Arm. »Ein Teil von mir versteht, warum du so reagiert hast. Manchmal kann man nicht mehr rational denken, sondern lässt sich von seinen Gefühlen leiten. Aber ich hätte mir wirklich gewünscht, dass du mir zugestanden hättest, mich zu erklären.«

Miles nickte. »Ich weiß. Und das tut mir verdammt leid.« Sein Kehlkopf bewegte sich, als er schluckte. »Es ist unglaublich, was dein Chef dir während der Arbeit angetan hat. Das … das bricht mir fast mein Herz. Ich wusste ja schon, dass irgendetwas vorgefallen sein musste, wenn du so sensibel auf das Thema Job reagierst. Aber ich habe immer gehofft, dass es keine sexuelle Belästigung oder etwas in die Richtung war. Aber dass es das doch ist …« Er hob eine Hand und legte sie auf meine Taille. »Ich bin so ein schlechter Mensch, dass ich dir nicht zugehört habe. Und dass du da allein durchmusstest, diesem Arschloch noch mal zu begegnen. Ich wünschte, ich wäre für dich da gewesen.«

Wir blickten uns an, und ich sah die Aufrichtigkeit und Reue in seinen Augen.

»Wenn du willst, kannst du mir irgendwann noch mal alles in Ruhe erzählen«, sagte er leise. »Ich verspreche, dass ich ab jetzt immer für dich da bin. Ich würde diesen Tremblay-Typen am liebsten eigenhändig erwürgen.« Er biss die Zähne zusammen und ich sah, wie ein Muskel an seinem Kiefer zuckte. »Und ich verspreche, dass ich dir ab jetzt zuhören werde.«

Ich strich sanft über seinen Arm. »Es ist menschlich, nicht immer alles richtig zu machen. Aber ich hoffe schon, dass wir uns in Zukunft mehr vertrauen können und sofort miteinander reden, wenn etwas ist.«

Miles nickte. Er legte seine andere Hand ebenfalls auf meine Taille. »Kannst du übrigens noch mal wiederholen, was du vorhin gesagt hast?«

»Was denn? Ich habe ganz schön viel gesagt.« Meine Mundwinkel hoben sich leicht.

Sein Blick glitt langsam über mein Gesicht. »Der Part, an dem du meintest, dass du dich in mich verliebt hast.«

Mein Herz schlug schneller.

»Sehr gern.« Ich lächelte und schlang meine Arme um seinen Nacken. »Ich habe mich in dich verliebt, Miles Montgomery. Und daran wird sich auch so schnell nichts mehr ändern.«

Miles lächelte ebenfalls. »Weißt du was, Lynn Steward?«

Ich sah ihn fragend an.

»Ich habe mich auch in dich verliebt.« Er senkte den Kopf und verharrte dicht vor meinen Lippen. »Meine Gefühle für dich sind schon viel länger da, als du denkst«, murmelte er und küsste mich.

Ich spürte so viele Gefühle, die er in den Kuss hineinlegte. Seine Entschuldigung, seine Reue, seinen Schmerz, seine Verzweiflung … und seine Liebe.

Ein Seufzen unterbrach unseren Kuss.

Wir lösten uns voneinander und sahen nach links. Ivy linste aus der Tür ihrer Personalkammer zu uns. Ein breites Grinsen lag auf ihrem Gesicht. »Tut mir leid, ich wollte euch nicht so creepy beobachten.« Vergnügt drückte sie die Tür zu und kam näher. In ihrer Mimik konnte ich ablesen, dass es ihr kein bisschen leidtat.

»Ich bin so froh, dass ihr euch wieder versöhnt habt«, sagte sie. Sie lächelte mich an. Dann boxte sie Miles gegen den Arm. »Ich hab dir doch gesagt, dass du mit ihr reden sollst.«

»Aua.« Miles hielt sich seinen Arm.

»Sag, dass ich recht hatte.« Ivy stemmte die Hände in die Hüften.

»Du hattest recht.« Ein Schmunzeln legte sich auf seine Lippen. »Ich werde ab jetzt immer auf dich hören.«

Zufrieden nickte sie. »So gehört sich das.« Dann drehte sie ihren Kopf und rief nach hinten: »Alexa, spiel *Lover* von Taylor Swift.«

Ich lachte, als es in den Boxen knackte und die ersten Töne des Songs erklangen.

»Den Song mag ich sehr.« Miles lächelte zu mir herunter.

Ich hob überrascht die Augenbrauen. »Hast du dir das Album auch schon angehört?«

Er nickte.

Ich schlang meine Arme um ihn und presste mein Gesicht an seine Brust. Er stützte sein Kinn auf meinem Kopf auf und hielt mich fest.

»Es tut mir so leid«, murmelte er noch mal.

Ich war froh, dass wir uns endlich ausgesprochen und alle Missverständnisse aus der Welt geschafft hatten. Ich spürte, wie es in meinem Inneren leichter wurde und dass das Gewicht, das in den letzten Stunden auf meine Schultern gedrückt hatte, fort war. Jetzt in Miles' Armen merkte ich, wie sehr ich ihn vermisst hatte.

Im Takt der Musik bewegten wir uns sanft hin und her, während wir uns eng umschlungen hielten. Aus dem Augenwinkel sah ich, wie Ivy uns liebevoll betrachtete, bevor sie in der Küche verschwand und uns allein ließ.

Kapitel 36

»So, haben wir alles für morgen?« Rebecca sah sich im Raum um. Wir hatten bereits die Tischdecke auf dem Esstisch ausgebreitet, und Rebecca hatte fein säuberlich gefaltete Servietten darauf drapiert.

»Ich denke schon. Den Rest richten wir morgen her«, sagte ich und trat auf sie zu. Ich legte einen Arm um ihre Schulter und betrachtete ihr Wohnzimmer, das sie festlich und weihnachtlich dekoriert hatte.

»Wann besuchst du Miles morgen noch mal?« Meine Tante sah mich an.

»Er verbringt den morgigen Weihnachtstag mit seiner Familie, und sie öffnen morgens die Geschenke und so weiter. Abends haben sie mich zum Essen eingeladen. Miles würde mich abholen, weil er dir auch noch persönlich frohe Weihnachten wünschen will.«

»Oh, das ist schön.« Sie legte ebenfalls einen Arm um mich.

»Ich hoffe, es ist okay, wenn ich zum Abendessen nicht da bin?«

»Aber natürlich!« Lächelnd drückte sie mich. »Es freut mich, dass sich mit Miles wieder alles geklärt hat. Ist doch klar, dass du Weihnachten auch mit ihm verbringen willst.«

Wir lösten uns voneinander und liefen in die Küche.

Ich freute mich schon sehr auf morgen. Rebecca wollte dieses Jahr am fünfundzwanzigsten eine große Feier bei sich zu Hause ausrichten und hatte einige Leute aus Starwood, die keine große Familie hatten und an den Feiertagen ebenfalls allein gewesen wären, eingeladen. Es würde ein großes Mittagessen geben, mit Geschenken und leckeren Desserts, die Ivy beisteuerte.

»Ich muss dir übrigens noch was zeigen«, sagte meine Tante und trank einen Schluck aus ihrem Wasserglas. »Es gibt Neuigkeiten wegen der Diebstähle.«

Ich riss die Augen auf. »Oh, mein Gott, wirklich? Haben die Kameras etwas aufgenommen? Weißt du, wer es war?«

Rebecca lächelte und griff nach ihrem Handy. »Miles' Tante hat mir ja geholfen, die Überwachungskamera direkt mit meinem Smartphone zu verbinden. Ich habe mir heute nichts ahnend die letzten Aufnahmen angeschaut, als mir etwas aufgefallen ist.«

Ich trat an sie heran und blickte auf ihr Handy. Rebecca startete das Video.

Darin war ihr Laden von oben zu sehen. Rebecca trat gerade ins Bild und rückte etwas in einem Regal zurecht.

»Warte, gleich kommt es«, sagte sie.

Mit angehaltenem Atem beobachtete ich, wie sie wieder aus dem Bild verschwand. Für ein paar Sekunden war nichts zu sehen. Dann betrat jemand den Laden.

Ich runzelte die Stirn und betrachtete die Person, die sich suchend im Raum umsah.

»Ich glaube, den kenne ich!« Ich legte eine Hand vor meinen Mund und sah dabei zu, wie er an ein Regal herantrat und immer wieder einen Blick über seine Schulter warf. Er wirkte nervös und angespannt. Mit einem Griff holte er eine Krippenfigur aus Rebeccas Regal und schob sie sich in die Jackentasche. Er kehrte auf dem Absatz um und rannte aus dem Laden.

Die ganze Aktion hatte keine Minute gedauert.

Rebecca stoppte die Aufnahme.

Verdattert sah ich sie an. »Oh, mein Gott!«

Sie nickte. »Oh, mein Gott. Ganz genau.« Sie spulte die

Aufnahme noch mal zurück und stoppte an der Stelle, an der man das Gesicht des Teenagers gut erkennen konnte.

»Du sagst, du kennst ihn?« Fragend sah sie mich an.

Ich nickte. »Also was heißt kennen … ich kenne ihn nicht persönlich. Aber ich habe ihn vor einer Weile im *Pete's* gesehen.« Ich betrachtete die kurz geschorenen Haare und den dunklen Hoodie des jungen Kerls. Diesen Pullover mit der markanten Rolling-Stones-Zunge darauf hatte er damals auch getragen. Ich war eigentlich nicht so gut darin, mir Gesichter zu merken, doch die Art, wie er mit der alten Frau umgegangen war, hatte etwas in mir berührt, weshalb ich mir sein Gesicht gemerkt hatte.

»Die Dame, die damals bei uns im Laden nach der Spieluhr gefragt hat, saß im *Pete's* in einer Sitznische, und ich habe gesehen, wie dieser Junge auf sie zugegangen ist und ihr etwas zu essen und zu trinken geschenkt hat«, erzählte ich.

Rebecca hob die Augenbrauen. »Tatsächlich?«

Ich nickte. »Ich fand es so lieb, wie er mit ihr umgegangen ist. Er hat sich auch noch eine ganze Weile mit ihr unterhalten. Die Frau hat sich so gefreut.«

»Haben sich die beiden gekannt?«

»Nein, die Dame war ganz überrascht, als er ihr die Waffeln entgegengeschoben hat.«

»Das ist ja interessant.« Rebecca tippte sich nachdenklich gegen das Kinn. »Ich habe heute Morgen schon einige Nachforschungen angestellt und konnte mithilfe einer Freundin herausfinden, wer er ist. Er heißt Andrew Morgan und ist sechzehn Jahre alt. Seine Eltern arbeiten in dem Supermarkt von Starwood.«

»Konntest du ihn schon kontaktieren?«

Sie nickte. »Ich habe erst mit seinen Eltern gesprochen, aber die wussten von nichts. Sie waren ganz erschüttert, als sie erfahren haben, dass ihr Sohn augenscheinlich klaut. Ich habe gefragt, ob es möglich ist, dass er heute in den Laden kommt und ich mit ihm sprechen kann. Ich habe den Eltern versichert, dass ich die Polizei nicht einschalte, sondern erst mal so mit ihm selbst sprechen will. Was du gerade erzählt hast, passt eigentlich gar nicht zu der Klauerei.« Ihre Stirn legte sich in Falten.

»Ich bin auch etwas verwirrt«, sagte ich. »Wann triffst du dich mit ihm?«

Sie warf einen Blick auf die Uhr. »In einer Viertelstunde.« Sie sah mich an. »Kommst du mit?«

Kurze Zeit später betraten wir Rebeccas Laden.

»Denkst du, er taucht auf?« Ich setzte meine Mütze ab und strich meine Haare glatt.

»Seine Eltern sind sehr feine Menschen, die schicken ihn sicher hierher«, sagte sie. »Außerdem weiß er ja, dass wir alles auf Video haben und er den Diebstahl nicht abstreiten kann.«

Ich nickte nachdenklich und öffnete meinen Mantel, da es hier im Laden ziemlich warm war.

»Ich glaube, da kommt jemand.« Rebecca blickte hinter mich zur Tür.

Kurz darauf klingelte es, als jemand hereinkam.

Ich drehte mich um.

Mit einem schuldbewussten Gesichtsausdruck blieb der Teenager ein paar Meter vor uns stehen. »Hallo«, grüßte er uns leise.

»Hallo, Andrew«, sagte Rebecca. »Schön, dass du gekommen bist.«

Der Junge streifte sich seine Mütze vom Kopf und knetete sie unruhig zwischen seinen Händen. Er blickte zu Boden.

»Deine Eltern haben dir bestimmt gesagt, warum ich dich hergebeten habe, oder?«

Er nickte mit gesenktem Kopf.

»Ich habe gesehen, dass du eine Krippenfigur aus meinem

Laden mitgenommen hast. Warum hast du sie nicht gekauft?« Rebeccas Tonfall war ganz ruhig und freundlich.

Andrew schien das zu merken, denn er hob langsam den Blick. In seinen Augen schimmerte es.

»Es tut mir sehr leid«, sagte er. »Ich wollte die Sachen gar nicht klauen.«

»Also hast du noch mehr Sachen genommen?«, fragte Rebecca.

Er nickte. »Die Spieluhr war eigentlich nur eine Mutprobe. Ein paar Jungs aus meiner Klasse haben gesagt, dass sie mich in ihre Clique aufnehmen würden, wenn ich ihnen etwas aus Ihrem Laden bringe. Ich wollte erst gar nicht, aber dann dachte ich mir: Das eine Mal ist vielleicht nicht so schlimm, und dann habe ich endlich Freunde in der Schule.« Er schluckte. »Ich habe ihnen die Spieluhr gebracht, aber dann haben sie nur gelacht und die Uhr in den Schnee geworfen. Sie wollten gar nicht mit mir befreundet sein, sie wollten nur testen, wie weit ich für sie gehen würde.« Er räusperte sich, als seine Stimme nur noch erstickt aus seinem Mund kam. »Ich hatte dann eigentlich vor, Ihnen die Spieluhr wieder zurückzugeben, Mrs. Winters. Aber dann habe ich diese ältere Dame getroffen, die meine Spieluhr so fasziniert angesehen hat, als wäre es das Wertvollste, das sie jemals gesehen hat. Sie sah ein bisschen ärmlich aus und ich dachte mir … also ich habe ihr die Uhr geschenkt, und sie war so glücklich darüber. Ihre Freude hat mich so froh gemacht.«

Er brach ab und zupfte an einem Wollfaden seiner Mütze herum. Sein Blick war wieder zu Boden gerichtet. Er sah in diesem Moment total verletzlich und unsicher aus.

»Hast du die Weihnachtsbaumkugel und die Lichterkette auch genommen?«, fragte Rebecca leise.

Er nickte. »Ich habe die beiden Sachen auch verschenkt. Eigentlich hatte ich mir vorgenommen, sie zu kaufen und dann zu verschenken, aber ich habe nicht so viel Taschengeld, und … als ich dann bei Ihnen im Laden war und niemanden gesehen habe, da habe ich nicht nachgedacht, sondern die Sachen wieder einfach eingesteckt. Ich dachte, es fällt nicht auf, wenn eine kleine Sache fehlt.« Er hob den Kopf. »Sie hätten das Leuchten in den Augen der Menschen sehen müssen, als ich die Sachen verschenkt habe. Sie waren so dankbar. Endlich mochte mich mal jemand und … na ja … ich weiß, dass das nicht richtig von mir war, und es tut mir unglaublich leid, Mrs. Winters.«

Für ein paar Atemzüge war es still im Raum.

»Danke, dass du mir das erzählt hast, Andrew.« Rebecca sah ihn an. »Es ist schön, dass du an andere Menschen denkst und ihnen eine Freude machen willst. Aber Stehlen ist dafür natürlich nicht der richtige Weg.«

Er nickte heftig. »Ich weiß. Ich mache das nie, nie wieder.« Er holte tief Luft. »Ich werde bald einen Nebenjob bei der Post anfangen. Wie viel haben die Sachen gekostet? Ich kann sie Ihnen Stück für Stück zurückzahlen.«

Rebecca lächelte leicht. »Das ist eine gute Idee.« Meine Tante verschränkte nachdenklich die Arme. »Aber du musst mir die Sachen nicht zurückzahlen, Andrew«, sagte sie schließlich. »Wenn du mir eine Sache versprichst.«

»Alles!« Er nickte heftig.

»Du tust weiterhin anderen Menschen etwas Gutes.« Sie sah ihn fest an. »Aber ohne zu stehlen.«

Andrews Mund klappte auf.

»Ich finde es toll, dass du ein Herz für andere Leute hast«, sagte sie. »Behalte dir das. Und wenn du irgendwann mal wieder etwas aus meinem Laden für einen guten Zweck brauchst … dann sprich mit mir, ja? Dann finden wir bestimmt eine Lösung, und ich könnte dir etwas spenden oder so.«

Andrews Augen waren riesengroß geworden. »Sie …«, stammelte er, »Sie rufen also nicht die Polizei?«

Rebecca lächelte. »Nein.«

Andrew stieß erleichtert Luft aus. »Sie sind die Beste, Mrs. Winters. Ich verspreche Ihnen, dass ich ab jetzt nur noch Gutes tun und niemals mehr stehlen werde. Es tut mir wirklich so, so leid.«

Er lief auf uns zu und umarmte Rebecca stürmisch. Lachend legte sie die Arme um ihn.

»Danke«, murmelte er.

Als er sich von ihr löste und zu ihr aufsah, entdeckte ich Tränen in seinen Augen. »Ich hatte so Angst, dass Sie mich auch nicht mehr mögen, so wie alle anderen.«

Rebeccas Gesichtszüge wurden weich. »Natürlich mag ich dich. Wenn jemand nicht sieht, was für ein toller Mensch du bist, dann kannst du den auf den Mond schießen.« Sie legte die Hände auf seine Schultern. »Vergiss nie, wie wertvoll du bist. Die richtigen Menschen kommen schon noch in dein Leben. Da bin ich mir ganz sicher.«

Andrew schluckte und nickte. »Danke, Mrs. Winters.«

»Rebecca.« Sie lächelte. »Nenn mich einfach Rebecca. Und wenn ich nach den Feiertagen umdekoriere, freue ich mich, wenn du mir hilfst, in Ordnung?«

Er lächelte zaghaft. »Und wie das in Ordnung ist … Rebecca.«

Lächelnd sah ich zwischen den beiden hin und her.

Gott sei Dank hatte sich das Rätsel um die Ladendiebstähle nun auch gelöst. Ich war froh, dass es sich um einen harmlosen Dieb handelte, der die Sachen einfach nur verschenken wollte, und sich kein gemeingefährlicher Krimineller hier in Starwood herumtrieb.

»Frohe Weihnachten«, sagte ich und lächelte Andrew an.

Kapitel 37

In Rebeccas Haus herrschte am Nachmittag des fünfundzwanzigsten Dezembers eine ausgelassene Weihnachtsstimmung. An ihrem Strahlen konnte ich sehen, wie sehr sie es genoss, dass ihr Haus heute mit Gelächter und Stimmen gefüllt war und nicht so still war wie sonst.

Ich hatte ihr geholfen, den Tisch zu decken und die restlichen Dekorationen aufzuhängen. Winnie, der Weihnachtsbaum, tauchte das Wohnzimmer in magisches Licht. Der Geruch nach deftigem Weihnachtsessen hing in der Luft, und ich spürte, wie ein weihnachtliches Kribbeln in mir aufstieg. Genau deshalb liebte ich diesen Feiertag so. Es gab keine andere Zeit im Jahr, die diese Gefühle in mir auslöste. Weihnachten war einfach magisch, und hier in Starwood verstärkte sich dieser Zauber noch.

Ich ließ mich neben Larry auf einen freien Stuhl fallen. Rebecca hatte den Bürgermeister ebenfalls zu sich eingeladen, und er hatte die Einladung dankbar angenommen. Zu seinen Füßen lag wie immer sein Dackel Archie, der friedlich die Augen geschlossen hatte. Ihn schien der Trubel nicht zu stören.

Einige Freundinnen und Nachbarn von Rebecca saßen am Tisch und unterhielten sich angeregt.

»Lynn, ich wollte dir noch etwas erzählen.« Mit leuchtenden Augen drehte sich der Bürgermeister zu mir.

»Ja?« Ich lächelte ihn an.

»Lydia wird an Silvester nach Starwood kommen!«

Ich sah ihn ungläubig an. »Das ist ja der Wahnsinn! Hat sie dir also endlich geantwortet?«

Er nickte strahlend. »Deine Nachricht war perfekt. Sie hat

mir nur wenige Stunden später geschrieben, und seitdem haben wir nicht mehr aufgehört zu chatten. So nennt man das doch, oder?«

»Ja, genau«, sagte ich.

»Wir haben sogar schon Angesicht zu Angesicht telefoniert, und sie hat mir ihren Dackel gezeigt.«

Verzückt hob ich die Schultern. »Das freut mich so für dich. Wo kommt sie denn her?«

»Sie wohnt in Coldriver.«

Ich runzelte die Stirn. »Wo ist das denn?«

»Das ist ein kleines Städtchen in Wisconsin.«

»Wisconsin? Das ist aber weit weg. Hast du bei deinem Datingprofil den Radius gar nicht auf Colorado eingegrenzt?«

Larry sah mich zerknirscht an. »Ich wusste nicht, wie das geht.«

Ich lachte. »Das muss Schicksal gewesen sein. Gut, dass du das nicht wusstest, sonst wäre dir Lydias Profil nie angezeigt worden.«

Er schmunzelte in seinen Bart hinein. »Du hattest recht, es ist tatsächlich ein Weihnachtswunder geschehen. Danke noch mal für deine Hilfe.«

»Sehr gern.« Ich drückte seinen Arm.

»Übrigens eröffne ich am ersten Januar das Dackelmuseum! Ich freue mich schon so, wenn ich es Lydia direkt zeigen kann.«

»Da habt ihr ja dann die perfekte Location für euer erstes Date.« Ich zwinkerte ihm zu. »Ist es am ersten Januar schon für alle Besuchenden geöffnet?«

Er nickte. »Ich würde mich freuen, wenn du vorbeikommst. Ich kann dir nachher noch die genaue Adresse geben.«

»Ich komme auf jeden Fall! Was genau kann man denn eigentlich dort sehen?«

Larry setzte einen verschwörerischen Blick auf. »Das ist mein Geheimnis.«

Ich lachte. »Du machst es ganz schön spannend.«

Die Türklingel ertönte.

Ich reckte den Hals und sah mich nach Rebecca um, doch die war gerade in ein Gespräch mit einer Freundin vertieft.

»Ich gehe schnell an die Tür«, sagte ich zu Larry und erhob mich.

Ich zupfte mein dunkles Wollkleid zurecht, das ich heute mit einer blickdichten Strumpfhose kombiniert hatte, und strich meine Haare glatt, bevor ich durch den Gang lief.

Schwungvoll riss ich die Tür auf.

»Mom«, entfuhr es mir. »Dad!?«

Ungläubig starrte ich meine Eltern an, die vor der Tür standen.

In den Augen meiner Mutter glitzerten Tränen, als sie auf mich zustürmte. »Lynn.« Sie fiel mir um den Hals und drückte mich an sich.

Ich war im ersten Moment so überrumpelt, dass ich erst nach ein paar Sekunden Verzögerung meine Arme ebenfalls um sie schlang. Ihr schweres Parfum stieg mir in die Nase.

»Es tut mir so, so leid«, wisperte sie erstickt. Sie löste sich von mir und sah mich mit schimmernden Augen an. »Ich habe deine Nachricht gelesen. Und mir die Aufnahme angehört.«

Ich schluckte. Sie hatte sich bisher nicht auf meine Nachricht gemeldet, und ich hatte mich schon gefragt, ob sie sie überhaupt gelesen hatte.

»Ich wusste nicht, wie schlimm es wirklich war«, sagte sie. Ihre braunen Augen lagen so besorgt auf mir, wie ich es selten gesehen hatte. Ihr Make-up saß wie immer makellos, und auf ihren Lippen schimmerte der für sie typische dunkelrote Lippenstift.

»Ich habe es dir doch erzählt«, murmelte ich.

Mom nickte. »Ich weiß, und es tut mir so, so leid, dass ich dir nicht geglaubt habe.«

Ein Kloß kullerte in meinem Magen herum.

Als ein kalter Windstoß zu mir hereinfuhr, wurde mir bewusst, dass wir noch immer in der offenen Tür standen.

»Kommt rein«, sagte ich und drückte die Tür zu, nachdem meine Eltern eingetreten waren.

»Hallo, Dad.« Ich zwang mich zu einem Lächeln.

»Lynn.« Er trat auf mich zu, und für einen Moment dachte ich, er würde mich umarmen. Doch er war noch nie ein großer Umarmer gewesen, deshalb wunderte es mich nicht, dass er doch die Arme fallen ließ. »Frohe Weihnachten«, sagte er und griff nach dem Beutel, der über seiner Schulter hing. Er streckte ihn mir entgegen.

»Ist das für mich?« Überrascht sah ich ihn an.

Er nickte. »Ich hoffe, es gefällt dir.«

Ich nahm den Beutel an mich und linste hinein. Meine Augen wurden groß, als ich einen grauen Pullover darin entdeckte. Ich griff hinein und holte das weiche Kleidungsstück heraus.

Taylor Swift – The Eras Tour war vorn aufgedruckt. Meine Augen wurden noch größer.

»Ist das …?« Ich brach ab.

Dad sah mich verlegen an. »Ich weiß, dass du Taylor Swift gern hörst, und da dachte ich … vielleicht gefällt dir dieses Geschenk ja.«

Ich brachte meinen Mund gar nicht mehr zu. Ich hatte noch nie etwas von meinen Eltern geschenkt bekommen, das in irgendeiner Weise etwas mit meiner Leidenschaft zu tun hatte. Und dann schenkte Dad mir dieses Jahr Taylor-Merch? Ich fasste es nicht!

»Das ist unglaublich«, stammelte ich. »Vielen Dank, Dad.«

Er nickte. »Ich hoffe, es freut dich. Es …« Er räusperte sich. »Es tut mir leid, dass ich als Dad nicht so oft greifbar war und nicht mitbekommen habe, was in der Firma vorgefallen ist.« Unbehaglich trat er von einem Fuß auf den anderen. »Ich hätte für dich da sein müssen.«

Das waren ja ganz neue Töne.

Ich schluckte und spürte, wie Tränen hinter meinen Augen aufstiegen.

Mom lächelte meinen Dad an, bevor sie wieder zu mir sah. »Lynn, ich … ich habe schon einen Anwalt eingeschaltet, der sich um die Sache mit Mr. Tremblay kümmern wird.«

Kurz spürte ich, wie sich etwas in mir verkrampfte. Sie konnte es einfach nicht lassen, sich in mein Leben einzumischen und Dinge über meinen Kopf hinweg zu entscheiden.

Doch als ich die Sorge in ihrem Blick sah, schob ich das ungute Gefühl in mir zurück.

»Danke, Mom.« Ich räusperte mich, als meine Stimme nur noch belegt aus meinem Mund kam. »Aber ein paar ehemalige Kolleginnen von mir haben sich schon um einen Anwalt gekümmert.«

»Ach so.« Eine Falte erschien zwischen ihren Augenbrauen. »Ich hätte ihn nicht einfach so nach Starwood schicken dürfen«, sagte sie. »Das …«, sie strich sich über ihren Mantel, »das tut mir sehr leid. Ich weiß, dass das falsch war.«

Dass ich mal eine Entschuldigung von meiner Mutter hören würde, hätte ich auch nie gedacht.

»Ich kann nicht fassen, dass er so mit meiner Tochter umgegangen ist«, sagte sie. Ihre Stimme klang hart. »Der wird das noch so was von bereuen.«

Eine Träne rann über meine Wange. Ich spürte, wie all die Anspannung, die sich in den letzten Monaten in mir angesammelt hatte, mit einem Mal abfiel. Jetzt, da ich nicht mehr gegen Mom ankämpfen und versuchen musste, sie zu überzeugen. Jetzt, da ich wusste, dass sie hinter mir stand und ich bald die Sache mit Ruben Tremblay endlich ein für alle Mal hinter mir lassen konnte.

»Danke, dass du mir hilfst, Mom«, wisperte ich.

»Natürlich.« Sie umarmte mich noch einmal fest. »Niemand tut meiner Tochter etwas an«, murmelte sie.

Als wir uns voneinander lösten, strich sie mir sanft über die Wange.

Ich blinzelte die Tränen weg und lächelte sie an. »Frohe Weihnachten, Mom und Dad.«

Sie erwiderte mein Lächeln. »Frohe Weihnachten, Lynn.« Ihr Blick wanderte über mein Gesicht und blieb schließlich an meinen Haaren hängen. Mit einer Hand glitt sie durch eine blonde Strähne. »Du warst schon lange nicht mehr beim Friseur, oder?«

Ich widerstand dem Drang, mit den Augen zu rollen. Da war sie wieder, meine alte Mutter. Hätte mich auch gewundert, wenn sie jetzt gar nichts mehr zu kritisieren gehabt hätte.

»Mir gefällt es so«, sagte ich.

»Hallo!« Eine überraschte Stimme erklang aus der Küchentür. Rebecca streckte den Kopf zu uns in den Gang.

»Hallo, Rebecca.« Mom schälte sie aus ihrem Mantel und streckte ihn ihrer Schwester entgegen. »Ich hoffe, es ist in Ordnung, dass wir hier so reinschneien. Da wir vermutet haben, dass Lynn Weihnachten lieber hier bei dir feiert, dachten wir, dass wir auch vorbeikommen.«

Verdattert nahm Rebecca den Mantel entgegen und hängte ihn in die Garderobe. Sie sah zu mir. Ein besorgter Ausdruck lag auf ihrem Gesicht. Als ich nickte und lächelte und »Alles klar!« mit den Lippen formte, sah ich, wie ihre angespannten Schultern etwas nach unten fielen.

»Aber sicher, kommt rein«, sagte sie und nahm meinem Dad ebenfalls seine Jacke ab, nachdem sie sich begrüßt hatten.

***

»Und so haben wir sogar einen Diebstahl aufgeklärt«, sagte Rebecca und zwinkerte mir über den Tisch hinweg zu.

Mom sah zwischen uns hin und her. »Da war ja doch einiges los bei euch in Starwood.«

Ich nickte. »Ich sag doch, hier wird es nie langweilig.«

Mom wirkte zwar nicht ganz überzeugt, aber sie sagte nichts.

»Irgendwie hat mich die ganze Sache zum Nachdenken gebracht.« Meine Tante lehnte sich in ihrem Stuhl zurück. »Ich glaube, ich möchte ab jetzt jedes Jahr vor Weihnachten ein Projekt starten, bei dem ich Dinge aus meinem Laden, die vielleicht kleine Mängel haben oder die ich anderweitig entbehren kann, für einen guten Zweck spende.« Sie tippte sich nachdenklich gegen die Unterlippe. »Ein bisschen traurig, dass erst ein Diebstahl mich auf diese Idee bringen musste. Dass ein Sechzehnjähriger mich daran erinnern musste, etwas Gutes zu tun.«

Ich nickte. »Das ist eine sehr schöne Idee.«

Rebecca lächelte. »Darum geht es ja in der Weihnachtszeit, oder? Anderen etwas Gutes zu tun?«

»Da hast du recht.« Ich strich mir eine Haarsträhne hinters Ohr. »Ich würde auch gern etwas Gutes tun. Langfristig, nicht nur an Weihnachten. Irgendetwas …« Ich schwieg einen Moment. »Irgendetwas, bei dem ich das Gefühl habe, anderen eine Freude zu machen und wirklich etwas bewirken zu können.«

»Suchst du einen Job?« Larry, der neben mir saß, drehte den Kopf zu mir.

Ich biss mir auf die Unterlippe. Eigentlich ja, aber in den letzten Wochen hatte ich den Gedanken an meine berufliche Zukunft gekonnt aus meinem Kopf verbannt.

»Ja«, sagte ich langsam. »Aber ich habe mir noch keine richtigen Gedanken gemacht, was ich eigentlich machen möchte.«

Larry rieb sich über seinen Bart. »Ich weiß nicht, ob du auf so etwas Lust hättest, aber … es wäre ein Job bei uns im Bürgerhaus frei. Rose McKenney geht bald in Rente, und wir sind daher sowieso auf der Suche nach einer Nachfolgerin. Sie könnte dich in den nächsten Wochen einarbeiten, wenn du möchtest.« Er sah mich an. »Ich könnte mir die Stelle für dich gut vorstellen, wenn du sagst, dass du gern etwas für andere tun möchtest. Bei diesem Job könntest du aktiv das Stadtleben gestalten. Wenn es dir dann doch nicht gefällt, kannst du jederzeit wieder aufhören und dir etwas anderes suchen. Das ist alles ganz unkompliziert bei uns. Die Details zu der Jobbeschreibung kann ich dir später noch zukommen lassen, dann kannst du dir alles in Ruhe durchlesen und schauen, ob es dir zusagt.«

Mein Kiefer klappte nach unten. Larrys Angebot traf mich gerade völlig unerwartet. Das war … das klang unfassbar toll! Ein Job, bei dem ich mich ausprobieren, etwas für die Gesellschaft tun und noch tiefer in die Geschicke Starwoods eintauchen konnte … vielleicht wäre das wirklich etwas für mich. Der Job klang jedenfalls so, als hätte er einen Sinn und als würde ich dort wissen, wofür ich arbeitete. Und Larry als Chef zu haben stellte ich mir definitiv angenehmer vor als …

Ich erwiderte den Blick des Bürgermeisters. »Das würde mich riesig freuen! Du würdest mir wirklich diesen Job anvertrauen?«

Er lächelte. »Natürlich. Du wärst perfekt dafür. Außerdem hast du noch etwas gut bei mir.« Er zwinkerte mir zu. »Eine Hand wäscht die andere und so.«

Ein aufgeregtes Kribbeln regte sich in mir. »Wann könnte ich anfangen?«

»Vielleicht im Januar?«

»Perfekt!« Ich strahlte über das ganze Gesicht. Die Aussicht auf einen neuen Job machte mich unglaublich glücklich.

Ich spürte die Blicke meiner Eltern auf mir. Als ich den

Kopf drehte und zu Mom sah, bemerkte ich eine Falte auf ihrer Stirn. Sie glättete sich jedoch sofort, als sie merkte, dass ich sie anblickte.

»Mom, Dad …« Ich sah zwischen den beiden hin und her. »So, wie es aussieht, werde ich wohl noch eine Weile in Starwood bleiben.«

Für einen kurzen Moment herrschte Schweigen. Ein unangenehmes Ziehen regte sich in mir, doch ich unterdrückte es. Ich war eine erwachsene Frau, die eigenständige Entscheidungen treffen konnte und nicht auf die Anerkennung ihrer Eltern angewiesen war. Ich musste mir ihr Einverständnis nicht abholen, und wenn sie mit meiner beruflichen Zukunft unzufrieden waren, dann war das ihr Problem. Nicht meins. Ich wollte endlich für mich selbst einstehen und eigene Entscheidungen treffen. Entscheidungen, bei denen ich wusste, dass sie mir guttun würden. Die ich nur für mich traf und nicht, um jemand anderem zu gefallen.

Ich schluckte und straffte die Schultern.

Für einen Augenblick sah ich, wie Skepsis über das Gesicht meiner Mom huschte. Dann glätteten sich ihre Gesichtszüge und ihre Mundwinkel hoben sich leicht.

»Ich sehe, dass du hier sehr glücklich bist«, sagte sie. »Aber den Job hier in Starwood kannst du ja auch erst mal nur temporär machen und dich danach nach einer Firma umschauen, die …«

»Mom.« Ich unterbrach sie und schüttelte den Kopf. Ich kratzte allen Mut zusammen, den ich hatte. »Bitte, lass mich das selbst entscheiden. Du hast recht, ich bin sehr glücklich hier in Starwood, und ich freue mich, erst einmal hierbleiben zu können. Ich werde euch in Seattle natürlich besuchen kommen. Ich werde meine Zukunft nicht schon so weit im Voraus planen, sondern alles auf mich zukommen lassen.«

Mom blickte mich an. Ich konnte sehen, wie es hinter ihrer Stirn arbeitete. Sie war es nicht gewohnt, dass ich mich so gegen sie stellte und nicht einfach nur Ja und Amen sagte.

»Okay«, sagte sie schließlich.

Ich musste mich zwingen, mir meine Überraschung nicht allzu sehr anmerken zu lassen.

»Du wirst schon wissen, was du tust.« Sie lächelte vorsichtig.

Erleichtert atmete ich aus. »Das tue ich«, sagte ich.

»Du kannst übrigens so lange hier wohnen bleiben, wie du möchtest«, sagte Rebecca und zwinkerte mir zu. »Eine WG mit dir ist ein Traum.«

Wärme durchfloss mich. »Du bist die Beste.«

Ich sah, wie Mom sich bei meinen Worten versteifte. Keine Ahnung, ob das Verhältnis zwischen den beiden Schwestern jemals besser werden würde. Ob Mom irgendwann ihre Vorurteile ablegen würde. Ob sie irgendwann akzeptieren konnte, dass ich mich mit Rebecca gut verstand. Aber das war mir in diesem Moment egal. Wir waren schon so weit gekommen. Viel weiter, als ich es jemals gedacht hätte. Meine Eltern schienen akzeptiert zu haben, dass ich in Starwood blieb. Und Mom hatte sich für ihr Verhalten bezüglich der Sache mit Ruben Tremblay entschuldigt und glaubte mir endlich. Damit war schon viel gewonnen und ich fühlte mich glücklicher als je zuvor.

Ein erneutes Klingeln ertönte.

Ich warf einen Blick auf die Uhr. »Ich glaube, das ist Miles.«

Kapitel 38

Ich riss die Tür auf.

Bei seinem Anblick breitete sich ein Strahlen auf meinem Gesicht aus, und mein Herz hüpfte.

»Miles!« Ich trat auf ihn zu und küsste ihn.

Er erwiderte meinen Kuss und schmeckte so vertraut und warm wie immer.

»Frohe Weihnachten, Lynnsie.« Er lächelte.

»Frohe Weihnachten«, erwiderte ich.

Wir lösten uns voneinander. Mein Blick wanderte über seine schwarze Winterjacke, die er offen trug. Darunter erkannte ich ein weißes Hemd, dessen oberste Knöpfe offen standen. Das Hemd betonte seine dunklen Haare und Augen. Seine langen Beine steckten in einer schwarzen Jeans.

»Meine Eltern sind da«, sagte ich und ging einen Schritt zur Seite, damit Miles eintreten konnte. Ich schloss die Tür. »Bitte nicht erschrecken.«

Er drehte sich zu mir um. »Es freut mich, sie kennenzulernen.«

Ich zog eine Grimasse. »Wunder dich nicht, wenn sie ein bisschen kühl rüberkommen.«

Er schmunzelte und gab mir einen Kuss.

Gemeinsam traten wir ins Wohnzimmer. Mein Herz schlug mir bis zum Hals, als meine Eltern ihren Blick auf uns richteten. Ich sah, wie sich Moms Augen weiteten.

»Mom, Dad.« Ich legte Miles einen Arm um die Hüfte und sah meinen Eltern fest in die Augen. »Das ist Miles. Mein Freund.«

Moms dünn gezupfte Augenbrauen wanderten nach oben.

»Miles«, wiederholte sie den Namen. »Freut mich, dich kennenzulernen.«

»Freut mich auch.« Miles trat zu meinen Eltern an den Tisch und reichte beiden höflich die Hand. »Frohe Weihnachten, Mrs. Steward. Mr. Steward.«

»Ebenfalls frohe Weihnachten.« Dad schüttelte ihm freundlich die Hand.

Angespannt beobachtete ich die Reaktionen meiner Eltern.

Mom musterte Miles. »An dieser Stelle sagt man ja eigentlich, ich habe schon viel von dir gehört.« Sie lachte. »Aber leider haben wir noch gar nichts über dich gehört.«

Boden tu dich auf!

Ich krallte meine Finger in mein Wollkleid.

Miles sah kurz irritiert zwischen mir und meinen Eltern hin und her. Dann überspielte er seine Überraschung gekonnt und lächelte die beiden charmant an.

»Von Ihnen habe ich schon viel gehört. Sie haben wirklich eine großartige Tochter.«

Dad nickte zustimmend. »Das haben wir.«

Miles griff in den Jutebeutel, den er in der Hand hielt. »Ich habe noch eine Kleinigkeit für Sie.«

Überrascht sah ich ihm dabei zu, wie er eine Dose hervorholte. Er hatte doch gar nicht gewusst, dass meine Eltern heute kommen würden!

»Frische Zimtschnecken von meiner Mom«, sagte er und überreichte die Dose meinen Eltern. »Von meiner Familie soll ich auch Frohe Weihnachten wünschen.«

Mom konnte den erfreuten Ausdruck in ihren Augen kaum verbergen. Damit schien sie nicht gerechnet zu haben.

»Oh, das ist sehr nett. Vielen Dank!« Sie nahm die Dose entgegen.

»Das ist wirklich lieb von dir«, flüsterte ich und legte eine Hand auf seine Wange.

Miles lächelte. »Für dich habe ich auch was.« Er griff erneut in den Beutel und überreichte mir feierlich das übliche in Kalenderpapier eingewickelte Geschenk. »Dein letzter Ugly Sweater als Weihnachtsgeschenk.«

Ich biss mir grinsend auf die Unterlippe. »Jetzt bin ich aber gespannt.« In geübten Bewegungen öffnete ich den Klebestreifen und zog das weiche Kleidungsstück heraus. Ich faltete es auf und traute meinen Augen kaum.

»Nein.« Ein Lachen gurgelte meine Kehle hoch. »Was ist *das* denn?«

Der Pullover war weinrot, und auf der Vorderseite flog ein Weihnachtsschlitten, der von einem Rentier gezogen wurde. Die Köpfe der zwei Personen, die im Schlitten saßen, waren eindeutig Fotos von Miles und mir.

»Wie hast du das denn hinbekommen?« Ich lachte immer noch. Es sah zu komisch aus, wie unsere Gesichter auf den gezeichneten Körpern und dem Schlitten saßen. Eine Zipfelmütze thronte auf unseren Köpfen.

»Das bleibt mein Geheimnis.« Miles grinste.

Ich boxte ihm spielerisch gegen den Arm. »Du bist echt der Wahnsinn.«

»Dreh den Pulli mal um«, sagte er.

Als ich die Rückseite erblickte, schmolz etwas in mir. *A wonderful dream of love and peace for everyone* war in weißen Buchstaben auf roten Untergrund gestickt worden.

»Wow, Miles …« Sprachlos sah ich zu ihm auf. »Das ist eine wunderschöne Idee.«

Er lächelte sein süßes Lächeln, und in diesem Moment wurde mir wieder klar, wie sehr ich mich in diesen Mann verliebt hatte.

Ich schlang meine Arme um seinen Hals. »Danke«, wisperte ich.

»Was ist das denn für ein Pullover?« Moms Stimme riss mich aus unserem Moment.

Ich drehte meinen Kopf in ihre Richtung. »Das ist eine

lustige Geschichte. Miles hat erfahren, dass ich noch nie einen der berühmten hässlichen Weihnachtspullis besessen hatte, und dann hing da dieses Jahr auch kein Adventskalender … Deshalb hat er mir in der Adventszeit jeden Tag einen Ugly Sweater geschenkt.«

Ich erwartete, dass es gleich missbilligende Blicke von Mom hagelte, doch stattdessen entstand ein kleines Schmunzeln um ihre Lippen. Sie wandte sich an Dad und stieß ihn leicht in die Seite. »Solche kreativen Geschenke habe ich von dir nie bekommen.«

Dad brummte nur und gab ihr einen Kuss auf die Wange.

Uff, meine Nerven. Ich konnte bei meinen Eltern anscheinend im Moment gar nicht mehr einschätzen, wie sie auf was reagieren würden.

»Ich habe noch etwas für dich.« Miles holte etwas aus seinem Beutel.

Mit großen Augen sah ich ihn an. »Noch etwas?«

Mit einem Lächeln überreichte er mir ein dickes Notizbuch. Das Notizbuch wölbte sich schon am Einband.

»Was ist das?« Neugierig zog ich den Gummi vom Einband und öffnete das Buch.

»Ich habe mir jedes einzelne Album von Taylor Swift angehört und dir zu jedem Song meine Meinung noch mal aufgeschrieben. Ich dachte, so analog ist das vielleicht schöner, als wenn du nur eine digitale Review über das Handy bekommst.«

Mein Herz zog sich zusammen.

»O Gott, Miles …« Sprachlos glitten meine Augen über die Seiten des Notizbuches. Er hatte tatsächlich zu jedem einzelnen Song handschriftlich seine Meinung notiert und sogar mit Farben und mit Bildern gearbeitet, um alles noch ansprechender zu gestalten.

»Das ist das beste Geschenk, das ich jemals bekommen habe.« Ich sah zu ihm auf. »Das muss ich mir später ganz in

Ruhe durchlesen.« Ich näherte mich seinen Lippen. »Danke«, wisperte ich und küsste ihn.

Ich spürte, wie er in unseren Kuss hineinlächelte.

Aus den Augenwinkeln bemerkte ich, wie Mom uns beobachtete, doch ich bemühte mich darum, ihre Blicke auszublenden.

»Ich habe auch noch was für dich«, sagte ich, als wir uns wieder voneinander lösten.

Ich lief in die Küche, um das Geschenk für Miles zu holen. Als ich zurückkam, flatterte es in meiner Brust vor Aufregung. Jemandem etwas zu schenken bereitete mir beinahe noch mehr Freude, als selbst etwas zu bekommen.

Miles wickelte den Gegenstand aus dem Geschenkpapier. Ein Strahlen breitete sich auf seinen Lippen aus. »Das ist ja eine *Friends*-Tasse! Woher wusstest du, dass ich diese Serie liebe?«

»Du hast einmal etwas aus der Serie zitiert, deshalb habe ich mir schon gedacht, dass du sie magst. Und in die Tasse habe ich ein bisschen Backzubehör reingetan. Ich kenne mich da ja nicht so aus, aber ich hoffe, es ist etwas für dich dabei.«

Miles sah mich zärtlich an. »Du bist aber echt aufmerksam.« Er küsste mich. »Danke.«

Als ich mich von Miles löste und zu meinen Eltern sah, bemerkte ich ein Lächeln auf ihren Lippen.

»Ihr seid süß miteinander«, sagte Mom und überraschte mich damit noch einmal an diesem Tag.

Auch wenn ich mir geschworen hatte, nicht mehr nach ihrer Anerkennung zu lechzen und mich stattdessen von ihrer Meinung zu lösen, tat es trotzdem gut zu hören, dass sie Miles anscheinend guthieß.

Ich lächelte und sah zu Miles. »Wollen wir zu dir gehen?«

Er nickte. »Wenn das für dich passt? Ich möchte dich hier nicht aus der Feier mit deiner Familie reißen.«

Ich schüttelte den Kopf. »Ich bin bereit.«

Er lächelte, und ich konnte mich kaum von seinem Anblick losreißen.

Ich verabschiedete mich von meinen Eltern, von Rebecca, von Larry und von den anderen Gästen, bevor ich gemeinsam mit Miles nach draußen trat.

Es war schon dunkel, als wir das Haus verließen. Ich wickelte meinen dicken Mantel um mich. Der Schnee war an einigen Stellen festgefroren, sodass ich kurz ins Schlittern geriet. Ich hakte mich bei Miles unter und lief gemeinsam mit ihm durch Rebeccas Vorgarten auf die Straße.

In den Nachbargärten leuchteten die Lichterketten in den schneebedeckten Büschen. In den Häusern brannten ebenfalls Lichter, und durch die Fenster konnte man einige Weihnachtsbäume und ausgelassene Menschen sehen. Es war schon eine verrückte Vorstellung, dass in vielen dieser Häuser an diesem Tag Weihnachten gefeiert wurde. Dass Personen, die sich liebten, zusammenkamen, miteinander aßen und sich beschenkten. Ein ganz besonderer Zauber hing in der Luft, und die Weihnachtsstimmung war zum Greifen.

»Ich liebe diese stille, verschneite Welt an Weihnachten«, sagte Miles und sprach damit mal wieder meine eigenen Gedanken aus.

»Ich auch. Und ich hoffe, dass ich noch viele weitere Weihnachten in Starwood erleben kann.«

Miles sah zu mir herunter. »Dann kommst du jetzt immer in der Adventszeit hierher?«

»Nein.«

»Nein?« Er wirkte verunsichert.

»Ich bleibe hier. Ich habe ein Jobangebot von Larry bekommen, bei dem ich mich ausprobieren und sehen kann, ob diese Richtung etwas für mich ist. Ich möchte alles auf mich zukommen lassen und Schritt für Schritt schauen, was die Zukunft für mich bringt. Aber eine Sache weiß ich ganz sicher: Ich möchte meine Zukunft hier in Starwood verbringen.«

Miles blieb stehen. Ich drehte mich zu ihm.

»Du weißt nicht, wie glücklich mich das gerade macht«, sagte er leise. Er lächelte, und die vertrauten Lachfältchen bildeten sich dabei in seinen Augenwinkeln.

Langsam hob ich eine Hand und fuhr über diese Fältchen. »Ich liebe es, wenn du so strahlst.«

Miles' Lächeln vertiefte sich. Seine Augen fuhren langsam über mein Gesicht, und ich fühlte mich gesehen. *Richtig* gesehen. Dieses Gefühl hatte mir bisher nur Miles gegeben, und ich konnte immer noch nicht glauben, welches Glück ich gehabt hatte, ihn zu treffen.

»Ich habe mich außerdem mit meinen Eltern ausgesprochen«, sagte ich. »Meine Mom glaubt mir nun, was in der Firma passiert ist, und möchte mich unterstützen, was … die Anzeige und so angeht.«

Miles legte seine Hände auf meine Hüfte. »Das freut mich unglaublich.«

»Ich weiß nicht ganz, wie sie es findet, dass ihr hier in Starwood bleiben will, aber sie hat auch nichts Gegenteiliges gesagt. Ich glaube, sie versteht, dass ich meinen eigenen Weg gehen muss.«

»Einen Schritt nach dem anderen.«

»Genau.«

Er beugte sich zu mir. »Ich bewundere dich, Lynn.«

Bei seinen Worten rann ein Schauer über meinen Rücken.

»Du bist so unendlich stark, liebevoll, gutherzig und unkompliziert … Ich kann nicht glauben, dass du in mein Leben gekommen bist.« Er legte seine Stirn gegen meine. Sein warmer Atem streifte mein Gesicht.

»Das kann ich nur zurückgeben«, flüsterte ich. »Glaubst du an Schicksal?«

Er schwieg einen Moment. »Mittlerweile schon, ja.«

Ich lächelte. »Ich auch. Es ist so ein bisschen wie die *Invisible string*-Theorie, über die Taylor auch singt.«

Miles wanderte mit seinen Händen zu meinem Rücken. »Wenn du meine Meinung zu diesem Song wissen willst: Lies dir das Notizbuch durch. Kleiner Spoiler: Ich habe eventuell bei meiner Review unsere persönliche Geschichte einfließen lassen.«

Mein Herz pochte gegen meine Rippen. Womit hatte ich diesen wundervollen Mann verdient?

»Was ist eigentlich dein endgültiges Fazit?«, fragte ich.

Er stupste mit seiner Nase gegen meine. »Ich glaube, ich bin ein Reputation Boy. Aber ich fand alle Alben richtig toll.«

Grinsend legte ich meine Arme um seinen Nacken. »Ich liebe dich, Miles Montgomery.«

Er glitt mit seinen Händen zu meiner Taille und zog mich dicht an sich heran. »Ich liebe dich auch, Lynn Steward.«

Mit diesen Worten beugte er sich zu mir herunter und küsste mich.

Als wir uns voneinander lösten, sah ich den Glanz in Miles' braunen Augen. »Ich freue mich so sehr auf eine Zukunft mit dir.«

»Und ich mich erst.« Ich erwiderte sein Lächeln und spürte, wie ich innerlich ganz ruhig wurde.

Ich war endlich angekommen.

ENDE

Danksagung

Es bedeutet mir unendlich viel, dass die Geschichte von Lynn und Miles so ein wundervolles Zuhause gefunden hat. Und das habe ich allein dem großartigen Team von Lübbe zu verdanken.

Danke, Diana, dass du an meine Geschichte geglaubt und mich so herzlich bei euch aufgenommen hast. Ein großes Dankeschön an meine Lektorin, mit der es eine Freude war, an der Geschichte zu arbeiten. Ich danke dem gesamten Team von Lübbe für die schöne Zusammenarbeit.

Von Herzen danke auch an meine Familie. Danke, Mama und Papa, dass ihr immer hinter mir steht, für mich da seid und mich in allem unterstützt. Danke auch an meine Schwester und meine Oma, dass ihr meine Bücher lest und euch mit mir freut. Ich hab euch lieb!

Danke an meine Swiftie-Freundinnen Selina und Lisa – ihr seid die Ivy zu meiner Lynn. Mit niemandem macht es mehr Spaß, über Taylor Swift zu fangirlen und auf Konzerte zu gehen. Danke, dass es euch gibt.

Scarli, danke, dass du dich immer so mit mir freust, mir zuhörst und für mich da bist. Ich rede mit niemandem lieber über meine neuen Buchideen. Dich in meinem Leben zu haben, ist wirklich eine Bereicherung.

Doro, ich bin so dankbar für unsere Freundschaft und freue mich so sehr darüber, dass du meine Bücher liest und mich unterstützt. Du bist die Beste.

Von Herzen danke an jeden aus der wundervollen Bookstagram Community. Ich freue mich jeden Tag über eure lieben Nachrichten und über eure Freude an meinen Büchern. Ich bin so dankbar, euch an meiner Seite zu haben.

Und zu guter Letzt möchte ich dir danken, liebe:r Leser:in. Danke, dass du unter all den Büchern »Schneeflockenfunkeln« gefunden und gelesen hast. Es bedeutet mir sehr viel und ich hoffe, du hast Lynn und Miles genauso in dein Herz geschlossen wie ich.

Drei unglaublich romantische Liebesgeschichten

Devney Perry
THE HOLIDAY BROTHERS
Drei romantisch-heiße Liebesromane von Bestseller-Autorin und BookTok-Star Devney Perry
Aus dem amerikanischen Englisch von Angela Koonen
ISBN 978-3-404-19497-1

Maddox, Heath und Tobias sind die Holiday-Brothers aus Montana! Und an Weihnachten lassen die drei Brüder Herzen schmelzen. Während Maddox glaubt, als Single-Dad gar keine Zeit für die Liebe zu haben, muss Heath ein vor langer Zeit gegebenes Versprechen brechen – wenn er seinem Herz folgen will. Und Tobias steht vor der schweren Entscheidung, ob er einer längst verloren geglaubten Liebe noch einmal eine Chance geben will …

Lübbe

Funkelnde Lichter, Lebkuchenduft und die ganz große Liebe!

Julia Wolkenstein
EIN WEIHNACHTSMARKT
DER ZAUBERHAFTEN
WÜNSCHE
368 Seiten
ISBN 978-3-947610-25-9

Karolina ist ein bekennender Weihnachtsmuffel. Darum flüchtet sie seit Jahren vor dem Weihnachtsfest nach Italien. Doch diesmal ist alles anders, denn ihre beste Freundin Frieda ist gestorben. Nun ist Friedas geliebte Oma Luise mit ihrem Stand auf dem Nürnberger Christkindlesmarkt ganz auf sich allein gestellt. Also sagt Karolina ihre Italienreise ab, um Luise zu helfen. Umgeben von neuen Freunden fühlt sie sich auf dem Weihnachtsmarkt bald wie zu Hause. Es könnte alles so einfach sein – wäre da nicht Standnachbar Jasper, der ihrer Freundin einst das Herz gebrochen hat. Karoline möchte ihn dafür gerne hassen, was ihr jedoch zunehmend schwerer fällt …

bePRINT

Stürmische Weihnachten auf Borkum

Claudia Schirdewan
WINTERGLÜCK UND INSELZAUBER: EIN WEIHNACHTSFEST AUF BORKUM
ISBN 978-3-404-19493-3

Ein Schneesturm fegt über die Nordseeküste hinweg und wirbelt alle Weihnachtspläne durcheinander. Weil der Fährverkehr auf Borkum eingestellt werden muss, stranden gleich mehrere Gäste in Julias Pension »Meereszauber«. Seit letztem Sommer kümmert sich Julia allein um das etwas in die Jahre gekommene Gästehaus. Kurzerhand beschließt sie, das Beste aus der Situation zu machen und ihren Gästen ein unvergessliches Weihnachtsfest zu bescheren. Tatsächlich genießen diese statt Weihnachtsstress schon bald die Ruhe und Abgeschiedenheit der Insel. Und auf Julia wartet nicht nur eine romantische Überraschung – sondern auch eine neue Perspektive für ihre Pension.

Lübbe